나를 울리는 사람들

이재원(李宰源)

서울에서 태어나 한양대학교 의과대학을 졸업하고 부속병원에서 수련을 마친 뒤 전문의가 된 후 아산중앙병원과 부천 세종병원에서 심장 수술을 전문으로 했다. 그후 대전으로 내려가 을지대학병원에서 교수로 재직하다 최근 증평의 작은 병원장으로 옮겨 촌로들의 건강을 돌보고 있다. 노인 문제에 관심이 많아 한국에 실버시티(silver city)를 평생에 한 번 만들어 보는 것이 꿈이다.

나를 울리는 사람들

2003년 7월 10일 1판 1쇄 인쇄 / 2003년 7월 15일 1판 1쇄 발행

지은이 이재원 / 펴낸이 임은주
펴낸곳 도서출판 청동거울 / 출판등록 1998년 5월 14일 제13-532호
주소 (137-070) 서울 서초구 서초동 1360-28 익산빌딩 203호 / 전화 02)584-9886~7
팩스 02)584-9882 / 전자우편 cheong21@freechal.com

편집장 조태림 / 편집 조은정 하은애 / 북디자인 김세회 / 영업관리 정재훈

값 8,500원

ISBN 89-5749-003-5

이재원 지음

심장 수술 전문의 이재원 박사가
수술실에서 들려주는 가슴 따뜻한 이야기

나를 울리는 사람들

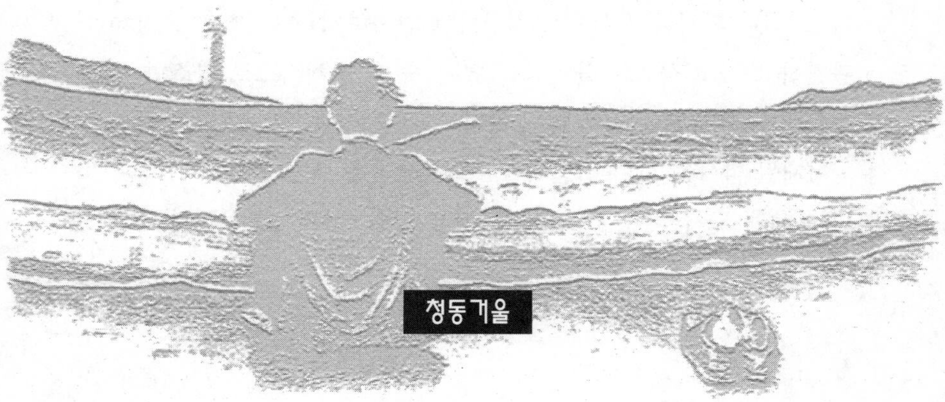

청동거울

추천의 말

사랑은 어디로 갔는가

한운사(원로 극작가)

사람들은 사랑을 찾아 떠난다. 동을 보고, 서를 보고, 남을 보고, 북을 보아도 그것이 눈에 띄지 않는다고 한탄한다. 세상이 너무 어두워져서 아름다운 것들은 온데간데 없다고 슬퍼한다. 그러나 우리가 잠시 눈을 감고 생각해 보면, 사랑이 있는 곳이 살그머니 밝아오는 것을 느낄 수 있다. 거기 서 있는 사람을 보라. 그 눈동자에 진실과 인자가 서려 있다면 사랑은 그 사람 몸 안에 거처를 정하고 있는 것이다.

이재원 박사는 의사다. 의사에는 몇 가지 타입이 있다. 돈벌이만 생각하는 타입은 진실된 양 환자를 대하면서, 슬금슬쩍 권위를 내비쳐 자기한테 오기를 잘했다며 고쳐 주겠다고 장담하기 일쑤이다. 병균만을 박살내겠다는 일념으로 환자의 생명을 도외시하는 철저하게 학구적인 의사도 있다. 이 두 가지 타입이 합성된 부류도 있다. 그러나 환자를 진심으로 걱정하고 인자하게 손을 쓰고, 조용히 관찰하고, 심리적으로 불안감을 덮어 주고, 전체적으로 따스한 인상을 주는 타입은 그렇게 많지 않다.

이재원 박사는 그런 위인이다. 그가 세상을 보는 눈은 해박하다. 그는 세계 도처를 다니면서 사람 사는 모양, 삶의 길, 우리가 참고 해야 할 점 등을 치밀하게 검토하면서, 환자들에게 어떻게 대해야 되느냐를 숙고한 사람이다.

환자 하나하나를 어떻게 대했느냐, 그가 쓴 글 속에 낱낱이 담겨 있는 것을 보고 우리는 놀라지 않을 수 없다. 한 의사이면서 동시에 한 인간이고자 애쓴 흔적이 도처에 선명하게 그려져 있다.

그의 문장은 쉬우면서도 치밀하다. 외국에도 글쓰는 것을 취미로 삼는 의사들이 꽤 있다. 가까운 일본의 '모리 오가이'가 그 예다. 한국에도 이런 의사들이 많이 나왔으면 좋겠다. 이런 시도를 계속해 주기를 간절히 바란다.

사랑은 이 박사 몸 안에 거처를 정하고 있는 모양새다.

책머리에

며칠 전 신문기사에 이런 글이 실려 있었다. 몇 년 후에는 심장수술을 받으려면 외국으로 가야 한다고…….

한국의 의료 분야에서 소위 3D 업종에 속하는 흉부외과를 택해서 20여 년을 지낸 의사로서 그 글을 읽으며 공감하는 부분이 상당히 많았다. 사실 의사들은 어느 정도 예상을 했던 일이었고, 새삼스러운 일도 아니다. 왜곡된 보험 정책하에서 당연히 귀결되는 문제들을 덮어 둔다고, 의사들에게 히포크라테스 선서를 앞세워서 그러면 안 된다고 해서 될 일이 아니다.

같은 의사 가운을 입고 한 공간에서 일하는 종합병원에서도 전공에 따라 그 노력과 고생의 정도가 하늘과 땅 차이로 분명한 게 사실이다. 그들을 뭉뚱그려서 일괄 통제하는 식의 의료 수가와 이에 맞춘 월급으로 통제한다는 것이 사실 어불성설이다.

내가 대학에 다니던 시절에 의료보험이라는 제도가 공무원을 대상으로 처음 시행되었다. 그리고 대부분의 환자들이 보험이라는 혜택을 받지 못하던 시절, 당시에는 외과 분야의 의사들이 의학의 꽃으로 추앙을 받았다. 미국의 경우 심장외과 의사가 가장 선망의 대상이었고, 한국의 사회상을 보았을 때 나는 당연히 미국의 당시 모습이 우리의 미래상이 될 것으로 생각하고 미련 없이 흉부외과를 택했다. 그러나 미국 의사의 꽃인 심장외과 의사가 한국에서는 가장 천덕꾸러기가 되었다. 이유는 한 가지이다. 미국에서는 고생하는 만큼 대가가 있고, 한국에서는 그렇지 못하기 때문이다.

처음 심장 수술하는 장면을 목격했을 때 학생으로서 받은 충격은 다른 어떤 수술로도 지워지지 않는 절대적인 미의 대상이 되었다. 당시 대부분의 의사 동료들도 흉부외과 하면 우선 밤새우는 일이 당연하고 늘 힘들고 고달픈 생활을 각오해야 하는 어려운 과로 치부하면서 기피했었다. 그래서 그런지 흉부외과 의사들은 다른 과 의사들보다 왠지 괴팍하고 뭔가 다른 부분이 있는 동료들이 많았던 것 같다. 어려운 과정을 거치고 환자의 생사를 직접 다루기까지 또 몇 년의 세월을 보내야 했고, 막상 한 병원의 책임자로 연단을 거친 후 나를 지켜 주던 많은 선배와 스승님들과 동료, 이들의 보호막이 없어진 상태에서 수술할 때의 긴장이란…….

자신이 처한 위치에 따라 흉부외과 의사들은 많은 차이를 겪으며 살아간다. 학회에서 만나 의견을 나눌 때는 거의가 비슷하게 산다고 착각하지만, 심장 수술이라는 가장 어려운 분야에 자신의 생을 걸었다는 이유 하나로 이들의 삶은 어느 누구보다 치열해야 하고, 사명감이 있어야 하고, 개인 생활의 포기 등 별도의 삶의 규범을 강요받는다. 집약적인 팀웍을 필요로 하는 분야이기 때문에 개인주의가 극도로 발달한 의사 사회에서도 별도의 단체 행동을 요구받고,

그래서인지 누구보다도 끈끈한 동료애를 느낄 수도 있다. 대형 병원처럼 인적·물적 공급이 풍부한 곳에서 지내는 동료들은 시너지 효과로 인해 좀더 과감하고 고도화된 일들을 수행할 수 있지만, 지방의 많은 종합병원의 동료들은 그야말로 열악한 인적 자원과 물품으로 일을 할 수밖에 없다.

한순간 한순간이 막막했던 초창기 전문의 시절, 많은 환자들에게 쏟아 넣었던 순수한 열정은 지금 생각해도 기분이 흐뭇하다. 환자가 잘못되어 죽기라도 할라치면 인공 마사지를 지칠 때까지 하면서 눈앞이 흐려지던 기억도 생생하다. 처음 이 글을 쓰게 된 동기는 먼저 세상을 떠난 환자들에게 속죄하는 마음이었다는 사실을 고백한다. 최선을 다해도 살리지 못했던 환자들에게는 명복을 비는 마음으로, 행여 죽은 다음에 뒤를 돌아보아 미진한 구석이 있었던 환자들에게는 용서를 비는 마음으로 한 편 한 편 글을 써내려 갔다.

애써 수술해 놓은 환자의 심장이 압력을 못 이겨 터져 나갈 때 집도의의 마음은 이루 형언하기 힘들다. 이성을 잃지 않으려 애를 써도 제 시간 안에 수술이 뜻대로 안 되어 시계를 원망하며 어디론가 도망을 가고 싶었던 순간도 많았다. 끊임없는 인내를 요구받는 극한 상황에서 환자의 심장과 전투를 하는 마음으로 수술 부위를 노려보며 마음의 끈을 놓지 않으려 무던히 수양을 쌓아 왔다. 그렇게 정열을 쏟던 대학병원의 일들을 정리하고 이제는 조그만 병원으로 자리를 옮기면서 그럴 수밖에 없었던 나의 마음과 주변 여건들, 한국의 의료 현실 등등에 대해서 수많은 상념이 교차한다. 아직도 그 분야에서 긴장의 끈을 놓지 않고 밤낮으로 고군분투하는 우리 동료들에게 깊은 존경과 감사를 보낸다. 그리고 나의 인격적·지적 성장에 한 역할을 담당했던 동료와 부하 직원들, 스승님들께 또한 감사를 보낸다.

그러나 뭐니뭐니해도 이 글의 주인공은 역시 환자들이다. 내게 애정을 보내 주셨던 수많은 환자들, 최선을 다했지만 살리지 못했던 환자들, 그로 인해 고통을 받았고 지금도 일부 받고 있을 가족들에게 심심한 사과와 감사의 마음을 전하며 모든 심장병 환자들에게 이 글을 바친다.

2003년 7월

이재원

차례

제2부 환자, 나의 사랑

제3부 환자와 나

제4부 환자를 생각하며

제5부 환자, 그들을 위하여

제1부 환자의 아픔, 나의 슬픔

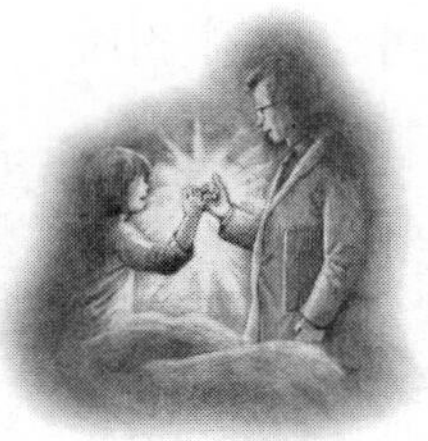

기쁨과 고마움으로 인사하고 가는 많은 환자들은 쉽게 잊혀지지만,
슬픔을 주는 환자들은 내 마음속에 평생 아픔으로, 회한으로, 의학의 스승으로,
또는 아쉬움으로 남아 있게 됩니다. 나를 울리는 사람들이 됩니다…….

우리 아들을 살려 주세요

25세의 젊은 청년 환자였습니다. '대동맥판막 폐쇄부전증'이라는 판막 질환을 앓고 있었습니다. 겉모양은 보통 사람과 다를 바가 없었으나, 그는 운동을 전혀 하지 못하고 일상 생활에서도 심한 제약을 받고 있었습니다. 홀어머니 밑에 있는 유일한 아들, 그의 어머니에겐 이 아들이 마지막 희망이었습니다. 정밀 검사상 다행히 다른 면에서는 심장 기능이 좋아 수술에 들어갔습니다. 수술 경과도 아주 좋고 환자가 젊어서 수술 후 일 주일 뒤에는 퇴원하고 싶다고 조를 정도였습니다.

무사히 퇴원하여 학업을 중단하고 조그만 직장에 취직을 해서 어머니를 돕겠다고 효성 어린 생각을 하고 있었습니다. 저도 일하는 것에 찬성했습니다. 그는 3년간 어머니를 도우며 즐겁게 지내는 모습을 우리에게 보여주었습니다. 그러나 3년 뒤 어느 날, 심한 감기를 앓고 나서 며칠이 지나 몸이 좋지 않다며 외래에 찾아왔습니다. 정밀 검사상 폐렴에 걸려 있었고, 그 합병증으로 균이 심장에도 침범하여 전에 갈아 넣었던 인공 판막 주위에 농양을 만든, 가장 어려운 상태로 병원을 찾아온 것입니다. 그 어머니는 저를 찾아와 상태를 듣더니 대성통곡을 하기 시작했습니다. 아들의 전 생애에서 자신에게 유일하게 즐거움을 선사한 기간이 심장 수술을 하고 난 최근 3년인데 이럴 수는 없다며 꼭 살려 달라고 애원을 하는 것이었습니다.

인공 판막 주위에 염증이 생기면 매우 위험하고, 농양 때문에 수술 부위의 조직이 녹아서 바느질이 매우 어렵게 됩니다. 수술팀은 고심을 하다가 재수술을 결정했습니다. 그냥 놔둬서는 가망이 없고 환자의 활력 증후(혈압, 맥박, 호흡, 체온 등의 지표) 상태가 극도로 불안해지기 시작했기 때문입니다. 보호자를 불러 설명을 하였으나, 환자의 어머니는 마음속으로 체념한 듯 담담히 듣고 최선을 다해 달라며 밖으로 나갔습니다. 장시간 동안 수술을 했지만 심장에 염증이 심하여 꿰매면 터지고, 꿰매면 터지기를 반복하여 결국은 포기할 수밖에 없었습니다. 순간 환자의 얼굴보다 어머니의 얼굴이 어른거려 도저히 밖으로 나가 어머니를 대면할 용기가 나지 않았습니다. 담담한 마음으로 수술 시야를 정리하고 밖에서 어머니를 대하는 순간, 제 얼굴을 바라보던 그 어머니의 눈빛을 잊을 수가 없습니다. 환자의 시신 앞에서 울지도 못하는 어머니를 보며 제가 대신 눈물을 흘렸습니다. 외래에 다니면서 제게 동생처럼 곰살맞게 굴던 환자의 모습이 떠올라 저는 한동안 가슴앓이를 했습니다.

그 어머니의 간절한 소원을 들어 주지 못한 안타까움에 어찌할 바를 몰랐습니다. 내가 의사라는 사실이 벗어 버리지 못하는 죄수복과 같이 힘들게 느껴지는 시간이었습니다. 아직도 제게 한마디의 원망도 없이 오히려 수고했다며 인사하시던 그 어머님의 모습이 눈에 선합니다.

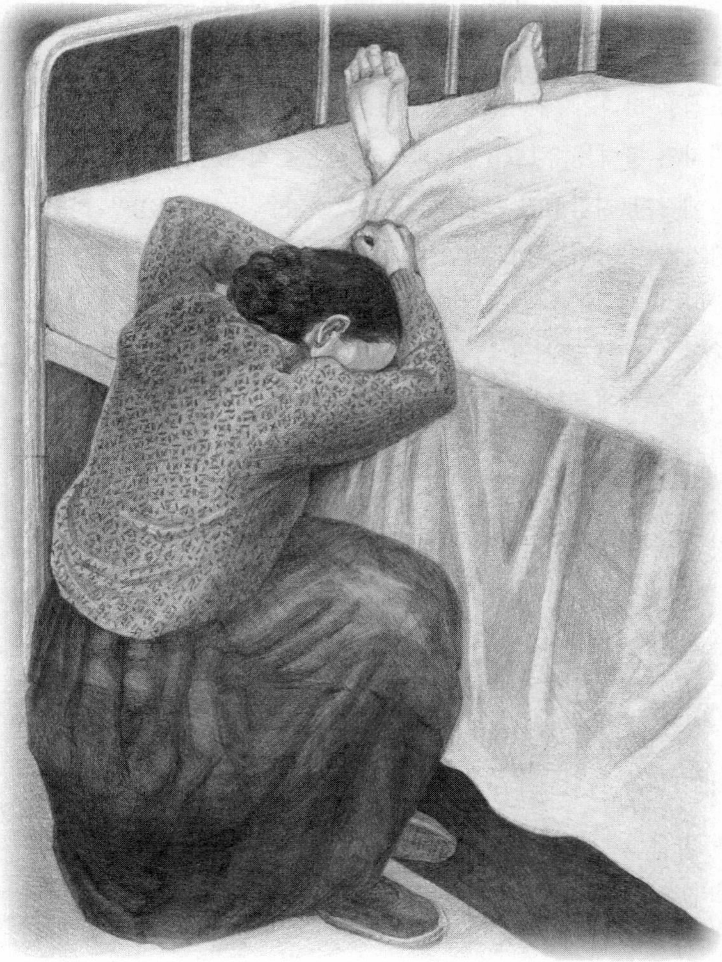

그 어머니의 간절한 소원을 들어 주지 못한 안타까움에 어찌할 바를 몰랐습니다.
내가 의사라는 사실이 벗어 버리지 못하는
죄수복과 같이 힘들게 느껴지는 시간이었습니다.
아직도 제게 한마디의 원망도 없이 오히려 수고했다며 인사하시던
그 어머님의 모습이 눈에 선합니다.

아! 자장면

제가 전공의 때의 일입니다. 당시 외국에서 처음으로 들어오신 과장님은 매우 엄한 분이었습니다. 전공의 1년차로서 병원 생활에 익숙치 않은 제게는 그저 힘든 어른이었습니다. 잠은 이틀에 한 번씩 자고, 그것도 환자의 침대 옆이나 계단 모퉁이, 또는 환의를 쌓아 두는 린넨장 안에서 쪼그린 채 새우잠으로 모자라는 잠을 보충하던 시기였습니다. 환자의 생명을 중시하는 것이 의사 본연의 자세이지만, 유달리 중환자 관리가 까다로운 심장 수술은 훈련 과정이 고난 그 자체입니다.

어느 토요일 오후의 일입니다. 과장님께서 회진을 돌고 중환자를 잘 부탁한다면서 퇴근을 하셨지요. 점심을 해결하지 못한 저는 자장면을 의국에 시켜 놓은 지 오래되어서, 어서 과장님이 퇴근하기만을 기다리고 있던 차였습니다. 유난히 길어지는 과장님의 지시사항도 불어터지고 있을 자장면 걱정에 제대로 들리지 않았습니다. 과장님이 완전히 가셨다는 것을 확인하고는 중환자실을 떠나지 말라는 엄명에도 불구하고, '먹고 살자고 하는 짓인데……' 하는 반발심과 공복감에 이끌려 뒷문을 통해 의국으로 뛰어올라갔습니다.

지금 생각하면 그냥 준다 해도 먹기 힘들 정도로 불어터진 자장면을 젓가락으로 쿡 찍었습니다. 이미 떡처럼 하나로 엉겨붙은 자장면을 미처 비빌 생각도 없이 입에다 넣고 베어 물었지요. 때마침 울리는 전화벨 소리에 저는 갑자기 딸꾹질을 하기 시작했습니다. 전화 내용은 과장님께서 퇴근을 하다 다시 돌아오셨다는 것이었습니다. 다시 중환자실로 뛰어내려가면서 눈앞이 캄캄해지는 걸 느꼈습니다. '이제는 죽었구나' 하고 중환자실 문을 여는 순간, "너 관둬, 임마!" 하는 야단과 손가락질이 날아왔습니다. "잠시라도 눈을 떼지 말라고 했는데, 내가 나가자마자 중환자실을 비워?" 하면서 미처 변명할 틈도 주지 않는 과장님 앞에 저는 고개를 숙이고 서 있었습니다. 입가에는 아직도 묻어 있는 자장면의 흔적과 그때까지 지속되는 딸꾹질, 과장님의 역정에 반하는 억울함과 진짜 환자를 열심히 보고 있었다는 변명의 말들이 눈물로 범벅이 되어 참담하기 그지없었습니다. 의사를 그만두라는 말은, 제게 오기가 생길 정도로 견디기 힘든 말이었습니다.

며칠 전 오랜만에 스승님과 만나 식사할 기회가 있었습니다. 당시의 사건을 이야기하면서 억울함을 호소했더니, 이제는 하얗게 되어 버린 머리를 흔드시면서 박장대소를 하는 것입니다. "내가 그랬어?" 하는 그 한마디로 끝이었습니다. 종종 인간은 자신의 생각과 남의 생각이 다름을 잊어버립니다. 내가 느끼는 사건의 강도와 남의 생각이 다르다는 생각도 종종 잊지요.

이제는 세월이 많이 지나 제가 아랫사람들을 거느리는 위치가 되었습니다. 이제야 그 당시 스승님의 심정이 약간이나마 이해가 되고, 내가 원하는 만큼 전공의가 해주지 못할 때에는 답답함을 느낍니다. 스승님의 모멸에 가까운 질책이 있었기에 오늘의 제가 있음을 고백합니다. 늘 긴장 속에 살아야 환자의 생명에 지장이 없는 직업이다 보니 본의 아니게 남에게 싫은 소리도 해야 하고, 그것이 환자에게 도움이 된다면 나 역시 스승님의 방법이 옳았음을 인정할 수밖에 없습니다.

상대의 처지가 되어 보지 않고는 상대를 완전히 이해하지 못하는 것이 인간인가 봅니다. 아직도 자장면을 보면 당시의 목메임과 억울함이 불현듯 떠올라 해이해지기 쉬운 나의 모습을 다잡는 데 큰 교훈이 됩니다. 스승님, 감사합니다.

6개월의 자장가

우리 나라에서 심장병 수술이 많이 발달하지 않았던 비교적 초기의 일이었습니다. 청색증을 가진 선천성 심기형은 외과 의사들에게 큰 도전이었고, 이를 바라보는 부모들에게도 절망감을 주는 심각한 질환이었습니다. 죽음을 맞을지도 모르는 어려운 심장 수술을 의사로부터 권유받고 많은 부모들은 망설이게 됩니다. 요즈음은 의학이 발달한 덕분에 대부분의 질환에 해결책이 있고 아무리 어려운 질병이라도 나을 수 있다는 희망이라도 있지만, 당시만 해도 좀 복잡한 심기형은 수술 자체가 힘든 시절이었습니다.

그 당시의 일입니다. 아주 어린 딸을 데리고 온 한 부모가 있었는데 아버지의 나이가 많아 보였습니다. 지금 그 어머니에 대한 기억은 별로 없는 반면 아버지에 대한 기억이 생생한 이유는 아마도 사건 후의 인상이 매우 강했기 때문일 것입니다. 복합 심기형을 가진 그 여아는 발달이 미숙하여 저체중이었고 청색증이 매우 심했으며, 소위 수술 여건이 썩 좋지 않은 환아였습니다. 그러나 늦둥이로 본 딸이라 아버지에게는 더없이 소중한 아이라는 것을 아버지의 행동으로 알 수 있었습니다.

수술 날짜를 잡고 정밀 검사를 한 후에 수술을 시행했습니다. 다행히 수술이 성공해서 환아는 중환자실로 옮겨져 인공 호흡기를 달게 되었으나, 여러 활력 증후나 산소 포화도 등은 그리 만족스럽지 못했습니다. 며칠간의 집중 관리와 밤샘 작업에도 불구하고, 환아는 폐렴 등의 합병증이 병발하여 점점 나빠지기 시작했습니다. 환아가 죽던 날, 아버지는 하루 종일 목놓아 울었습니다. 옆에서 지켜보던 우리들도 망연자실하여 감히 그를 위로할 방법을 찾지 못했습니다.

환자의 장례를 치르고, 아버지는 다시금 우리들에게 찾아왔습니다. 그리고는 사인을 자신이 알아들을 수 있을 때까지 캐어물었습니다. 한두 번으로 끝날 줄 알았던 그런 행동은 그로부터 자그마치 6개월이나 지속되었습니다. 매일 밤마다 술이 만취가 되어 중환자실 앞에 앉아 우리들과의 면담을 요구하며 일종의 농성을 하는 것이었습니다. 매일 같은 질문에 같은 대답을 하던 우리들도 모두 그 아버지를 피하기 시작했습니다. 당시는 의료 사고라는 말조차도 생소했고, 어려운 심장 수술이다 보니 워낙 사망률이 높던 때라 환자가 죽어도 이의를 제기하는 사람이 거의 없던 시절이었습니다. 아버지의 입장에서는 어렵게 얻은 딸의 죽음이 마음속으로 용납이 안 되었던 것이지요.

몇 달간의 이러한 일중 행사(?)로 의사들은 모두 그를 기피했고, 그럴수록 만취된 그의 행동은 점점 과격해지기 시작했습니다. 그러면 으레 말단인 저는 떠밀리다시피 그 아버지를 만나야 했고, 매일 자장가처럼 그에게 같은 말을 되풀이해서 설명하다, 같이 울다, 다독거리다…… 결국은 그 보호자가 제 무릎을 베고 잠이 들었다 깰 때까지 저는 아무 일도 못 하고 중환자실 문 앞에 붙들려 있어야 했습니다. 그러다 보면 그는 술이 깨고 미안하다는 사과의 말까지 하고는 퇴근(?)을 합니다. 이러한 기이한 행사를 6개월이나 지속하던 아버지는 어느 날 저의 자장가 같은 설명에 감복(?)을 했는지 고맙다는 말을 남기고는 우리들 앞에서 사라졌습니다.

자식이 죽으면 가슴에 묻는다는 우리네 어른들의 이야기를 실감한 게 바로 그 사건 이후입니다. 처음엔 기피하고 싶고 힘들던 일도 그 아버지의 슬픔을 공감하면서 이해하게 되었습니다. 나중엔 지친 아버지의 얼굴이 사랑스럽게 보일 수 있었던 까닭도 그 행동의 원인이 바로 자식에 대한 사랑이라는 것을 알았기 때문일 것입니다.

최근 의학의 발달로 많은 환자들이 생명을 건지지만, 아직도 현대 의학으로도 어쩔 수 없는 부분이 많이 남아 있습니다. 그러나 요즈음의 보호자들은 매스컴과 정보의 발달로 많은 지식은 갖고 있으나, 오히려 이로 인하여 환자의 죽음을 더욱 이해하지 못하는 지경이 되었습니다. 전문가가 아니면 이해하기 힘든 부분을 일반인들은 자신의 수준에 맞춰 해명해 줄 것을 요구하며, 이해가 되지 않을 경우 이를 물리적으로 해결하려는 양상을 보입니다. 물론 의학의 발달에 발맞추어 우리들도 분발하여 더 열심히 공부하고 노력해야 함은 당연한 일입니다. 그러나 아무리 의학이 발달해도 사망률을 0으로 낮출 수는 없는 일입니다. 그것은 신의 영역이지요. 이것을 이해하지 못하는 사회 분위기가 안타깝습니다. 그 아버지의 행동은 자신의 아픔을 우리들에게 같이 나누자고 했던 행위에서 끝났지, 우리들에게 의료 사고의 개념으로 책임을 요구하는 행위는 아니었던 것입니다. 의학에도 한계가 있다는 것을 이론으로가 아니라 취중의 행동으로 이해해 주었던 그 아버지의 행동이 요즘같이 의사들에게 어려움을 요구하는 시대에 더욱 생각나는 까닭은 무엇일까요.

반란

젊은 시절의 방황은 누구나 한 번쯤 겪는 일이지만, 일을 하는 도중의 회의감은 자칫 그 사람의 인생을 바꿔 놓을 수도 있는 사건입니다.

한참 윗사람이 일로 인해 미워지고, 제가 하는 일에 대해 회의감이 들 때의 일이었습니다. 다른 모든 의국원들이 수술에 들어가 혼자 의국에 멍하니 앉아 창 밖을 내다보는 중이었습니다. 일에 떠밀리다시피 살아온 최근 몇 년간의 시간을 돌이켜보며, 창 밖의 환한 햇살을 눈부시게 바라보고 있었습니다. 저는 아무런 주저없이 "나를 찾지 마세요!" 하는 짧은 메모를 책상 위에 던져 놓고 차를 몰고 나갔습니다. 실로 며칠 만의 외출로 인해 머리는 멍한 상태였으며,

밖에 지나다니는 선남선녀의 웃음은 알베르 까뮈의 까닭 모를 울분을 느끼게 하였습니다.

세상에서 가장 힘든 일을 하는 사람이 나 혼자인 양 뚜렷한 대상도 없는 분노로 사납게 운전해 가서 도착한 곳이 부산이었습니다. 서울에서 가장 멀리 떠나가고 싶다는 생각으로 차를 몰았던 것 같습니다. 바닷가에 앉아 멍하니 시간을 보내고 있었습니다. 그래도 마음속의 격정은 쉽게 가라앉지를 않았습니다. 호텔에 들어가 외진 방을 요구하는 나의 모습이 자못 이상했는지 직원들이 수군대더니, 제게 와서 전망 좋은 방을 같은 값에 줄 테니 그리로 들어가라는 것이었습니다. 그제야 그들의 의도를 파악했습니다. 혼자 호텔에 들어와 골방을 달라는 나의 얼굴에서 아무래도 문제가 있는 남자로 생각하고 주저하는 모습이었습니다. 나는 변명하기가 싫어 그들의 뜻에 따랐습니다.

평소에 친분이 있던 수녀님이 마침 부산에 계시다기에 수소문을 해서 찾아갔습니다. 그러나 그분은 한 달 전에 이미 다른 곳으로 옮긴 후였습니다. 그때의 막막함이란……. 다시금 사람들에게 물어 그곳에 있는 큰 절을 찾아 올라갔습니다. 소문대로 그곳에는 사람들이 매우 많고, 절이라기보다 관광지에 가깝게 번잡했습니다. 관광객이 많아서 그런지 그곳에 다니는 스님들의 모습도 분주해서 누구 하나 붙잡고 이야기할 상대를 찾지 못했습니다. 마음에 있는 울분과 격정을 제대로 다스리지 못하고 있는 나의 모습을 되돌아보며 누구하고라도 이야기를 하고 싶었지만, 그곳에도 나의 상대는 없었습니다. 역시 산꼭대기에서 산 아래를 내려다보며 혼자 침잠하는 수밖에는 방법이 없었습니다.

이렇게 아무도 아는 사람이 없는 곳에서의 방황이 당시에 내게 무엇을 남겼는지 정확하게는 기억이 나지 않습니다. 다만 그곳에서의 며칠간은 내 마음에 풍성함을 주고, 시간의 소중함을 느끼게 해 주었습니다. 병원의 각박함 속에서 느끼지 못했던 따스한 햇살, 넓은 바다, 시원한 바람, 책을 읽을 수 있는 여유, 내가 좋아하던 영화 한 편 등등 감히 생각지도 못했던 정신적인 사치를 마음껏 부리며 방황을 즐겼습니다. 며칠이 지나면서 정신을 차리고 보니 슬슬 현실에 대한 책임감과 걱정이 생기기 시작했습니다. 한 번 생긴 걱정으로 사치스러운 감정은 이내 사라지고 곧 병원으로 돌아갈 결심이 생겼습니다. 결국 돌아갈 곳은 나의 장소, 병원뿐이더군요.

애써 담담한 마음으로 병원에 도착해서 의국에 들어갈 때까지, 마치 모든 사람들이 지켜 보는 가운데 워킹하는 패션 모델의 걸음과도 같이 따가운 시선을 의식하며 앞만 보고 걸어갔습니다. 아무도 내게 인사도, 웃음도, 눈 마주침도 주지 않고 피하는 것 같았습니다. 마치 반란을 일으키다 잡혀 온 죄수를 바라보는 듯했습니다. 침묵으로 일관하고 들어간 의국에는 마침 아무도 없었습니다. 조용히 전공 서적을 펴놓고 공부를 시작했습니다. 내가 현실로 돌아왔다는 자기 암시와 남들에게도 나의 마음가짐을 보여주기 위한 방법이었습니다. 한참을 지난 후 뛰어들어온 우리의 치프(chief) 선생님의 얼굴은 잊을 수가 없었습니다. 뭐라 표현하기 힘든 복잡한 모습의 얼굴로 한참을 말없이 쳐다보더니 잘 쉬었냐는 인사가 전부였습니다. 심한 욕지거리나 징계를 기대하고 있던 나는 그만 어이가 없었습니다.

도저히 용납될 것 같지 않던 반란, 일상에서의 탈출은 이렇게 제

게 큰 여운을 남기고 끝났습니다. 그후로도 어려운 일이 닥칠 때면 그때의 일을 떠올리며 나를 징계하지 않고 감싸 주었던 치프 선생님을 다시는 실망시켜 드리지 않겠다는 생각으로 새로운 다짐을 하곤 했습니다.

이제는 시절이 많이 좋아져서 비교적 전공의 훈련 기간도 덜 힘들고, 마음 고생이 옛날 같지는 않습니다. 그래도 마음의 상처로 인해 방황하는 제자들을 보면 과거의 나를 떠올리며 그들을 용납하려고 하는 마음의 여유가 생기게 됩니다. 우리에게 실망을 안겨 주는 그들이지만 언젠가는 마음이 돌아서겠지 하는 기대감으로 기다릴 수 있는 이 여유는 그때의 경험이 없었다면 쉽게 가질 수 있는 마음은 아닐 것입니다.

나를 울리는 사람들

사람이 살다가 아주 중한 병에 걸렸을 경우 이에 대한 반응은 천차만별입니다. 환자뿐만 아니라 그 가족들에게도 아주 심각한 반응을 유발합니다. 단시간에 나을 수 있는 병이라면 쉽게 환자를 돌보고 이에 대해 부담을 느끼는 사람이 적지만, 막상 장기 입원을 해야 하거나 소생 가망이 없는 환자일 경우 보호자 각자의 이해 관계나 정성의 정도를 판가름하는 행동을 볼 수 있게 됩니다.

중환자실에 입원한 환자의 보호자들은 말 그대로 애가 탑니다. 특히 처음에는 그러한 경험이 없기 때문에 보호자 대기실에서 기다리는 방법도 익숙하지 않고, 전화로 보호자를 찾을 때마다 가슴이 철렁합니다. 혹시나 환자에게 큰일이 벌어지지는 않았는지 걱정이 되어 대부분 직장일이나 가사가 손에 잡히지 않는다고 고백합니다. 이러한 사정을 잘 알고 있는 우리들은 가능한 보호자를 자극하지 않는 방법으로 그들에게 연락을 하도록 하며, 단순히 환자의 병세 변화를 알리기 위한 연락은 자제를 하게 됩니다.

과의 특성상 늘 중환자가 있는 우리들은 보호자와 자주 면담을 하게 됩니다. 나의 일과가 바쁘기 때문에 보호자들은 여러 번 찾아와 겨우 한 번 만나고 가는 경우가 대부분입니다. 그때마다 미안하지만 달리 방법이 없습니다. 그러나 이보다 더욱 안타까운 경우는 환자에게 전혀 차도가 없는 경우입니다. 보호자는 내 입에서 나오는 한마디에 온갖 희망을 걸고 쳐다보기 때문에 차마 입을 떼기가 어려운 경우가 많습니다. 그러나 거짓으로 환자의 병세를 설명했다가는 그 다음에 더욱 어려운 경우를 당하기 때문에 그냥 솔직하게 이야기하는 것이 가장 올바른 길이라는 것을 오랜 시간의 경험으로 알게 됩니다.

희망을 바라고 찾아오는 환자의 보호자에게 병세가 안 좋다고 설명을 해야 하는 심정을 어찌 표현할까요? 가끔 영화에서 전사자 명단을 들고 유족을 찾아가는 군인의 모습을 봅니다. 그 사람의 심정이 내 경우와 비슷할 거라는 생각을 해봅니다. 오히려 환자의 병을 책임지고 있기 때문에 더욱 중압감을 느끼게 되지요. 자주 보는 얼굴들……. 그 환자가 완쾌되면 어깨가 으쓱하지만, 그보다 더 많은 경우 그들이 나의 아픔이 됩니다. 중환자실에 들어가는 환자들은 생명 연장은 확실하지만, 완쾌의 확률은 현대 의학의 발달에도 불구하고 그리 높지 않은 것으로 되어 있습니다.

요 며칠간 중환자실이 조용합니다. 이럴 때는 나도 매우 편안함을 느낍니다. 그러나 군대의 5분 대기조와 같은 심정으로 언제 중환자가 올지 모르기 때문에 긴장을 풀지 못합니다. 또 어떤 환자와 보호자가 인연이 닿을지 모르지만, 그 중의 일부는 내게 또 하나의 슬픔이 될 것입니다. 기쁨과 고마움으로 인사하고 가는 많은 환자들은 쉽게 잊혀지지만, 슬픔을 주는 환자들은 내 마음속에 평생 아픔으로, 회한으로, 의학의 스승으로, 또는 아쉬움으로 남아 있게 됩니다. 나를 울리는 사람들이 됩니다…….

백일기도

처음 전공의 생활을 시작하려면 인턴이 끝나고 나서 새로운 의국 생활을 시작합니다. 학생 시절 누구보다도 열심히 공부를 했고, 의사 국가시험도 통과되어 머리에 의학 지식이 꽉 차 있다고 자부하지만 막상 의국 생활을 시작하자마자 맨처음 듣는 이야기가 있습니다. '너희는 깡통이다'는 말입니다. 참으로 자존심

구겨지는 말이지요. 그러나 실제 환자 옆에 서면 그 말이 결코 과장이 아님을 알 수 있습니다. 환자의 상태가 조금만 나빠져도 선배에게 의존하지 않으면 아무것도 떠오르지 않는 무력감에 휩싸입니다. 그리고는 자책을 하게 됩니다.

그렇게 열심히 공부를 해도 환자를 실제로 대하는 것은 또 다른 학문입니다. 머리로 알고 있는 것과 그 지식을 환자에게 적용하는 것은 천지 차이입니다. 그래서 처음 의국 생활을 시작하면 아무것도 모르는 깡통을 위해 우리의 선배들이 100일 기도(?)를 시켰습니다. 집에 가지도 못하고 100일간을 병원내에서 벗어나지도 못하게 붙들고 교육을 시켰던 것입니다. 가끔 집에서 내복을 싸 가지고 오면 빨래를 건네 주는 것이 유일한 외부와의 연결 방법이었습니다. 병원 문은 항상 열려 있지만 우리에겐 그곳이 창살 없는 감옥과 같이 느껴졌습니다. 그 당시의 소망은 낮에 햇빛을 한 번 보는 것이었습니다.

마지막 100일째 당직을 마치고 집을 향할 때의 심정은 『쇼생크 탈출』의 주인공 같은 심정이었습니다. 햇빛에 노출되는 순간 코끝이 찡하게 느껴지고 알 수 없는 서러움이 마음을 뒤덮었습니다. 그래도 당시에는 그러한 고생을 당연한 것으로 여기고, 자신의 부족함을 메울 수 있는 수련이라고 생각했습니다. 요즈음은 군대 생활도 많이 바뀌었다고 하지요. 병원에서의 수련의 생활도 이제는 많이 변화되었습니다. 과거 우리들의 서러움과 낭만이 깃든 단체 생활은 비인간적인 처사로 여겨져 함부로 구타는 물론, 당직 생활도 우리 때와 같이 강요를 하다간 그만두겠다는 사람들이 많습니다.

옛날을 생각해서 과거 경험으로 전공의를 대하면 곧 불만이 생깁니다. 자신들의 할 말을 전혀 거리낌 없이 윗사람에게 말하는 신세대의 태도는 너무도 당당하게 변했습니다.

제 밑의 전공의 한 사람이 수련 도중 사직을 했습니다. 처음 사직 의사를 밝혔을 때, 저는 극구 만류하느라고 많은 애를 먹었습니다. 그러나 그 제자의 마음을 돌리기에는 역부족이었습니다. 의과대학을 나오고 인턴 생활도 하면서 자신이 그리던 의업에 대한 환상이 깨져 나가는 데 대한 마음의 흔들림을 견뎌내지 못했던 것입니다. 우리 과의 일이 힘들기 때문에 가끔 수련을 받다가 도중하차하는 경우는 있었습니다. 그러나 이번 경우처럼 과에 대한 불만이 아니고 근본적으로 의사직에 대한 미련이 없어져 다른 공부를 하겠다는 경우는 대책이 없는 것입니다.

지금은 어느 곳에서 쉬고 있을 그 친구를 생각하면 꼭 그렇게 해야만 했을까 하는 의문이 듭니다. 제가 의업에 대해 매력을 느끼는 데 너무도 오랜 갈등과 마음의 아픔을 겪어 왔기 때문에, 의사 생활 2년 만에 의업을 포기한 제자의 마음을 헤아리기 어려웠습니다. 군대 복무를 마치고 와서 자신이 원하는 새로운 삶을 살겠다면서 짐을 꾸리고 떠난 의국의 빈자리는 지금도 다른 사람으로 바뀌지 못하고 빈자리로 남아 있습니다. 과거에 힘들게 우리를 훈련시켰던 선배들은 아마도 그렇게 혹독하게 훈련을 시켜도 우리가 포기하지 않을 것이라는 담대한 믿음이 있었나 봅니다. 우리는 이제 그러한 강한 믿음도, 혹독함을 강요할 마음도 생기지 않습니다. 우리가 둔해서 시대의 흐름에 뒤처지는 삶을 사는 것인지는 몰라도, 과거의 훈련 방식이 그래도 의사로서의 제 삶을 정립하는 데 꼭 필요했었다고 인정합니다.

한 인간이 자신의 역할을 충실히 해서 사회에 도움을 주기까지 얼마나 긴 시간이 필요한지 모릅니다. 인터넷으로 통하는 요즈음 세대에게는 참을 수 없을 만큼의 인내를 요구하는 분야가 아직도 많다고 생각합니다. 그들의 손끝에서 마음대로 조종되는 사이버 세계 역시 많은 사람들의 땀과 인내로 만들어지는 것입니다. 그러한 수고를 잊고 눈앞의 모니터만 볼 수 있는 마음으로는 이 세상을 제대로 못 보는 반 쪽짜리 인생을 사는 셈입니다.

어느 간호사 이야기

외과 의사에게 수술방은 삶의 귀중한 공간이고, 내과 계열 의사들이 느끼지 못하는 편안한 장소입니다. 물론 대부분의 시간을 그곳에서 보내기 때문이기도 하지만, 수술실에서 근무하는 직원들과 유달리 친하기 때문이기도 합니다. 대개 같이 고생을 하는 사람들끼리는 누구보다도 더 가까워지기 마련입니다. 마치 같이 고생했던 군대 이야기를 남자들이 가장 좋아하는 이유와 같습니다.

제가 전공의 때의 일이었습니다. 새로 부임하신 과장님은 얼굴도 호랑이상이지만, 어쩌다 한마디씩 하는 호통치는 듯한 말투, 느릿한 걸음, 화가 나면 앞뒤 없이 야단하시는 성격 때문에 주변의 직원들이 다들 무서워했습니다. 항상 자주 접하는 사람들이 가장 많은 피해(?)를 보게 마련이어서 꼭 필요한 사항이 아니면 과장님 주변을 슬슬 피하게 되었지요. 새로 외과 의사가 오게 되면 수술방에서 근무하는 간호사들은 긴장을 하게 됩니다. 같은 수술을 하더라도 의사마다 독특한 개성이 있고, 대개는 그 고집이 보통이 아니어서 자신의 스타일에 맞추어 주기를 바라기 때문입니다. 더구나 새로 오는 의사가 높은 직위의 사람일 경우는 더욱 그렇겠지요. 한두 번 그 사람의 수술에 동참했던 간호사는 재빨리 특성을 파악해서 주변의 동료들에게도 가르쳐 주고 다음 수술에 대비하는 기지를 발휘해야 합니다. 몇 차례의 수술이 지나도 자신의 방법에 맞추지 못하는 간호사에게는 불호령이 떨어지게 됩니다. 수술시의 집도의는 배의 선장과 같습니다. 동등한 입장에서 협력하면서 수술을 진행하지만, 모든 환자에 대한 책임이 집도의에게 있기 때문에 그 사람의 명령 한마디에 모든 사람이 집중하여 일사불란하게 움직이게 됩니다.

심장 수술을 하는 동안에는 심장을 정지시키고 작업을 하는 시간이 있게 됩니다. 그 시간은 매우 중요한 시간으로, 다른 어떤 수술도 시간에 그리 구애받지 않지만 이 심장 정지 시간은 짧을수록 환자에게 유리합니다. 그러므로 심장을 정지시킨 후에 뒤에서 몇 분이 지났는가를 카운트합니다. 만일 모든 작업이 원하는 시간내에 끝나면 상관이 없으나, 수술에는 예측 불허의 상황이 발생할 가능성이 항상 있게 마련입니다. 마치 작전을 수행하는 군인들처럼 일어날 수 있는 모든 가능성을 미리 예측을 하고 들어가지만 환자의 상황이 항상 의사들 뜻대로 되는 것은 아닙니다.

새로 오신 과장님은 몇 번의 가르침과 수술 후에도 같이 수술을 진행하는 간호사의 보조가 마음에 들지 않았는지, 야단을 치기 시작했습니다. 그러나 한두 번의 야단으로 손을 바꿀 수는 없기 때문에 그 간호사는 더욱 조심을 하고 다시 수술대에 서고, 그렇게 한 달 정도가 지나갔습니다. 한 번 마음에 들지 않는 사람의 도움을 그리 달갑게 생각지 않는 과장님의 화는 결국 사소한 실수에도 그 간호사를 나무라게 되고, 간호사는 더욱 긴장해서 더 실수를 하게 되고, 이러한 악순환을 되풀이하게 되었습니다.

얼굴도 예쁘장하고 선한 모습의 그 간호사는 결국 수술방에 사표를 내고 말았습니다. 같이 수술을 들어가서 옆 사람이 야단을 맞는 것을 보면 나머지 사람들도 덩달아 긴장을 하기 마련이기에, 심장 수술을 들어가는 것이 너무도 싫었던 기억이 납니다. 이제는 제가 집도의의 입장이 되었습니다. 모든 사람들에게 잘해 주려고 생각을 합니다만 저도 긴장되는 순간에는 제 의도와는 상관없는 행동을 하게 됩니다. 자신이 야단칠 위치에 있을 때 야단칠 일을 참고 넘긴다는 것이 얼마나 힘든 일인지 이제야 조금 알 듯합니다.

의사 사회도 인간들의 모임인지라, 그 안에도 다른 집단과 똑같은 인간 사이의 사랑, 갈등, 미움 등이 모두 존재합니다. 이러한 감정들이 순수하게 일에만 매여 있는 객관적인 감정이라면 좋지만 자꾸 마음이 상하게 되면 이로 인하여 일을 하기 어려운 경우가 생기게 됩니다. 이제야 이해되는 과장님의 화내던 모습. 그러나 당시 사표를 내고 떠나간 그 간호사의 얼굴을 떠올리면 차라리 그 어려운 일을 떠나 쉴 수 있어서 좋겠다는 인간적인 부러움과 연민이 교차됩니다.

호박에 깔린 사나이

이제는 어쩌다 웃음을 머금고 외래에 나타나는 환자이지만, 처음 병원에 실려올 당시에 그분은 생사를 가늠하기 어려운 상황이었습니다. 나이가 50줄인 그 남자 환자는 자기 농장일을 하다가 다쳤습니다. 응급실에 실려올 당시 환자의 혈압은 최악의 상황이었고, 의식은 불명이었으며, 늑골이 거의 다 부러져 호흡이 불가능한 상태에다 흉강에 혈액이 가득 차 있었습니다. 즉시 응급으로 흉강의 혈액을 배액하고 인공 호흡을 시키고 중환자실로 옮겨 장기간의 치료에 들어갔습니다. 환자는 생과 사를 오락가락하며 무던히도 의료진의 속을 태우더니만, 다친 후 두 달이 넘어가면서 겨우 안정을 찾고 일반 병실에서 재활 치료가 가능하게 되었습니다.

환자는 농장에서 큰 호박을 따 트럭으로 옮기던 중 트럭 위의 호박들이 넝쿨째(?)로 굴러 호박에 압사당하기 직전에 구출이 된 것입니다. 우리도 나중에야 다친 원인을 보호자에게 설명 듣고 기가 막혀 웃지도 못하고 애를 먹었습니다. 호박의 위력이 사람을 죽일 수도 있다는 사실에 그저 놀랄 따름이었습니다. 환자도 아마 호박이었기에 아무런 안전 장치도 없이 작업을 하다가 다친 듯합니다.

요즈음엔 늑골이 부러져도 이를 교정해 주는 기구들이 고안되어 늑골 고정 수술을 하지만, 당시만 해도 늑골 골절 자체로는 수술을 할 필요가 별로 없기 때문에 저절로 유합이 될 때까지 기다렸습니다. 결과적으로 인공 호흡을 시켜 내부 고정(인공 호흡기로 수 일간

살아 있는 것만으로도 감사하며

고맙다는 환자를 보면 오히려 우리가 더 고맙게 생각됩니다.

호흡을 강제로 시켜 고정을 시키는 방법)을 하고 기다리는 치료를 했기 때문에 환자의 늑골이 부정확하게 유합이 되어 한쪽 가슴이 푹 가라앉은 기형으로 고정이 되었습니다.

외래에 와서 사진을 찍고 청진을 할 때면, 늘 그 기형이 마음에 걸려 쳐다보곤 합니다. 한쪽 가슴이 함몰되어 숨을 몰아쉬는 모습을 보면 많은 아쉬움이 남습니다. 조금만 늦게 다쳤으면 수술을 해서 멋진 모습으로 살아갈 수 있을 텐데 하고 말입니다. 환자는 그런 것은 상관도 안 하고 연신 웃으면서 자신이 운영하는 개고기집에 식사하러 오라면서 청합니다. 그 천진한 웃음에 자꾸만 아쉬움이 남아 미진한 마음으로 "네, 네"를 연발하며 그 환자를 돌려 보냅니다. 살아 있는 것만으로도 감사하며 고맙다는 환자를 보면 오히려 우리가 더 고맙게 생각됩니다.

선생님 목소리가 듣고 싶어요!

며칠 전 오랫동안 연락이 없었던 환자에게서 전화가 왔습니다. 그냥 제 목소리를 들어야 힘이 날 것 같다는 극히 짧은 내용의 전화였습니다. 항상 마음속에 아이라고 생각되어지는데, 이젠 서른이 훌쩍 넘어 한 아이의 엄마가 되었더군요.

그 환자는 제가 정신과에 인턴으로 있을 때 만났습니다. 당시 고등학생이었던 환자는 울면서 소리를 치고 격리 병동으로 강제 이송되는 중이었습니다. 그 울음은 하루 종일 계속되었고, 그곳에 있던 모든 사람들의 관심을 집중시키기에 충분했습니다. 그곳에서 치료를 받으면서 증세가 차츰 나아지고 가끔 웃기도 하는 그 아이를 보며 저도 즐거워했습니다. 당시엔 잘 몰랐지만 아마도 복잡한 집안 사정이 심성 여린 그 학생에게 타격을 주었던 것 같았습니다.

저는 정신과를 떠나며 그 일을 잊었고, 그리고 한참이 지난 후의 일이었습니다. 그 여학생이 저를 찾아왔습니다. 그리고는 개인적으로 상담을 요구했습니다. 엄밀한 의미에서 그 학생은 정신과 영역이기에 저는 완강히 거절을 했습니다. 그후 며칠이 지나서 학생의 부모님이 저를 찾아왔습니다. 딸의 질환이 확진된 정신병은 아니니 저보고 그 아이의 상담을 거절하지 말아 달라는 간곡한 부탁을 했습니다. 그 학생이 지금 신뢰하는 사람이 저 하나밖에 없다는, 그래서 그 아이의 마음을 잡을 사람이 필요하다는 부모님의 부탁을, 의사로서가 아니라 한 인간으로서 들어 달라는 요구를 차마 거절하지 못했습니다.

그후 그 학생은 수시로 제게 전화 상담과 방문을 했고, 저도 성실하게 응대해 주었습니다. 그것이 그 집안 전체의 일에 깊숙하게 관여하게 만들었고, 그 집의 모든 식구들의 주치의 노릇을 하게 되었지요. 평소 환자나 집안이 편안할 때는 연락이 없다가 문제가 생길 때만 연락을 하기 때문에 전화가 오면 '또 무슨 일일까?' 하는 걱정이 앞서는 것이었습니다. 그런 해결사(?) 노릇을 한 지 벌써 십수 년이 지났습니다. 그간 그 집안에 우여곡절도 많고, 학생은 성장을 해서 결혼을 하고, 아이를 낳고, 싸우고……. 남들과 같은 평범한 생활을 하면서 제게 연락이 오는 횟수가 줄어들어서 큰 짐을 덜어 낸 것 같았습니다.

그런데 최근 들어 남편과의 사이가 좋질 않던 것이 결국은 이혼까지 치닫고 다시금 어려움에 처해 있다는 연락이 온 것입니다. "선생님 목소리가 듣고 싶어요!" 새로운 연락처를 불러 주는 그녀의 목소리는 제게 많은 것을 생각나게 합니다. 한 인간의 삶이 이렇게도 기복이 많을까 하고요. 또 그럴 때마다 힘을 주는 목소리가 사실은 내게도 필요한데…….

썩은 밀감

지금은 흔해빠진 과일 중 하나가 밀감입니다. 그러나 과거에는 제주도에서 밀감이 효자 나무라고 애지중지했으며, 어느 여성 연예인은 밀감을 많이 먹어 피부가 노랗게 변했다고 매스컴에서 자랑을 했다가 언론의 비판을 받았을 정도로 밀감이 귀한 시절이 있었습니다. 일 년에 정해진 기간 동안만 이 귀한 과일을 먹을 수 있었기에 제주도 사람들은 자신들이 중요하다고 생각하는 사람들에게 밀감을 선물하곤 했습니다.

이렇게 오래 전의 이야기입니다. 어느 날 제게 급한 전화가 왔습니다. 제주도에서 장거리 전화로 환자를 부탁하는 내용이었습니다. 환자가 논둑길을 걷다가 미끄러져 넘어졌는데 공교롭게도 둑 밑에 세워 놓은 낫에 엎어져 낫이 가슴을 관통하여 사경을 헤맨다는 설명이었습니다. 그곳 제주도에는 흉부외과 전문의가 없기 때문에 수술이 불가능하다고 수혈을 하면서 비행기로 환자를 이송할 테니 응급 수술을 준비해 달라는 주문이었습니다. 과연 항공회사의 적극적인 도움을 받아 환자는 그날 오후에 병원까지 수혈을 50파인트 이상을 맞으면서 무사히 도착했습니다. 물론 그간의 출혈량은 이미 몸 속의 혈액량을 초과했기 때문에 몸 속의 피는 수혈된 남의 피로 대치되어 있었습니다. 다량 수혈로 인한 부작용이 우려되었지만 당시에는 생명이 다급했기 때문에 별 수가 없었습니다.

응급 수술로 가슴을 열고 낫이 관통한 큰 혈관과 폐의 일부를 교정하고 환자는 생명을 건졌습니다. 마치 군부대의 작전을 연상케 하는 일사불란한 준비로 한 생명이 새 빛을 보게 된 것입니다. 이 환자는 깨어나서 우리에게 감사하는 마음을 감출 수 없어 자신이 퇴원을 하면 꼭 우리에게 보답을 하겠노라고 거듭 약속을 했습니다. 환자는 약간의 부작용이 있었지만 무사히 퇴원했고, 그 환자 덕에 우리들은 제주도에서 명의라는 소문을 듣게 되어 기분이 으쓱했습니다.

그후 한동안 소식이 없어 환자에 대한 사항이 궁금하던 차에 편지가 한 통 도착했습니다. 자신이 약속한 대로 밀감을 배편으로 보내 서울역에 어느 열차로 도착할 예정이니 자신이 보낸 전표를 가지고 찾아가라는 내용이었습니다. 밀감 한 상자는 그렇게 우리들에게 전달이 되었고, 당시에 귀한 과일인 밀감을 받은 우리는 매우 기뻐했습니다. 그러나 그 상자를 열어 보니 오랜 동안 배편으로 올라오면서 상자 밑바닥에 있던 밀감의 반 이상은 이미 썩어서 잔뜩 짓물러 있었고 악취가 심해서 대부분을 골라 버려야 했습니다. 결국 우리의 손에 나뉘어 쥔 밀감은 1인당 몇 알에 불과했습니다.

그 몇 알의 밀감을 받아 쥔 우리들은 그것이 보물이라도 되는 양 또 여기저기 자랑을 하면서 나누어 먹었습니다. 그 환자에게서 밀감을 받았느냐는 전화를 받고서는 물론 고맙다고 인사를 연거푸 했습니다. 그렇게 썩었다는 이야기를 하면 환자가 심히 실망할 것이 뻔하였기에 우리는 너무 귀한 과일을 그렇게 많이 보내 주어서 고맙다고 잔뜩 칭찬을 했습니다. 그리고 사실 마음속으로도 그러한 번거로움을 무릅쓰고 보내 준 환자의 성의는 너무 고마운 일이었지요.

이제는 흔해빠져 제주도에서는 오히려 처치 곤란이라는 밀감을 텔레비전을 통해 보면서 격세지감을 느낍니다. 이렇게 물질이 풍요한 시대로 변하고 있다는 사실을 문득 깨닫는 것입니다. 그러나 물질이 풍요한 만큼 인심도 풍요로운지는 의문입니다. 요즈음은 아무리 어려운 수술을 받고 자신의 생명이 왔다갔다하는 상황에서 벗어나도 이의 결과를 의학의 발전 탓으로 돌리지, 의사의 노고로 돌리는 사람이 많지 않습니다. 한 생명을 살린 후 가장 큰 보람은 그것을 고마워하는 환자와 보호자의 마음에서 찾는 것이 우리네 의사의 마음입니다.

어려운 수술을 성공리에 끝내고 나와서 만나는 보호자의 모습과 그 보호자의 눈물이 글썽이는 눈빛, 수술을 무사히 마쳤다는 것에 안도하는 긴장 완화와 슬픔·기쁨이 마구 뒤섞인 그 눈빛—바로 우리가 어려움을 무릅쓰고 힘든 의업을 수행해 가는 이유입니다. 지금도 그 썩은 밀감 한 상자가 그립습니다.

돌팔이

저와 가장 친한 친구가 있습니다. 그는 저와는 전공도 다르고, 하는 일도 다릅니다. 사실 그 친구에게 동의를 구하지는 못했는데 그 친구의 이야기를 해야겠군요. 그는 한쪽 다리를 못 쓰는 장애인입니다. 그러나 자신의 장애를 교묘히(?) 이용해 재치를 부릴 줄 아는 친구였습니다. 가령 국립공원에 갔을 때 난데없이 장애인 표시판을 차 앞에 걸더니 다들 걸어가야 하는 길을 차를 몰고 들어가면서 정상인들이 걸어가는 것을 보고 "짜식들~!" 하면서 웃음으로 넘길 수 있는 넉넉한 마음을 가진 친구입니다.

내가 재수하던 시절에 시험이 너무 싫어서 학원 수업을 빼먹고 덕수궁에 앉아, 한낮의 햇볕을 즐기고 있던 어느 날 우리는 만났습니다. 그렇게 한가한 시간에 고궁에 혼자 앉아 있는 같은 나이 또래의 남자를 보았다는 것 하나로도 우리는 충분히 가까워질 이유가 있었습니다. 더구나 그는 제가 좋아하는 바이올린을 무릎 위에 올려놓고 있질 않겠습니까? 당시 저는 클래식 음악에 푹 빠져 있던 터라, 음악을 한다는 것은 하나의 동경이었죠.

내가 먼저 다가가 인사를 나누고 우리는 그렇게 인생의 많은 부분을 같이하는 친구가 되었답니다. 한창 감수성이 예민한 우리는 그후 대학 생활 내내 붙어 다니면서 아르바이트며 일을 꾸미고 다녔습니다. 집안의 불행을 안고 있으면서도 티를 내지 않는 의연한 그의 모습에 저는 감동을 하곤 했지요. 그의 꿋꿋함을 돕기 위해 용돈이며 집안의 쌀, 김치 등을 때론 부모님께 이야기하고 때론 몰래 퍼다 주면서 그의 자취 생활을 도와주었습니다. 너무 굶주린 생활을 오래 했던 친구는 저희 집을 찾아오면 어머님이 해주시는 식사를 게걸스럽게 먹어치워 식구들을 놀라게도 했습니다.

그후 그 친구는 제가 흔들릴 때는 저를 잡아 주는 역할을 했고, 마음의 아픔이 있을 때는 든든한 벗으로 옆에 있는 역할을 해주었습니다. 가난과 오랜 자취 생활에서 벗어나기 위해 누구보다 빨리 결혼을 했고, 저는 그의 결혼을 진심으로 축복해 주었습니다. 그가 신혼 살림을 차렸던 어느 집 보일러실 밑의 작은 공간을 보고 왔던 날은 슬퍼서 우느라 잠을 못 이루기도 했습니다. 친구는 의연하게 그 공간을 제게 보여주었지만, 저는 그런 새장 같은 공간에서 신혼 생활을 한다는 것이 마음속으로 도저히 용납이 되질 않았습니다. 몇 년의 고생 끝에 새로이 이사를 갈 때는 제가 더 기뻐했습니다.

제가 수련의 시절이 되어 시간을 별로 내지 못할 때에 그 친구는 제게 자주 전화를 해서 저와 친구를 안 하겠다고 으름장을 놓았습니다. 얼굴 한 번 보기가 너무 어렵고, 어쩌다 정말 어렵게 통화가 되면 조금 있다가 제 전화에서 코고는 소리가 들린다는 것입니다. 늘 잠에 쫓기고 이리저리 뛰어다니는 수련의와 전화 통화를 한다는 것은 정말 정성이 없으면 할 수 없는 일이었습니다. 지금은 핸드폰이 있어서 어느 곳에 있든지 연락이 가능하지만 당시에는 돌아다니는 수련의를 찾으려면 병원내 방송을 하는 수밖에 없었습니다. 그나마 밤 10시 이후에는 환자의 수면을 방해할까 봐 방송이 되지 않았고, 또 외부 전화를 일일이 방송으로 연결시키기는 어려웠습니다.

결국 제가 당직실에 있음직한 새벽 한두 시쯤 제게 전화를 하곤 했습니다. 전화벨이 울리면 반사적으로 벨이 한 번이 채 끝나기도 전에 받을 정도로 숙련이 되었지만, 반면에 중요한 전화가 아니면 곧 긴장이 풀어져 버립니다. 그러면 친구는 제게 어렵게 전화를 해서 이야기를 나누는데, 곧 수화기를 통해서 가느다란 코고는 소리가 나기 시작한다는 불평이었습니다. 이러기를 반복하니 제가 아무리 사과해도 그 화가 안 풀어져 늘 제게 하는 말이 있었습니다. "다시는 돌팔이를 친구로 삼지 않겠다!"는 엄포지요. 이렇게 티격태격하면서 우리의 우정은 깊어져 갔고, 그는 저의 성장 과정을 잘 알기에 의사의 아픔을 아는 몇 안 되는 친구가 되었습니다. 제게 농담으로 빨리 그 몹쓸 직업을 그만두고 자기와 놀자던 그 친구.

오늘도 그 친구는 제게 전화를 걸어 놀립니다.

"여~ 돌팔이, 아직도 안 그만두었냐?"

그가 아는 의사는 수 년간 고생고생하고 그만한 대가를 사회로부터 받지 못하는 고달픈 직업일 뿐입니다. 하나도 부러울 것이 없는, 더구나 친구로 두기에는 썩 좋지 않은 직업인가 봅니다.

작은 빛이 나를 이끌어 간다

아주 오래 전의 일입니다. 급성 신우신염으로 내과에 입원한 중학생 아이가 있었습니다. 그 아이는 눈매가 초롱초롱하고 행동이 매우 당찬 소녀였습니다. 병은 의외로 오래 가서 장기 입원을 하게 되었고, 그래서 환자는 휴학을 하게 되었습니다. 환자는 그런 상황에도 늘 웃음을 잃지 않아 주변 사람들에게 웃음을 선사하는 천사의 역할을 했습니다. 병동에서는 모든 의료진들이 그 아이로 인해 즐거워했습니다.

그 아이의 신선한 눈매와 나이에 어울리지 않는 음악에의 조예, 가끔씩 던지는 엉뚱한 질문 등으로 저는 그 아이와 대화하는 것이 매우 즐거웠습니다. 아마도 아버지가 금융계의 인사였던 것으로 기억이 됩니다. 가끔 좋은 연주회의 티켓을 가지고 와 선물을 해서 저를 놀라게 하기도 했습니다. 평소에 음악을 좋아하던 저는 아마도 음악 이야기를 많이 했던 것으로 기억이 됩니다. 지금은 시간이 오래되어서 얼굴도 가물가물하지만 그 당시의 신선함은 아직도 마음속에 그대로 남아 있습니다.

신장 조직 검사와 같은 참기 어려운 검사를 하는데도 어린 나이에 얼마나 참을성이 많은지 옆에서 보는 사람들이 감탄을 할 정도였습니다. 그런 여러 검사와 치료 후에 환자는 무사히 퇴원을 하게 되었습니다. 그후로도 몇 차례 저를 찾아와 음악회 티켓을 주며 저를 많이 따르게 되었습니다. 그 아이는 눈매를 쳐다보고 이야기를

하면 다른 생각이 들지 않을 정도로 맑고 투명한 눈을 갖고 있었습니다. 어려운 수련의 시절에 그 아이와의 만남은 사막의 오아시스와 같이 저를 지탱해 준 고마운 사건이었습니다. 지금은 이름도 얼굴도 잊혀지고 오직 눈매만 생각나는 그 아이. 그러나 그 눈매 하나만으로도 십수 년을 좋은 추억으로 나를 매어 놓을 수 있다는 사실을 기억합니다.

우리의 주변에는 이와 비슷한 일들이 많으리라고 생각합니다. 내가 남에게 그런 신선한 감각을 선사할 수 있기를 바랍니다. 이제는 나이가 들어 나의 젊음으로 신선함을 제공할 수 없다면 연륜으로, 경험으로 주변 사람들에게 따뜻함과 포근함을 제공하는 존재가 되기를 원합니다.

우리네 기억에 있는 커다란 일들은 이런 작은 일로 비롯되는 경우가 많습니다. 물론 자신에게 닥쳤던 어려움이나 아픔 등은 주로 커다란 사건들이 많지만, 이와는 달리 정말 아름다운 추억이나 가슴이 찡한 일들은 의외로 작은 일이나 남들이 잘 알지 못하는 사소한 사건인 경우가 많습니다. 저는 살면서 얼른 떠올릴 만한 가슴 벅찼던 일이 별로 없었습니다. 대신 이런 작은 일들로 수놓아진 나의 과거가 강력하진 않지만 희미한 빛으로 나를 이끌어 가는 등대가 됨을 알고 있습니다.

이 가을에 또 다른 빛을 발할 좋은 일들이 제 주변에 일어났으면 좋겠습니다. 여러분들도 이런 작은 일들의 신선함과 아름다운 추억이 생기는 좋은 계절이 되기 바랍니다. 낙엽 지는 신선한 가을 아침의 단상입니다.

선생님 훌륭한 의사가 되세요

의사란 직업만큼 사람의 아픔을 적나라하게 보는 직업은 없습니다. 환자를 보는 것이 아니라 때론 환자 속에 있는 병을 들여다보기 때문에, 가끔 희귀한 질병을 보면 환자보다 병을 더 중요시(?)하는 아이러니가 생기기도 합니다. 어느 정도 경륜이 쌓이고, 응급실에 실려오는 환자가 두렵지 않을 때가 되면 그제야 환자의 병이 아니라 환자가 보이기 시작합니다. 그래서 의사의 교육은 대중 교육이 어렵고 일대일 도제가 꼭 필요한지 모르겠습니다. 환자 한 사람 한 사람을 겪을 때마다 이론이 아닌, 그 두꺼운 교과서 속의 글자에 숨어서 보이지 않는 환자의 아픔, 절망 등이 읽혀지는 것입니다.

선천성 심장 기형으로 청색증에 시달리는 세 살짜리 아이가 있었습니다. 이상하게도 이런 병을 앓고 있는 아이들은 대개 머리가 똑똑하고 영특하여 자기 부모의 마음을 해량해 주는 어른스러움을 갖고 있어서 주변 사람들의 마음을 더욱 안타깝게 합니다. 이 아이도 매우 영특해서 부모가 안타깝게 쳐다보면 오히려 부모를 위로하는 성숙함을 보이곤 했습니다. 폐동맥의 발달이 미비해 완전 교정술이 불가능한 상태라서 1차로 고식적 단락술(혈관과 혈관을 이어 주는 수술의 한 방법)을 시행했습니다. 수술 후 환자의 입술이 빨개지는 것을 보고 그 부모는 기쁨을 감추지 못했습니다. 안 그래도 예쁜 얼굴이 정말로 예쁜 아이의 얼굴로 변해 갔습니다. 병실에서 주위 사람들의 귀여움을 독차지하던 환자는 무사히 퇴원해서 외래로 다니기 시작했습니다.

가끔씩 감기가 드는 것 외에는 건강하게 지내던 아이가 숨이 차서 응급실로 실려왔습니다. 정밀 검사를 해보니 단락 수술을 한 부위에서 혈장액이 스며 나와 늑막에 물이 차는 증상이었습니다. 이는 매우 드문 경우로 학회에 보고할 정도의 희귀한 케이스 리포트(case report)감이었습니다. 적절한 조치를 해서 물을 빼고 환자는 퇴원을 했습니다. 그후 일 년간을 잘 지내고, 무사히 2차로 완전 교정술도 끝내고 나자 부모는 모두 기쁜 마음에 웃음이 떠날 날이 없었습니다. 옆에서 지켜 보던 저 역시 그 아이를 내 자식처럼 사랑하고 무척이나 귀여워했습니다.

그러나 호사다마라고나 할까요. 수술을 한 지 삼사 년이 흘러 잊을 만할 때에 그 아이가 혼수 상태로 응급실로 실려왔습니다. 머리 부분은 제 전공 분야가 아니지만 항상 제가 보아 왔던 환자이기에 저에게까지 연락을 했던 것입니다.

그 아이의 진단은 뇌농양. 혼수 상태의 아이는 뇌수술을 했으나 보람도 없이 수 일 만에 숨을 거두었죠. 저는 그 아이 옆에서 보호자와 같이 며칠을 새웠습니다. 아빠가 아이의 시신을 품에 안고 나가면서 마지막으로 제게 한마디 부탁을 했습니다.

"선생님, 훌륭한 의사가 되세요. 모든 질병을 극복하고, 그래서 다시는 저와 같이 마음아파하는 보호자가 없기를 원합니다."

시신을 싣고 다니는 스트렛쳐카를 마다하고 아들의 시신을 품에서 놓지 않고 힘겹게 걸어 나가던 아빠의 뒷모습은 너무도 쓸쓸했습니다.

몇 년이 흘렀어도 아직도 제 주변에는 마음아파하는 보호자가 너무나도 많습니다. 그 부모의 소원을 들어 주려면 아직도 먼 것 같습니다. 아직도…….

산으로 떠난 사나이들

아직도 현대 의학은 인간들이 요구하는 완벽한 치료나 예방에 도달하지 못하고 있습니다. 다만 모든 질병에 최선을 다해 최상의 효과를 보려고 노력할 따름입니다.

거의 비슷한 시기에 폐종양으로 판정을 받고 같이 수술을 받은 두 사람이 있었습니다. 그들은 폐종양 3기로 수술을 받을 수 있는 마지막 단계에 와 있었습니다. 약 일 주일 차이로 똑같이 한쪽 폐를 절제하는 수술을 받고 병실에서 나이를 따져 가면서 호형호제하는 사이가 되었습니다. 생의 절박한 위협 속에서 만난 사람들인지라 누구보다도 친해지게 되고, 둘 다 무사히 퇴원한 후에는 서로 왕래하면서 우의를 다지는 모습이 보기 좋았습니다. 그들은 서로에게 가장 위안이 되는 상대가 되었고, 서로에게 도움이 될 만한 정보가 있으면 먼저 알려 주곤 했습니다.

내게 두 사람 다 방사선 치료를 권유받았으나 별로 달갑게 받아들이지 않더니 외래에 오는 횟수가 뜸해지고 결국 병원으로의 발걸

그들의 웃음, 병실에서의 장난, 그것과 교차되는 산 속에서의 생활을 상상하면서
그들의 아픔과 생명 연장과의 절박한 싸움을 떠올렸습니다.
산을 힘겹게 오르내리면서 동병상련의 위로를 나누었을 그들…….
산으로 떠난 사나이들은 우리 현대 의학의 한계를 몸으로 시위하며 떠난
마지막 몸부림이었을 것입니다.

음을 끊었습니다. 중간중간 약을 타러 왔을 때, 직업으로 갖고 있던 가게를 팔았다는 이야기를 들은 것이 마지막 소식이었습니다.

우리 나라는 소위 민간 요법이니 한방이니 하는 또 다른 치료 방법이 병용되는 몇 안 되는 나라 중의 하나입니다. 사람이 생의 마지막에서 아무 데라도 기대고 싶은 심리는 이해하나 검증되지 않은 방법으로 실험을 하기에는 우리의 목숨은 여분이 없습니다. 그들은 우리의 권유도 뿌리치고 산 속으로 들어간 것입니다.

소식이 끊어지고 약 이 년이 지난 후, 어느 날 그 중의 한 환자가 저를 찾아왔습니다. 저는 안타까워서 그간의 행적을 물어 보았지요. 그들은 주위의 소문을 듣고는 우리 나라 명산 중의 하나인 어느 산 속 깊숙이 들어갔답니다. 거기에는 자신들이 놀랄 정도의 많은 사람들이 숲 속에서 과거 빨치산을 연상시키듯 집단 생활을 하는 것이었습니다. 대부분의 사람들이 완치 불가의 판정을 받거나 생의 마지막 단계에 처한 절박한 상태로 서로의 정보를 공유하고 산에 있는 약초를 캐내어 치료를 하면서 공동 생활을 하는 형태입니다. 저는 소설에서나 있음직한 이야기를 들으면서 어떻게 이야기를 해야 할지 많이 망설였습니다. 그런 생활 가운데 그 중 아우 환자는 지난달에 세상을 떠났다면서 이제야 자신이 병원을 찾았노라고 말을 하는 것입니다. 다시금 병의 진행 정도를 위해 정밀 검사를 권유했으나 환자는 곧 다시 오겠노라고 하면서 돌아갔습니다.

혹시나 하고 기다리는 저의 기대는 몇 개월이 지나자 다시 포기하는 마음으로 바뀌었습니다. 그 환자는 다시금 산 속으로 들어갔는지 아니면 다른 병원으로라도 갔는지 제게 궁금증을 남기고 사라진 것입니다. 수술이 끝나고 퇴원하던 날 제게 고맙다고 잘 마시지도 못하는 술 한 병을 들고 찾아왔던 그 환자의 얼굴과 몇 년 후 다시 나타났다가 홀쩍 사라져 버린 새까맣게 변해 버린 얼굴이 잊혀지질 않습니다. 그리고 그와 함께 산으로 사라져 버린, 그리고 다시금 이 세상에서 사라져 버린 다른 환자의 웃음도 잊혀지질 않습니다.

그들의 웃음, 병실에서의 장난, 그것과 교차되는 산 속에서의 생활을 상상하면서 그들의 아픔과 생명 연장과의 절박한 싸움을 떠올렸습니다. 산을 힘겹게 오르내리면서 동병상련의 위로를 나누었을 그들……. 산으로 떠난 사나이들은 우리 현대 의학의 한계를 몸으로 시위하며 떠난 마지막 몸부림이었을 것입니다.

광인 협주곡

제가 전문의 시험을 보기 위해 병원 골방에 박혀 책과 씨름할 때의 일이었습니다. 당시 우리 병원에 뇌출혈로 입원한 환자가 저의 도움을 필요로 해서 보아 준 적이 있습니다. 그 환자는 중환자실에서 오랜 기간을 보내야 했고, 그것을 계기로 환자의 보호자와 가까워지게 되었습니다. 환자의 딸 중 한 사람이 독일에 거주하는 독일 의사였습니다. 그녀는 한국에서 음악을 전공하다가 독일로 유학을 떠났고, 그곳에서 전공을 바꾸어 어렵게 경쟁을 해서 현지의 의사까지 오른 매우 당찬 여성이었습니다.

자신의 어머니가 사경을 헤매게 되니 일시 귀국하여 어머니 곁에서 매일 밤을 새우는 효심을 보였습니다. 그녀는 같은 의사라는 신분으로 우리 의사들과 매우 가깝게 지냈으며, 연배로 보아 저보다도 한참 선배인지라 편안하게 대할 수 있었습니다. 제가 커피를 좋아한다는 사실을 알고 난 후부터는 매일 아침 공부방에 들러 끓여놓은 커피를 나누어 마시며 독일 생활의 향수를 달래는 것 같았습니다. 그녀는 현지에서 독일 의사와 결혼을 했고, 그 남편은 매우 유능한 외과 의사로서 병원의 독보적인 인물이라는 이야기를 했습니다. 그런데 어딘지 모르게 자신의 사생활에 대한 언급은 끝이 확실하지 않아서, 캐어묻지는 않았지만 미심쩍은 구석이 많았습니다. 환자가 퇴원한 후 그녀는 독일로 돌아가고, 우리들의 커피 타임도 더 이상 지속되지 않았습니다.

그후 몇 년이 흘러 잊혀질 만할 즈음, 그 환자는 병이 재발되고 환자의 딸은 다시금 귀국을 하게 되었지요. 어쩌다 전화로 소식을 전하던 그녀는 한국에서 저를 만나게 되었고, 그간의 안부로 이야기꽃을 피우게 되었습니다. 마치 오랜 친구를 만난 것처럼 푸근한 느낌으로 사적인 대화가 가능해져서 남편에 대해 물어 보았습니다.

그 나라에서 의사로서 촉망받던 그녀의 남편은 평소에 플루트를 매우 잘 부는 실력가로도 소문이 난 천재였습니다. 의사로서, 또 음악가로서 두 분야에서 모두 인정받을 정도의 천재성을 발휘하던 남편은 어느 날 정신분열증이라는 끔찍한 모습으로 변해 버렸답니다. 갖은 치료에도 거의 가망이 없어 치료를 포기하고, 결국은 환자가 되어 버린 그 의사는 플루트를 하나 들고 전국 유랑길에 올랐다는 이야기입니다.

남편의 주 레퍼토리 중의 하나가 〈메르카단테의 플루트 협주곡〉이라는 이야기를 들은 뒤부터는 그 곡을 들을 때마다 독일의 어느 지방을 떠돌아다닐 천재 의사 한 사람이 연상됩니다. 너무 똑똑해서 외국에서도 남에게 지지 않으려고, 또 여자라고 얕보이지 않으려고 노력한 결과 의사가 되었고 유명한 독일 의사와 결혼을 하여, 무엇 하나 부족함이 없을 것 같던 그녀에게도 불행은 있었습니다. 커피 타임에 나눈 이야기로 상대에 대해 많은 부분을 알게 되었지만 막상 불행한 이야기를 나누다 보니 연민의 정이 느껴졌습니다.

단단하고 바늘도 들어갈 것 같지 않은 당찬 모습의 그녀가 속으로는 그렇게 아픔을 간직하고 있었던 것입니다. 타국에서 남편 하나만을 의지하고 살아가던 그녀는 기둥을 잃은 것입니다. 이제는 세월이 흘러 다른 남편을 만나 새로운 삶을 살고 있다지만, 그간 받았을 마음의 고통은 짐작할 수 있습니다. 너무 멀리 있어서 어쩌다 전화 한 통 오기도 힘들지만, 지금도 메르카단테의 음악이 라디오에서 나오면 플루트 하나 들고 어딘가를 떠돌아다닐 얼굴 모르는 의사의 모습과 그녀의 슬픈 얼굴이 교차되어 떠오릅니다.

한 번만이라도

입에 염증이 생겨 식사도 제대로 하지 못했던 경험이 누구나 한 번씩은 있겠지요. 대부분 그 순간 불편하다고 느껴도 우리는 그것을 그리 심각하게 생각하지는 않지요. 왜냐하면 조만간 입이 깨끗해지면 곧 먹을 수 있기 때문이지요. 그러나 병 때문에 앞으로 식사를 평생 못 한다고 생각해 보신 적이 있습니까?

식도암에 걸린 노인이 있었습니다. 식도암은 통상 발견되면 그로부터 치료를 해도 평균 수명이 2~3년밖에 안 되는 치명적인 질병입니다. 그 환자분은 비교적 초기에 진단이 되어 완전 제거술이 성공적으로 되었습니다. 그러나 대용 식도로 사용한 대장의 혈액 순환에 장애가 생겨 조직 괴사가 일어나고 이로 인해 이식한 대장을 다시 들어내는 수술을 받았습니다. 제가 이 병원으로 오기 이전에 수술을 받은 분이지만, 자연스럽게 제가 환자를 맡게 되었습니다. 가족들의 헌신적인 간병으로 환자는 건강을 회복하고 무사히 퇴원을 했습니다. 이러한 환자들은 식도가 없기 때문에 위에 구멍을 내고 그곳에 고무 호스를 넣어 식사를 공급합니다. 인간의 본능 중 하나인 식욕의 중요함은 누구나 알고 있습니다. 이 환자는 음식물을 모두 액체 상태로 잘 갈아서 깔때기를 이용하여 배에 넣는 방법으로 식사를 하는 것입니다. 가끔씩 관을 교체하기 위해 병원에 들르면서 그간의 이야기를 제게 들려주고 가시는 것이 그분의 일과였습니다.

항암 치료를 위하여 가슴 부위에 방사선을 쪼였지만 그 부위의 염증이 심했기 때문에 식도 재건술은 어려운 상황이 되었습니다. 그간 자주 식도 재건술을 권유했으나, 처음 수술에서 워낙 고생을 많이 하고 이제야 겨우 건강을 회복한 환자는 재수술을 꺼려했습니다. 대신 입으로 음식물을 씹어서 그 음식을 다시 관을 통해 배에다 넣는 방법으로 음식의 맛도 느끼며 최선을 다하여 삶을 영위했습니다. 때로 산책을 나가고 때로는 낚시, 운동 등을 즐기며 아주 적극적으로 여생을 즐기는 모습을 보였습니다.

그 환자의 소원은 한 번만이라도 입으로 음식을 먹을 수 있었으면 하는 것입니다. 가족들은 환자 앞에서는 식사를 삼가하기까지 했습니다. 환자를 자극하지 않기 위해서지요. 이러한 노력 속에 환자의 건강은 점차 좋아져서 체중도 증가하고 이제는 낚시도 다닌다면서 즐거워하는 모습이 보기 좋았습니다. 의사들이 예상하는 시간보다도 훨씬 오랫동안 암의 재발 증세가 보이지 않아 식도암에서는 드문 완치를 기대하기도 했습니다.

수술 후 4년째 차츰 쇠약한 기운을 보이더니, 보호자가 대신 약을 타러 오기 시작했습니다. 병이 악화된다는 것을 느끼면서 환자는 민간 요법과 한약 등 동원 가능한 모든 방법을 써 봤습니다. 사소한 일까지 제게 상의를 하던 보호자들이 어느 날 소견서를 부탁하는 것이었습니다. 어디어디 병원을 마지막으로 가려 하니 도와 달라는 것입니다. 차라리 방법이 있으면 제 마음이 편하려니와, 그 환자에게는 방법이 없는 것을 알기에 참담한 마음으로 소견서를 써 드렸습니다. 그리곤 그것이 마지막이었습니다. 얼마 안 있어서 돌아가셨다는 소식을 들었습니다. 마지막까지 입으로 식사를 하기 원했던 환자분을 떠올리면 아직도 식사하는 것이 미안할 때가 있습니다.

노랑머리

신부전증으로 우리 병원 내과에서 복막 투석을 하고 있던 환자가 숨이 차서 정밀 검사를 받았습니다. 정밀 검사상 심장 판막증으로 판명이 되어 수술을 받게 되었습니다. 심장 수술을 받으려면 신장 기능이 좋아야 하는데 이 환자는 좋지 않은 조건을 갖고 있었습니다. 의료진은 많은 회의를 하고 자료를 찾아본 후 수술을 하기로 결정했습니다. 환자는 오랜 투병 생활로 재정이 어려운 상태였고, 대개의 경우 그렇듯이 주변에는 간병을 하는 가족이 별로 없는 것 같았습니다.

이 환자에게는 막내딸이 항상 곁에 있었는데, 나이는 10대 후반으로 보이고 차림새가 요란했습니다. 병세가 완연한 아버지의 얼굴과 머리에 노란 물을 들이고, 이어링과 배꼽 바지, 찢어진 청바지 등으로 치장한 딸의 모습이 대비되어 제게 일말의 불안감과 묘한 편견을 갖게 했습니다. 저는 회진을 돌 때마다 그런 차림으로 앉아 있는 딸에게 곱지 않은 시선을 보냈습니다. 금년까지만 이렇게 하기로 아빠와 약속을 했다는 딸의 이야기에 환자는 옆에서 힘없이 고개를 끄덕이고 있었습니다. 만성 질환이 겹쳐 있어 치료 과정이 복잡해질 것으로 알고 잔뜩 긴장했는데 수술은 성공적으로 끝나고 회복도 생각 밖으로 순조롭게 진행되었습니다. 이러한 일련의 회복 과정에 느낀 또 하나의 의외는 바로 이 막내딸의 외모와는 어울리지 않는 헌신적인 병간호였습니다.

많지 않은 보호자들이 드나들기는 하지만 거의 매일 노랑머리가 혼자 아버지 곁을 지키고 있는 것을 목격했습니다. 날마다 옆에서 밤을 새우다시피 하는 딸의 모습을 보면서, 차츰 노랑머리가 정겹게 느껴지기 시작했습니다. 완고한 마음으로 비딱하게 쳐다보던 나의 마음이 잘못되었다는 솔직한 반성이 생기기 시작했습니다. 말을 걸어 보니 외모와는 달리 수줍음도 잘 타고 조금만 칭찬을 해줘도 얼굴이 발개지는 것이 생각보다 순진한 구석이 많이 있었습니다. 환자는 무사히 퇴원을 했고 동생같이 느껴지던 노랑머리는 더 이상 볼 수 없었습니다.

앗! 그런데, 한참 후 외래에 나타난 막내딸의 머리가 이번에는 분홍색으로 변해 있는 것입니다. 여전히 핏기 없는 아빠를 부축하고서 말입니다. 요란한 외모와 어울리게 파격적인 색깔로 변신한 그 아이의 느낌은 카멜레온 같았습니다. 그렇지만 이제 내게는 그 분홍색 머리도 예쁘게 보였습니다.

강아지의 죽음

제가 아는 학생이 강아지를 가지고 있었습니다. 너무나 예쁘지만 태어난 지 얼마 되지 않아 보기에도 애처로운 그런 강아지였습니다. 처음에 건강을 체크하고 산 강아지였지만, 환경이 바뀌자 적응을 못 해서인지 며칠 뒤부터 계속 병원 신세를 지기 시작했습니다. 그 학생은 강아지가 안쓰러워 공부, 아르바이트 모두 접어 두고 틈만 나면 동물 병원으로 뛰어가곤 했습니다. 한 달여를 병원과 집을 오가면서 치료를 받던 강아지는 미처 자라지도 못하고 죽었습니다. 그 학생이 얼마나 슬퍼하던지 옆에서 보는 사람도 애처로울 정도였습니다. 기쁨을 주는 애완동물의 죽음도 우리에겐 커다란 슬픔이 됩니다.

강아지 한 마리도 정을 쏟으면 그 강아지는 더 이상 평범한 강아지가 아니고 주인에게는 인간만큼 귀한 의미를 부여하는 존재가 되는 것입니다. 저는 그 사건을 보면서, 저의 직업을 연상해 보았습니다. 저를 찾아오는 환자들이 알고 오건, 알지 못하고 오건 저와 연관을 맺기 시작하면서 제게 의미가 되기 시작합니다. 수술이 어려울수록, 치료 기간이 길어질수록 그분들은 제게 강한 책임감과 연민, 애착을 갖게 만들지요.

쉽게 퇴원하는 환자들은 종종 쉽게 기억에서 잊혀집니다. 그러나 어려운 질병이나 합병증 등으로 장기 입원을 하거나 치료 도중 유명을 달리하는 환자들은 제게 하나씩 아픔을 주고 떠나갑니다. 십 년이 지나도 그와 비슷한 질병을 보게 되면 항상 떠오르는 아픔으로 제게 다가오게 되지요. 논문을 쓰기 위해 차트를 다시 찾을 때면 차트만큼 빛바랜 추억으로 제 마음에 다시금 찡한 아픔을 줍니다.

평생 수많은 죽음을 보아야 했던 제 삶을 돌이켜보면 결코 쉬운 삶이라고는 생각지 않습니다. 자신이 애착을 가졌던 환자의 죽음은 의사에게 많은 좌절과 직업적 회의감을 갖게 합니다. '왜 하필이면 내가 이런 죽음을 봐야 하지?' 하는 강한 거부감은 의사 생활 십수 년이 지나도 감기와 같이 면역력도 생기질 않습니다. 앞으로 몇 사람의 죽음을 대면하고 살아야 할지 저도 모릅니다. 그러나 이런 아픔을 겪지 않기 위해서라도 한 사람 한 사람에게 최선을 다해야 한다는 다짐 외에는 제게 방법이 없습니다. 마치 옷을 벗지 못한다고 고백한 어느 성직자의 고백과 같이 말입니다.

또 오셨네요!

여러분들은 정신적인 고통을 제외한 육체적인 어려움 중 어느 것이 참기 어렵다고 생각하시는지요. 많은 아픈 사람들을 옆에서 지켜 보면서 통증보다 더 참기 어려운 것이 아마도 호흡곤란이 아닌가 생각합니다. 숨이 원하는 대로 쉬어지지 않을 때 많은 환자들은 일종의 패닉 현상, 즉 극도의 공포를 경험하게 됩니다.

67세의 남자 환자 김○○ 씨는 저의 단골 환자입니다. 두세 달에 한 번씩은 응급실로 실려와 잘 웃지도 못하는 얼굴로 제게 미안하다고 말을 건넵니다.

"아이구! 또 오셨어요?"

제가 응급실에서 말을 걸면 그래도 아는 의사의 얼굴을 보았다는 안도감으로 금방 화색이 돕니다. 그 환자분은 심한 폐기종과 기흉 등을 오래 앓아 폐실질이 이미 다 망가져서 조금만 몸의 상태가 안 좋아지면 숨부터 차기 시작합니다. 젊은 시절의 직업병의 후유증입니다. 처음에는 폐가 터지는 현상, 즉 기흉으로 저를 찾아왔습니다. 흉관을 삽입하여 폐가 펴지자 언제 그랬냐는 듯이 증상이 좋아지고, 그런 경험을 한 환자는 갑자기 저를 명의 취급을 하는 것입니다. 환자의 입장에서는 죽음의 한 고비를 넘긴 상태이니 그럴 만하지만 사실 그것은 그리 어려운 치료법은 아닙니다.

그후로 환자는 몸의 어디가 아파도 저를 찾아오기 시작했고 저는 그분의 주치의가 되었습니다. 다른 곳이 아파서 병원을 찾았을 때, 다른 과를 소개해 드려도 그 환자는 막무가내였습니다. 한때 텔레비전에서 허준이 인기였지만 우리 의사들에게는, 한의와 달라서 자기 전공을 넘어서는 질병은 솔직하게 부족함을 인정하고 다른 과 전문의에게 자문을 구하는 것이 환자를 위하는 방법이라고 생각합니다. 그러나 그분에게는 이러한 나의 고백(?)도 소용이 없었습니다.

환절기만 되면 어김없이 숨쉬기가 곤란해서 병원을 찾고, 또 저를 찾아오는 그분에게 우리들은 약간의 산소와 기관지 확장제를 포함한 몇 가지 약들, 그리고 따뜻한 위로 정도를 건넬 뿐입니다. 유일한 희망은 폐 이식뿐인데, 이것은 그야말로 희망 사항일 뿐입니다. 젊은 시절 많은 고생으로 몸을 망친 우리들의 아버님, 선배님들……. 그들의 피땀으로 이 나라는 지금의 번영을 이루었건만, 그들이 지금은 잘 쓰지도 않는 석탄 때문에 몸을 버렸다는 것을 얼마나 많은 사람들이 알아줄는지요.

어린 시절 물에 빠진 경험이 있는 저는 숨쉬기가 어려우면 얼마나 힘이 드는지 간접적으로나마 알 수 있습니다. 그러한 고통을 너무나 자주 겪어 이제는 체념과 달관으로 하루하루를 보내는 그분을 보면 차라리 시선을 피하고 싶습니다. 보고 있으면 같이 숨이 차오고 아무것도 해줄 수 없는 우리의 능력이 안타까워서 말입니다.

요즈음 감기 환자가 많습니다. 행여나 그 환자가 또 실려오지 않을까 하고 걱정 반, 또 보이지 않으면 혹시 하는 불길함에 근심 반으로 이 계절이 지나길 바라고 있습니다. 날씨가 더워지면 차라리 그분에게는 괜찮으니까요.

제2부
환자,
나의 사랑

내게는 영원한 도전이 되고 영원한 스승이 되는 환자들을 돌아봅니다.
과거에 나를 붙잡던 자책과 패배 의식은 없어졌어도,
환자들이 나빠질 때에 느끼는 절망감과 슬픔은 아직도 내 주변에 상존하기 때문에
오늘도 나의 스승에게 겸허히 다가가고 있습니다.

장례비

심장판막 질환은 그 증세가 워낙 천천히 시작되고 진행 속도가 느리기 때문에 대부분의 경우 진단이 늦어집니다. 또한 발견한 후에도 약물 치료 등으로 수술 시기를 정확하게 맞추는 경우보다 늦게 수술하는 경우가 많습니다. 환자는 겉으로 드러나는 외상이 없고, 증세 발현이 느리므로 대개 수술보다는 약물 치료를 선호하게 됩니다. 그래서 견디기 어려운 지경까지 되었을 때에야 수술을 고려합니다만, 수술 시기가 늦은 상태에서 수술을 할 경우 그 효과가 많이 떨어짐은 당연한 결과입니다.

60세가 넘은 여자 환자분은 심장판막 질환으로 수술을 위해 저를 찾아왔을 때 이미 심장 비대가 심하고 증세가 많이 악화되어 거의 막바지였습니다. 그러나 약물 치료에 반응이 없고 그냥 두면 문제가 생길 정도로 악화된 상황이어서 어렵사리 수술을 결정하고 보호자들을 설득했습니다. 시골의 경제 사정은 뻔한 것이어서 확신이 없는 수술에 거금을 들인다는 것이 보호자들에겐 매우 힘든 결정이었을 것입니다. 우여곡절 끝에 판막 수술을 성공적으로 마치고 환자는 회복은 느리지만 그래도 한 달이 넘게 투병 생활을 한 후에 퇴원을 할 수 있었습니다.

퇴원 후에도 강심제와 이뇨제의 도움이 없이는 어려울 정도로 증세 호전이 쉽지 않았습니다. 그래도 정성껏 약물을 복용하고 체중 조절을 한 후에 어느 정도의 일상 생활이 가능하게 되었습니다. 가족들은 차츰 환자에 대한 관심이 떨어져 환자의 남편을 제외한 다른 식구들은 그후로 발길을 끊게 되었습니다. 그저 평범하게 보이고, 술을 좋아하고, 말도 약간 더듬는 환자의 남편은 항상 환자를 데리고 다니면서 제게 모든 것을 상의하는 좋은 보호자였습니다.

환자가 수술을 받은 지 3년째 되는 해였습니다. 환자의 호흡 곤란 증세가 악화되어 재입원을 시키고 정밀 검사를 한 결과, 판막의 움직임은 정상이나 전체적인 심장 기능의 저하로 심박출량이 많이 떨어져 있음을 알게 되었습니다. 즉시 강심제 주사를 투여하고 환자의 상태가 호전이 없자 중환자 관리로 들어갔습니다. 환자의 남편은 수술을 했는데 왜 다시 병이 생기는지 이해를 하지 못했습니다. 우리네 의사의 설명은 그분에게는 알아듣기도 어려운 말이었고, 이미 마음이 닫힌 상태여서 그 말을 들으려는 태도가 아니었습니다. 환자는 중환자실과 병실을 오가면서 두 달 가량 치료를 받고 겨우 회복되어 퇴원을 했습니다.

퇴원 후에도 집에서 다른 일을 전혀 하지 못하는 상태를 유지하고 있는 환자의 모습은 보호자에게는 그리 기분 좋은 모습은 아니었을 것입니다. 그러나 이제는 말 그대로 백약이 무효인 심장 상태가 되어 겨우 걸어다닐 정도의 능력밖에는 없고, 복수가 차고 몸이 붓는 지경이 되었습니다. 외래에 올 때마다 좋은 약을 달라는 환자의 하소연에 저는 말 그대로 난감했습니다. 마치 좋은 약을 감추어 두고 주지 않는 것으로 저를 몰아붙일 때에는 할 말이 없었습니다. 심장의 완벽한 기능 저하……. 심장 이식 외에는 다른 방법이 없는 상태였습니다.

그후 서너 차례의 입원과 퇴원을 반복하던 환자는 결국 돌아올 수 없는 곳으로 가셨습니다. 그 동안 자식들은 이미 포기했는지 얼굴도 보이지 않았고, 옆에는 남편만이 동행을 할 뿐이었습니다. 환자는 남편의 눈물 속에 쓸쓸히 생을 마감했습니다. 수술을 하고 겨우 삼 년 정도의 혜택만을 누린 채 떠난 것입니다. 수술을 좀더 일찍 했더라면 천수를 다할 수 있었을 텐데 하는 아쉬움이 계속 남아 있었습니다. 그 남편은 장례 후 약 일 주일을 제게 찾아와 사인을 가르쳐 달라고 설명을 요구했고, 매일 같은 이야기를 하는 제게 고개를 저으며 돌아가곤 했습니다. 병원을 찾는 일 외엔 달리 할 일도 없던 그 남편은 나중에 장례비를 요구하는 것이었습니다. 의학적으로 아무런 하자가 없는 치료 과정이고, 수 년간을 옆에서 지켜 본 그 남편의 입장에서도 도저히 요구할 수 없는 일을 하고 있었습니다. 그래서인지 늘 술이 만취되어 술김에 할 말을 하고 돌아가는 것입니다.

며칠이 지난 후 내게 고백을 하는데 자식들에게 병원비를 받아오겠다고 큰소리친 자신의 입장을 설명하며, 12만 원을 장례비로 요구했습니다. 그 값을 어떻게 계산을 했는지 저는 모릅니다. 그러나 나중에 원무과에서 그 돈을 받고 나갔다는 직원의 말을 듣고 저는 한동안 일을 할 수 없었습니다. 그 돈의 가치가 무엇을 뜻하는지, 꼭 그래야만 했는지 아직도 의문이 풀리지 않는 부분입니다. 다만, 환자의 죽음으로 그간 환자에 쏟았던 우리 의료진의 정성은 그 12만 원으로 인해 무의미로 끝난 것 같아 마음이 아픕니다. 그럼으로 해서 단지 그 남편의 마음이 조금이라도 환자에 대한 애틋함에서 해방되었기를 바랄 뿐입니다. 환자가 죽으면 그간의 과정에 상관없이 무조건 의사와 병원의 잘못으로 치부하는 신뢰받지 못하는 마음……, 그것이 슬픕니다.

가장 큰 선물

제가 전공의 시절 다른 과에 파견을 몇 달간 나가 있었습니다. 물론 다른 과에 가면 일의 부담이 좀 덜어지기 때문에 마음의 여유가 생기게 됩니다. 평소에는 시간도 없고 눈치도 보아야 하고 심신이 피곤해 여유를 부릴 엄두도 못 내지만 파견을 나가면 일단 긴장이 풀립니다. 그래서 이래저래 보지 못하던 책도 보고, 그리고 싶었던 그림도 그리려고 스케치북을 사 들고 돌아다니고 그랬습니다. 가뭄 속의 한 줄기 비처럼 그 짧은 시간이 제게는 너무도 소중한 시간이었던 것 같습니다. 수술에 들어가도 약간의 농땡이가 가능한 시간—후후, 이해가 안 가시죠? 수술 도중 중요한 부분이 끝나면 뒤에서 구경을 하다가 슬며시 빠져 나가 스테이션에 앉아 커피 한 잔을 마시는 기쁨은 이루 말할 수 없었습니다. 저는 담배를 못 피웁니다만, 교도소에서 몰래 피우는 담배의 맛과 비교할 수 있을까요?

자기가 직접 책임을 지지 않아도 되는 환자들은 아무리 보아도 마음이 가볍습니다. 그래서 같은 환자라도 자신이 주치의를 맡은 환자는 다른 환자들과 다른 것입니다. 파견을 나온 의사에게는 책임을 지우지 않고 그저 일손이 필요한 일과 관찰 등을 맡기기 때문에 심적 부담이 적지요. 할 줄 모르던 볼링을 쫓아다니며 배울 수 있었던 시기도 그때입니다.

회진을 따라 도는 병동에 충수염—보통 맹장염으로 알려져 있는—으로 수술을 받은 환자가 한 사람 있었습니다. 제가 주치의가 아니었기에 환자에 대한 정확한 신상을 기억할 수는 없었습니다. 그저 뒤에서 회진을 따라 돌며 보았던 많은 환자 중 하나였습니다. 그런데 회진 때마다 그 환자의 침상에는 늘 만화책이 잔뜩 놓여 있었습니다. 만화는 어린 시절 부모님의 꾸중 속에서도 억척스레 빌려 보았던 추억이 있는지라 나이가 들어서도 무척이나 좋아합니다. 그래서 어떤 경우에는 만화책을 빌려 보기 위해서 퇴원을 하루 미루라고 환자에게 엄포(?)를 놓았던 적도 있었음을 고백합니다.

그날도 제가 회진을 돌다가 만화를 발견하고 그 책을 탐했겠지요. 제 눈빛이 이상했는지 그 환자가 제게 만화를 가져가라고 말을 걸었습니다. 회진을 하는 도중이었기에 저는 그냥 지나갔었고, 그렇게 그 일을 잊었습니다. 몇 달이 지나 다시 원래의 과로 와서 근무할 때 제게 편지가 한 통 배달이 되었습니다. 미지의 사람이 제게 보내 온 편지를 받고 내용이 매우 궁금했습니다. 편지 속에는 티슈 같은 얇은 종이에 자신의 연락처와 언제든지 찾아오면 만화책을 보여주겠다는 환자의 글씨가 쓰여 있었습니다. 그런 류의 편지를 난생 처음 받아 본 저는 그 글을 쓴 환자의 마음씨를 한동안 잊지 못했습니다.

벌써 오래 전의 이야기입니다만, 아직도 만화책을 보면 그 당시의 신선했던 기억이 떠올라 기분이 좋아집니다. 남이 좋아하는 일이나 물건을 기억하고 그것을 배려해 주는 작은 마음씨는 상대방에게 어떤 커다란 선물보다 값진 것이라고 생각합니다. 배려는 자신을 기준으로 하지 않고, 그것을 받을 상대를 기준으로 생각을 해야 합니다. 우리는 흔히 값비싼 선물이나 이벤트를 자꾸 머리에 떠올립니다만 우리의 좋았던 추억을 더듬어 보면 그런 일들이 돈의 액수와는 그리 큰 연관이 없다는 것을 쉽게 알 수 있습니다.

남을 위한 작은 배려, 그것이 바로 가장 큰 선물입니다.

꼬치인간

제가 병원을 옮긴 지 얼마 되지 않아서의 일이었습니다. 병원의 체계가 아직 덜 잡혀 전공의도 없었고, 혼자서 응급실까지 다 보던 어려운 시절이었습니다. 하루는 응급실에서 급한 연락이 왔습니다. 20대 초반의 청년이 공사장에서 사고를 당해 실려 온 것입니다. 수십 미터 높이에서 철근이 떨어지면서 어깨를 창처럼 관통하여 가슴과 배를 지나 항문 근처로 빠져 나갔습니다. 물론 심장을 피해서 지나갔기 때문에 환자는 살아 있었습니다. 환자는 철근을 절단기로 잘라 철근이 꽂혀 있는 채로 응급실로 이송이 되었습니다. 수많은 환자를 보아 왔지만 이런 일은 처음이라 환자의 얼굴을 보면서 일시에 많은 생각을 하게 되었습니다. 처참하다고 해야 할지, 아니면 다행이라고 해야 할지, 일면 닭꼬치가 생각이 나서 공연히 마음속으로 생명에 대한 불경스러운 생각에 고개를 절레절레 저으며 환자에 대한 처치를 했습니다. 병원에 수많은 의사들이 있으나 이런 일에는 누구도 선뜻 매달릴 수가 없어서 환자의 소속을 결정하는 데에도 의견이 분분했습니다. 결국 제가 맡기로 하고 환자를 수술실로 옮겼습니다.

환자는 내내 고통으로 인해 소리를 질러대는데, 막노동판에서 일을 하던 인부인지라 체격이 건장한 데다가 인상을 써서 더욱 험악해 보였습니다. 마취가 끝나고 가슴을 열어 철근이 관통한 부위를 세심히 살펴보았습니다. 다행히도 심장을 피하고 일부 폐동맥을 스쳐 폐 손상을 일으켰으나 생명에는 지장이 없어 보였습니다. 다음에는 복부를 열고 다친 장기를 살펴보았습니다. 이상이 없는 것을 확인한 다음 항문 쪽으로 가서 철근을 서서히 잡아 빼기 시작했습니다. 조금씩 빼고 소독하고 더러운 부위를 잘라내고 지혈하고 꿰매고 이렇게 하기를 수 시간 지속하여 결국 환자는 수술을 마치고 중환자실로 옮기게 되었습니다.

환자는 회복이 빨라서 곧 병실을 돌아다닐 정도가 되었지만, 대장을 많이 다치고 항문을 다쳐서 배에다 장루를 만들어 비닐 주머니를 차고 다녀야 했습니다. 다시금 장 수술 부위에 유착이 일어나 복부 수술을 여러 번 거듭하게 되었습니다. 몇 개월이 지나면서 젊고 튼튼했던 체격이 눈에 띄게 줄어들기 시작했습니다. 환자는 처음에는 눈치를 보면서 치료를 원하더니, 병원 생활이 길어지자 이제는 자기 집과 같이 생각이 되는지 돌아다니면서 다른 사람의 병을 참견하고, 간호사와 다툼을 벌이고 언성을 높이는 일이 많아졌습니다.

처음에는 과연 살아날 수 있을까를 걱정하던 환자가 이제는 병원의 골칫거리가 되어 가기 시작했습니다. 나중에 많이 회복이 되어 장기적인 후유증 외에는 큰 어려움이 없어진 다음에도 환자는 계속 산업 현장으로의 복귀를 이 핑계 저 핑계를 대며 거부하게 되었습니다. 한창 일할 나이에 그러한 불행을 당한 것은 안된 일이지만, 그로 인해 한 인생이 삶의 방법마저 완전히 비뚤어지는 모습은 보기에 좋지 않았습니다. 병원 생활의 편안함에 익숙해지는 산재 환자들은 자기 돈을 내지 않기 때문에, 자비로 치료를 받는 환자들과 태도가 아주 대조적입니다. 치료비에 대한 걱정이 없기 때문에 의사의 퇴원 권유에 매우 불쾌하다는 반응을 보이기 일쑤입니다.

우리의 몸은 한 번 다치거나 수술을 받게 되면, 아무리 수술이 잘 되고 완치되어도 후유증은 남게 마련입니다. 종이를 구긴 다음에 다리미로 펴도 원래의 깨끗함을 유지하기 어려운 법이지요. 하물며 인간의 몸에 커다란 사고가 일어난 후에 사고 이전의 온전함과 비교하는 것은 그 자체가 무리입니다. 환자들에게 마음을 다스리고 받아들이게 하는 것이 그래서 어렵다고 생각합니다. 사고 이전 혹은 수술 이전의 온전한 자신의 몸이 기준이 되어서는 아무리 경과가 좋아도 치료 결과에 만족할 수가 없습니다.

그 환자는 오랜 기간 병원을 드나들며 애를 먹이더니 결국 장기 요양을 위해 다른 병원으로 이송되었습니다. 그간 그 환자를 치료했던 의료진, 간호사, 주변의 환자와 보호자 모두와 한두 번씩은 싸움을 해본 다음의 일이었습니다. 그 환자의 몸을 꿰었던 철근은 제거했지만 마음에는 또 다른 철근이 아직도 남아 있는 것 같아 내내 불편한 마음을 거둘 수 없었습니다.

환자에 울고, 환자에 웃고

제가 전문의가 갓 되어 이제는 환자를 자기 책임하에 수술해야 하는 막중한 위치가 되었을 때의 일입니다. 일에 대한 의욕과 또 한편으로는 수술에 대한 스트레스로 갈피를 못 잡고 있었습니다. 환자 한 사람 한 사람을 대할 때마다 수없이 책을 들쳐 보고, 선배들에게 자문을 구해 보고, 전문 잡지를 샅샅이 뒤지고 그래서 가장 좋은 방법을 찾아 수술을 진행했습니다. 너무도 수술에 대한 스트레스가 심해서 나중에는 환자가 오면 겁이 났던 적도 있었습니다. 그만큼 의학의 길은 멀고도 험한 길이라고 생각합니다. 그렇게 오랜 수습 기간을 통해 욕을 먹어 가면서 배워도 모자람이 많아 스스로의 자격에 대해 의문을 품어 보기도 했습니다.

환자가 나빠질 경우에는 모두 다 자신의 탓으로 돌려 골방에 처박혀 자책에 빠지거나, 일 주일이고 열흘이고 간에 정신적으로 방황하면서 기도하며 울기도 했습니다. 여러 차례 의업을 그만두기로 작정하고는 사표를 들고 다니기도 했습니다. 환자가 좋아질 때에는 자만에 빠져 어깨가 으쓱거리기도 하고, 환자가 나빠질 때에는 온갖 인상을 쓰고 다녀 주변 사람을 언짢게 만들기도 했습니다. 이렇게 나의 인상은 환자의 예후에 따라 기복을 겪고 변해 왔습니다.

그렇게 몇 년이 지나면서 나의 능력에 상관없이 환자의 생명은 의사의 소관이 아니라는 인식이 생기기 시작했습니다. 아무리 최선을 다해 환자를 치료한다고 해도 그 환자의 예후에 의사의 능력은 그야말로 보잘것이 없다는 사실을 어렵게 깨달은 것입니다. 일례로 우리가 봉합사로 환부를 꿰매어도 그 상처가 붙고 안 붙고는 의사의 능력이 아니라는 말입니다. 어떤 일에 자신을 나타내고자 하면 그 결과에 모든 책임을 져야 합니다. 그러나 환자의 생명을 책임지기에는 우리네 인간의 능력이 너무도 부족하다는 사실을 알게 된 것이지요. 그후로 의사는 최선을 다하고 나머지는 하나님께 맡긴다는 믿음을 갖게 되었습니다. 이전의 자책과는 달리 최선을 다한 후 나머지를 맡기는 마음이 얼마나 나를 자유롭게 하는지 모릅니다. 자칫 방관주의가 아니냐는 비난을 받을 수도 있지만, 그런 마음가짐과는 근본적으로 다릅니다. 최선을 다하는 마음이 아니면 스스로 부끄러워서 환자를 대할 수 없는 마음이기에 그저 의사로서 최선을 다해 놓고 환자 앞에 나서게 된다는 말입니다.

의학이 발달하면서 수술의 금기가 되었던 고령 환자나 과거에는 수술하면 죽는다는 그런 병에도 의사들의 노력이 미치게 됩니다. 이런 분야를 건드리다 보면 자연히 환자의 사망률이나 합병증이 늘어나게 됩니다. 결국 의업에서 영원한 완치나 사망률 제로는 되기 어렵습니다. 의학이 발달되는 만큼 병이나 세균의 저항력은 점점 더 심화되고, 새로운 질병이 계속 발견되기 때문입니다. 과거 페니실린이 발견되었을 당시, 이제는 염증이 정복되었다고 모든 사람들이 믿었지요. 그러나 세균은 보란 듯이 더 악해지고 강해져서 이제는 어떤 강력한 항균제도 이길 수 없는 세균이 등장하고 있습니다.

끝없는 도전과 많은 노력을 요구하는 도전 앞에 설 때, 인간은 그만큼 성숙해지고 자아를 실현할 수 있는가 봅니다. 내게는 영원한 도전이 되고 영원한 스승이 되는 환자들을 돌아봅니다. 과거에 나를 붙잡던 자책과 패배 의식은 없어졌어도, 환자들이 나빠질 때에 느끼는 절망감과 슬픔은 아직도 내 주변에 상존하기 때문에 오늘도 나의 스승에게 겸허히 다가가고 있습니다.

빛바랜 지팡이

시간의 흐름은 누구도 막을 수 없는 것이지만, 유독 환자들에게는 더욱 잔인하게 느껴질 경우가 있습니다.

멀리서 절뚝거리면서 다리를 끄는 한 남자의 모습이 보입니다. 지팡이가 있지만 그에게는 그리 도움이 되는 것 같지 않습니다. 옆에서 천천히 보조를 맞추며 걷는 아주머니는 가방을 들고 맥없이 좇아옵니다. 그 환자분이 심장 약을 타러 내과를 방문하는 날입니다. 그는 복도에서 마주친 나의 모습을 발견하고 희미하게 웃음을 띠고 저는 그의 불안한 걸음걸이를 지켜 보기 위해 시선이 아래로 향합니다. 저는 걸음을 멈추고 그 환자분이 다가올 때까지 기다리다 가벼운 안부를 묻습니다. 그래도 환자와 아주머니는 짧은 몇 마디에 희색이 만면에 퍼집니다. 씩 하며 웃는 입에는 이가 빠져 빈 공간이 많이 보입니다. 머리카락도 이제는 얼마 남지 않아 흰 머리카락 몇 가닥을 뒤로 쓸어 넘긴 모습입니다. 한 걸음 한 걸음이 매우 불안해 과거 저와 처음 만났던 당당한 위용을 의심하게 합니다.

환자는 작은 사업체를 운영하던 사장님으로 처음에 하지 혈행 장애로 저를 찾아왔습니다. 술과 담배에 찌들어 있던 생활 습관으로 여러 가지 병을 동반하고 있었지만, 작은 체구에 단단한 모습과 우렁찬 목소리, 그리고 자기의 담당 의사라고 봐주는(?) 법이 없는 듯한 막무가내의 태도 등을 보이는 중년 신사였습니다. 정밀 검사 후 양측 하지에 인조 혈관 대치술을 시행하고 고혈압과 당뇨병 등의 합병증을 치료하기 위해 투약을 하고 있었습니다. 수술 후 다리의 절단은 방지할 수 있었으나, 허혈로 인한 통증은 쉽게 소실되지 않아서 매일 저를 보고는 다리를 잘라 달라고 막무가내의 요구를 하곤 했습니다. 다리 절단으로 해결되지 않는 문제라고 아무리 설득을 해도 통증만 없으면 퇴원을 하겠다며, 입원 중에도 계속 자신의 사업을 걱정하고 주변의 보호자들을 괴롭히는 것이었습니다.

우리 나라의 전형적인 가부장적 집안 분위기에 길들여진 그의 부인과 장성한 자식들은 환자 앞에서 아무 말도 못 하는 상황이었습니다. 어느 정도의 증상 호전으로 퇴원이 가능해졌을 때에도 몸의 어느 구석엔 피우지 말라는 담뱃갑이 항상 숨겨져 있었습니다. 저와 환자는 그후로도 담배로 인해 장시간의 씨름을 해야 했고, 환자는 외래에 올 때마다 저를 놀리기 위해 소주나 한잔 하자면서 인사를 건네곤 했습니다.

환자가 어느 정도 회복이 된 후에는 우리 과에서 멀어지고, 그래서 서서히 관심에서도 벗어나게 된 때의 일입니다. 이번에는 그 환자에게 소위 풍으로 알려진 뇌경색이 발병했습니다. 환자는 다시 신경과 신세를 지게 되었고, 오랜 기간의 병구완으로 가세가 기울기 시작했습니다. 환자의 사업도 타인에게 넘겼고, 생에 대한 자신감도 예전과 달리 많이 엷어지는 모습이 보였습니다. 하반신 마비가 어느 정도 회복되어 불편하나마 걷게 되었을 때 원래 가지고 있었던 관상동맥 질환의 증세가 악화되어 말 그대로 걸어다니는 병원 신세가 되었습니다. 여러 가지 질병이 양상은 다르지만 모두 동맥경화증이라는 병리의 각기 다른 모습이어서 현재는 한꺼번에 치료를 하고 있는 중입니다.

10년간의 세월을 옆에서 지켜 보면서 한 남자의 몰락을 같이 경험하게 되었습니다. 큰소리치던 과거의 모습은 온데간데없고 거기에는 지팡이에 의지하여 간신히 걸음을 떼는 초라한 노인이 있었습니다. 그 옆에는 한때 멋을 많이 냈던 부인도 세월을 당겨서 늙어버린 모습으로 불편한 걸음에 보조를 맞추어 걷고 있었습니다. 색이 군데군데 벗겨진 지팡이, 절룩거리며 힘없이 걷는 걸음, 이 빠진 모습으로 웃으시는 희미한 미소, 그 옆에 쭈그러진 가방을 들고 서계신 아주머니의 모습……. 마치 미술대전에서 가끔 보는 입선작의 촌로들을 바라보는 듯한 느낌입니다. 그러나 회화에서 보는 촌로들의 여유로움 대신 거기에는 나의 마음을 아프게 하는 진한 연민이 칠해진 화폭이 펼쳐져 있습니다.

그런 상태라도 더 이상 망가지지 말게 세월이 그분에게는 좀 비껴 갈 수는 없을까 하며 안타까운 기원만 할 뿐입니다.

마치 미술대전에서 가끔 보는 입선작의 촌로들을 바라보는 듯한 느낌입니다.

그러나 회화에서 보는 촌로들의 여유로움 대신 거기에는 나의 마음을 아프게 하는

진한 연민이 칠해진 화폭이 펼쳐져 있습니다.

그런 상태라도 더 이상 망가지지 말게

세월이 그분에게는 좀 비껴 갈 수는 없을까 하며 안타까운 기원만 할 뿐입니다.

하얀 천막

다행스럽게도 제 방은 영안실 바로 앞에 위치해 있습니다. 아침에 출근하면서 거의 매일 보는 풍경이 출상하는 장면입니다. 각각의 종교 의례대로 의식을 치르는 사람들은 한결같이 엄숙한 모습입니다. 처음엔 뭔가 모를 거부감과 마음의 불편함으로 애써 그 장면을 피하기도 해보고, 안 보이는 날이면 마음의 안도감을 느끼기도 했습니다.

사람들은 자신들이 처한 환경에 익숙해지기 마련인가 봅니다. 코소보 사태를 바라보면서 느낀 점은 많겠지만, 그들의 수용소와 피난민 생활에서도 가끔은 웃음을 볼 수 있더군요. 그만큼 환경에 빨리 적응한다는 뜻이겠지요. 저도 늘 죽음과 가까운 직업이고 죽음에 대한 관점을 바꾸다 보니 이제는 출상하는 장면도 그리 나쁘게만 보이지 않게 나 자신이 변해 버렸습니다.

내 진료실 바로 뒤에서 곡하는 소리가 자주 들립니다. 곡소리만 들어도 망자의 모습이 연상됩니다. 정말로 마음아픈 곡소리는 자식을 잃은 부모의 곡소리입니다. 또 정인을 보낸 젊은 애인의 곡소리도 구별할 수 있습니다. 그러나 제가 듣지 못하는 곡소리도 있겠지요. 너무너무 슬퍼서 울음 소리조차도 나오지 않는 소리 없는 울음 말입니다. 죽음이 두려운 건 망자 자신의 문제이고, 그 죽음을 바라보는 사람이 두려운 건 헤어짐에 대한 두려움이겠지요. 잃어버린 물건은 어느 하늘 아래에건 존재하겠지만, 망인은 다시 볼 수 없다는 생각에서 우리네 인간의 한계를 절감하게 합니다.

겨우내 닫혀 있던 창문을 열면 상가에서 사용하는 천막들의 모습이 보입니다. 군데군데 모여서 고스톱을 치는 모습도 그리 낯설지 않고 오히려 친근한 모습으로 보이기도 합니다. 제 주변에 많은 동료, 친지들이 최근에 상을 당했습니다. 근래에 부쩍 잦아진 듯합니다. 우리 부모님의 연세가 그런 연령층이 되어서 더하겠지요. 누구에게나 닥칠 수 있는 죽음이라는 단어에 이렇게 담담해지고 승화된 눈으로 볼 수 있게 됨을 감사하게 생각합니다. 눈앞에 보이는 상가 천막이 제게 말합니다. 겸손하라고, 내가 부르면 넌 내게 언제든 와야 한다고……. 맹자의 어머니는 상가 곁에서 이사를 하셨다지만 저는 제 방이 영안실과 가까운 이유로 늘 죽음의 냄새를 맡고 살아갑니다. 그리고 그로 인해 겸손해질 수 있기에 깊이 감사드리고 있습니다. 자만하기 쉬운 제 성격에 하얀 상가 천막은 말없이 가르침을 베풀고 있습니다.

오늘도 출상하는 장면을 보고 출근을 했습니다. 그리고 또 사망률이 높은 환자의 수술을 준비하고 기도하고 있습니다. 여전히 생명은 가장 소중하기 때문에 최선을 다하게 해달라고 말입니다.

한밤에 벨이 울릴 때

한밤중에 전화가 울릴 때 여러분은 어떤 생각을 하십니까? 사랑하는 연인이 있는 분은 아마도 기쁨으로 받을 것이고, 무언가를 기대하는 사람은 설렘으로 받을 것입니다. 그러나 제겐 밤에 울리는 전화는 딱 두 가지입니다. 그 하나는 잘못 걸린 전화이고, 또 하나는 응급 상황을 알리는 호출 전화입니다.

과거 인력이 부족한 상황에서 근무할 당시에는 비교적 전화가 자주 왔었습니다. 사소한 보고 상황도 전화로 많이 했었기에 그리 긴장되지는 않았습니다. 그러나 이제는 웬만한 사항은 당직 의사와 다른 전문의들이 처리하기 때문에 저에게까지 오는 전화는 거의 최악의 상황일 경우입니다. 제가 나가지 않으면 안 되는 상황이니까 심장이나 큰 혈관의 문제가 대부분이겠지요.

"과장님, 몇 세 ○○○ 환자로 어디어디에 문제가 어떻게 있고, 현재 활력 증후는……" 하고 시작되는 전화를 받으면 자다가도 벌떡 일어나 몇 가지 처치를 지시하면서 동시에 옷을 걸치게 됩니다. 마치 소방수가 된 느낌입니다.

"수술방은 비어 있나?"

"혈액은 준비되어 있어?"

"보호자는 옆에 계신가?"

기계적으로 몇 마디를 물어 보면서 차를 몰고 나가는 머릿속은 온통 어떤 방법으로 수술을 진행할 것인지, 어떻게 대처를 해야 할지 등을 생각하면서 바쁘게 돌아가기 시작합니다. 어려운 환자가 올 때마다 긴장하여 화장실도 들락거리고, 일어났다 앉았다 하던 시기는 이미 지나갔지만 아직도 응급 환자의 상황은 나를 긴장케 합니다. 몸 전체에 경계령이 내린 것처럼 힘이 들어가고 심호흡을 하게 되고, 마디마디의 세포들이 모두 일어나 조금 전까지 자고 있었던 몸이라고 생각되지 않을 정도로 금방 잠에서 깨어납니다.

어려운 환자일수록 부하 직원들은 저를 의지하게 됩니다. 여러 사람이 머리를 맞대고 방향을 상의하지만 최종 결론은 역시 집도의의 몫입니다. 그만큼 틈도, 실수도 용납되지 않습니다. 몸은 빨라지고, 머리는 냉정을 회복하여 응급실에 도착하자마자 재빠르게 지시합니다. 여기서 의연함을 잃으면 다른 의사들이 흔들리고, 이는 곧 환자의 생명에 직결되는 위협이 됩니다. 눈앞의 환자의 모습이 아무리 처참해도, 아무리 상황이 나빠도 중심을 잃으면 안 됩니다. 이때에는 연민도 방해가 됩니다. 오직 하나, 시간과의 승부입니다.

다른 분야는 상황이 나빠도 생각할 시간을 줍니다. 때론 며칠 연기하는 것이 오히려 득이 되는 경우도 있습니다. 그러나 우리의 경우는 거의 매번 시간과의 싸움으로 여겨질 정도로 급박한 상황이 많습니다. 수술실에서 고비를 넘긴 다음에야 마음의 여유를 찾고, 음악도 듣고 그리고 수술도 서두름에서 꼼꼼함으로 전환을 하게 됩니다.

결과가 좋으면 아마 이보다 더 좋은 직업이 없을 것입니다. 아무리 힘들게 수술을 하고, 온몸이 땀으로 젖고 입이 바싹 말라 있어도 삶의 보람을 느낍니다. 밖에서 초조하게 기다리던 보호자들의 불안한 눈빛들이 저의 설명 한마디에 안도를 하고 기뻐서 울음을 터뜨리는 모습도 흔하게 봅니다. 그러나 그렇지 못할 경우, 영화의 한 장면처럼 저는 걸어 나가 낙심한 표정으로 그들에게 아픔을 전해야 합니다. 흔히 영화에서는 사망을 전하는 의사가 엑스트라이기에 슬퍼하는 주인공에게만 초점이 맞추어져 있지만 이럴 때는 제가 무대의 한가운데 있는 것입니다. 오열하는 보호자들 사이로 쓸쓸히 빠져 나올 때, 저는 가보지도 못한 사막 위를 걷는 환상을 느낍니다.

어서 이 사막의 끝이 보이면 좋겠다고…….

마음의 병

오늘도 그녀는 예나 다름없이 진료실로 들어옵니다. 얼굴은 약간 검고 입술은 핏기가 없이 하얗고 머리카락은 윤기가 없어 부스스합니다. 피부색도 탄력이 없어서 안타까움을 불러일으킵니다. 들어와 앉자마자 신경질적으로 이야기를 시작합니다. 약효가 어떻고, 통증은 어떻게 변화가 되고 등등 이야기가 끝없이 이어질 듯합니다.

만성 신부전증은 소모성 질환으로 환자 자신은 물론이려니와 가족들도 장기 치료에 따른 시달림으로 대부분 반응이 예민합니다. 물론 환자 자신이 가장 어렵겠지만, 우리 나라 실정에서는 경제적인 문제도 무시할 수 없는 일입니다. 단시일에 얼마가 들어가는 병이라면 어떻게든 해본다지만 환자의 생명이 다할 때까지 한없이 들어가는 의료 비용은 사실 환자 가족에게는 큰 고통입니다.

이 환자는 젊은 나이에 혈액 투석을 정기적으로 해야 하는 환자로 벌써 많은 돈을 까먹고 앞으로도 얼마나 들어갈지 모르는 기약없는 경주를 하고 있는 상태입니다. 집에서도 그리 대우받지 못하고, 얼굴은 화장을 해도 병색을 지울 수 없어 파리한 모습을 보입니다. 이번에는 혈액 순환이 잘 되지 않아 손이 저리고 아파서 이에 필요한 약을 투약받고 있는 중입니다. 그런데 약효가 쉽게 나타나질 않자 제게 와서 신경질적으로 불평을 하는 것입니다. 매사가 짜증스러운 그녀에겐 사소한 일도 그냥 넘기는 아량이 부족합니다.

그녀의 짜증을 들으면서 저는 얼마나 몸이 괴로우면 저럴까 하는 생각이 듭니다. 제가 성인군자라서 그러는 것이 아니라, 그녀의 모습을 보면 화를 낼 수가 없습니다. 일견 누가 봐도 환자로 보이는 그녀의 얼굴에 어찌 맞대응을 할 수가 있겠습니까? 그냥 따뜻한 말로 몇 마디를 해주면 그제야 집에서 있었던 화나는 일에서부터 친구로부터 소외당한 이야기, 남자에게 퇴짜 맞은 이야기 등 두서없이 하소연을 시작합니다. 짧은 진료 시간이기에 중간에 말을 끊어야 하지만 그 짧은 하소연에도 그녀의 표정은 이내 변화됩니다.

가장 중요한 것은 몸의 병이 아니라 그로 인해 스스로 만드는 마음의 병이 아닐까 생각합니다. 자신의 처지를 스스로 인지할수록 포기하게 되고, 이를 주변 사람들에게 투사를 하게 되니 가족들도 외면하게 되는 것이 아닐까요. 자기 주변을 떠나가는 가족, 친구들을 생각할 때 어느 누가 견딜 수 있겠습니까? 만성 소모성 질환을 앓고 있는 환자일수록 병보다 병자에게 더 큰 관심이 필요할 것입니다. 주변의 사람들이 병을 치료해 줄 수는 없지만 그 병으로 인해 올 수 있는 환자의 마음의 병은 예방해 주고 고쳐 줄 수 있을 것입니다.

우리의 작은 관심과 격려가 주위의 만성병 환자들에게는 삶을 포기하지 못하게 하는 가장 큰 무기가 될 수 있습니다.

춤바람

문을 빼끔히 열어 놓은 사이로 아주머니 한 분이 불쑥 들어옵니다. 그리고는 늘 그러듯이 말없이 제 앞에 앉습니다.

"선생님, 죄송해유—."

그리고는 말없이 땅바닥만을 쳐다봅니다. 몇 년의 시간을 뛰어넘어 마치 어제 만났던 사람처럼 말을 풀어 놓습니다. 무엇이 죄송한 것인지……. 한동안 저도 물끄러미 그녀를 바라보다가 몇 마디를 건네고 돌려 보냈습니다.

그녀의 이야기를 하려면 몇 년 전으로 돌아가야 되겠군요. 그녀의 남편은 심한 폐 질환과 늑막 질환이 합병되어 숨을 제대로 쉬지도 못하고 걷기도 힘든 상태에서 병원을 찾아왔습니다. 수술에 필요한 기본 검사를 한 후에 수술에 들어갔습니다. 워낙 오래된 질병으로 유착이 심해서 수술 시간이 예상보다 길어지고 출혈도 심해 수혈을 많이 받게 되었습니다. 간신히 수술을 끝내고 지혈을 하는데, 수혈의 부작용으로 지혈이 또 안 되는 것이었습니다. 이래저래 수술 시간은 길어지고 환자는 중환자실로 옮겨졌습니다. 그후 환자는 잘 회복되어 퇴원을 하게 되었지요. 우리는 천만다행으로 여기고 부인에게 간병을 잘하라고 부탁을 했습니다.

몇 차례 외래에 오는 모습이 어느 정도 회복의 기미가 보여 안심을 하고 있었습니다. 그러나 몇 달 후엔 환자가 오지를 않는 것이었습니다. 한참 후에 부인이 와서 하는 말이 다시 숨이 차다는 것입니다. 환자를 데리고 오지 않은 이유를 보호자에게 물었습니다. 지난번 수술에 조금 가진 돈을 모두 다 쓰고, 본인도 이제는 간병하는데 지쳤다고 하소연을 했습니다. 수술받기 수 년 전부터 집에서 꼼짝하지 못했던 환자이니 그 말에도 일리가 있으나, 어떤 논리로도 환자의 생명을 대신할 수는 없습니다. 생각다 못한 저는 간단한 치료 장비를 중환자실에서 빌려 — 물론 병원에서는 안 되는 일이지만 — 제 차에 부인을 태우고 그 집을 찾아갔습니다.

차를 몰고 가면서 저의 편견이 얼마나 무책임했나 하는 것을 절실히 깨달았습니다. 그 집은 도시에서 벗어나 한참을 더 가서 비포장을 또 들어가 약간을 걸어 들어가야 하는 심심산골의 쓰러져 가는 오두막이었습니다. 마당에는 누렁이가 어슬렁거리고 다 찢어진 옷을 입은 아이들은 땟물이 흐르는 몰골로 까만 눈을 반짝이며 저를 쳐다보고 있었습니다. 지붕은 엉성하게 얽은 나무판이고 그 사이로 나무를 때서 올라가는 듯한 연기가 비집고 나오고 있었습니다. 이런 상황에서 병원비를 물어야 했던 환자의 마음을 생각하니

그간의 세월에 무슨 일이 있었는지는 저도 모릅니다.

다만 다시금 제 앞에 나타나 머리를 숙이고 있는

그 부인을 보면서 가장 걱정되었던 점을 물어 보았습니다.

"아이들은요……?" 하고, 그녀는 기어 들어가는 목소리로

"제가 데리고 있어요"라고 대답했고, 저는 그 말 한마디에 안심하고 잘했다며 격려해 주었습니다.

처음 부인을 야단쳤던 내가 얼마나 창피한지 얼굴을 들 수가 없었습니다. 환자는 어두운 방 안에 누워서 잘 일어나지도 못하고 인사를 건넸습니다. 간단한 검사와 치료를 하고 나오는데, 환자가 오래 가지는 못하리라는 생각이 들었습니다.

착잡한 마음으로 차를 몰고 오면서 돈이 없어 죽어 가는 생명 앞에서 무기력한 자신을 생각했습니다. 그리고 한참 후 그 부인은 사망 진단서를 받으러 저를 찾아왔습니다. 집안 사정을 잘 아는지라, 호구지책을 물어 봤습니다. 그러나 시골의 여인네에게 무슨 대책이 있었겠습니까? 저는 병원 당국에 양해를 구하고 그녀가 할 수 있는 일이 없겠는지 도움을 요청했습니다. 다행히 영양과에 자리를 마련해서 아이들과 도시로 나와 살 수 있는 근거를 마련해 주었지요. 병원 직원들은 제가 소개한 사람이라고 잘해 줬고, 그래서 안정되는 모습을 보고 마음이 뿌듯했습니다. 아이들의 땟국도 벗겨져서 보기 좋았습니다.

그러던 어느 날, 영양과장이 저를 찾아왔습니다. 저와 그 부인이 어떤 관계냐고 조심스레 질문을 하는 것입니다. 나와 인척간이라고 알고 있었던 직원들이 내가 단순히 도와주고 싶어서 그랬다는 것을 안 뒤에 문제점을 상의하는 것이었습니다. 그 부인에게 남자가 생겼는데, 아무래도 질이 좋지 않은 제비족을 만난 것 같다고 걱정을 하는 것이었습니다. 아이들도 버려 두고, 일을 하다가도 남자에게서 전화가 오면 춤을 추러 외출을 하는 좋지 않은 행동을 한다고 주변 사람들이 걱정을 하고 있었습니다. 수 년간 남자의 역할을 제대로 하지 못하고 병수발을 하게 했던 남편이었고, 그나마 이제는 고인이 되어 혼자의 몸이 되었다지만 그녀의 춤바람은 저에게 충격이었습니다. 그런 일이 있은 지 얼마 되지 않아 그 부인은 저도 모르게 병원을 사직했습니다. 그리고는 소식이 끊어져 버렸습니다.

그간의 세월에 무슨 일이 있었는지는 저도 모릅니다. 다만 다시금 제 앞에 나타나 머리를 숙이고 있는 그 부인을 보면서 가장 걱정되었던 점을 물어 보았습니다. "아이들은요……?" 하고. 그녀는 기어 들어가는 목소리로 "제가 데리고 있어요"라고 대답했고, 저는 그 말 한마디에 안심하고 잘했다며 격려해 주었습니다. 그때 사귀었던 남자는 헤어진 지 오래되었다며 주변 사람들의 말을 듣지 않은 걸 후회하고 있었습니다. 지금은 적은 돈이나마 안정적으로 받을 수 있는 직장도 있다고 했습니다. 정말 가진 것 없는 그런 사람들에게도 달라붙어 피해를 입히는 사람이 있는 이 세태가 한탄스러웠습니다. 그녀 역시 값비싼 교훈을 얻었기에 더 이상 그런 일은 없을 것이라고 생각합니다. 아직 젊은 나이기에 이제는 정말 좋은 사람을 만나게 되고, 다시는 그런 어려움에 처하지 않기를 바랄 뿐입니다.

칼 맞은 핸드폰

가끔 일 때문에 서울에 가는 경우가 있습니다. 우리는 만일에 대비해 늘 연락이 가능한 전화나 삐삐를 소지하고 다녀야 합니다. 과거 핸드폰이 없었을 때나 삐삐조차도 희귀한 시절에는 병원에서 멀리 떠나야 할 때면 가는 곳의 전화번호를 병원에 꼭 알리고 다녀야 했습니다.

제가 친구와의 일로 서울에 올라갈 일이 생겼습니다. 환자들을 죽 둘러보고 이상이 없음을 확인한 후 고속버스를 이용해 친구에게 갔습니다. 저녁에 일을 마치고 올라갔기 때문에, 같이 식사를 마치고 이야기를 하려고 집에 들어갔을 때는 이미 새벽 2시가 다 되었습니다. 그때 밤에 잘 울리지 않던 핸드폰이 울리기 시작했습니다. 응급실에서 저를 찾는 것입니다. 환자는 칼에 심장을 정확하게 찔려 실려온 40대의 남자였습니다. 순간 돌아갈 길이 막막했습니다. 친구는 저를 보고 "난, 죽어도 의사 안 할 거야!" 하면서 놀림 반 아쉬움 반으로 돌아갈 채비를 챙겨 주었습니다.

무작정 길가로 나왔으나 마음은 급하고 돌아갈 방법이 쉽게 떠오르질 않았습니다. 무작정 택시를 타고 기사와 타협을 지어 장거리 요금을 내고 대전으로 달리기 시작했습니다. 핸드폰으로 환자의 상태를 물어 보고, 중요한 사항을 지시하며 수술방으로 환자를 이송하라고 했습니다. 피곤한 상태에서 수술에 임하면 자칫 집중력이 저하되기 때문에 일부러 눈을 감고 잠을 청했습니다. 텅 빈 고속도로에서 기사는 나를 위한다고 속도를 내기 시작했습니다. 깜빡 잠이 들었는데 기사가 저를 깨우는 것이었습니다. 1시간 만에 대전에 도착했습니다. 수술방으로 들어가 보니 마침 환자의 몸을 소독하는 과정이 끝나 가고 있었고 모든 준비가 완료된 상태였습니다. 수혈을 적절히 해서 혈압도 그리 낮지 않고, 수술만 잘되면 안전할 듯싶었습니다. 무사히 수술을 끝내고 밖으로 나오니 부인이 저를 붙잡고 고맙다고 연신 고개를 숙였습니다. 환자는 수술 후 며칠이 지나서 곧 건강을 회복하고 퇴원을 하게 되었습니다.

환자가 퇴원 후 외래에 처음 오던 날, 이 환자의 부인은 당시의 긴박했던 상황을 생생히 보았던 터라 제게 목숨을 살려 주셔서 고맙다고 몇 번이고 고개를 숙였습니다. 그러나 막상 제 앞에 앉아서 상처 치료를 받던 환자는 불쑥 망가진 핸드폰을 꺼내는 것이었습니다.

"선생님, 내가 재수가 좋아서……. 그날 말이죠, 아, 그놈들이 찌른 칼이 이 핸드폰을 맞고 들어가서 덜 찔리고, 그 덕에 내가 산 겁니다. 아, 이 핸드폰이 얼마나 고마운지, 원……."

내게는 단 한마디도 고맙다는 말을 하지 않던 환자는 연신 핸드폰만 대견스레 들여다보고 있다가 돌아갔습니다.

우리네 의사도 인간인지라 환자들이 자신의 회복에 대해 고마움을 느끼면 자부심과 긍지를 가질 수 있고 일할 맛이 납니다. 그러나 애써 환자를 치료한 후에 회복에 대해 오히려 불평하는 사람들을 보면 마음이 씁쓸해집니다. 어떤 병이든 환자가 평상시의 컨디션을 유지하려면 상당한 시간이 경과해야 하지요. 시간이 얼마 지나지 않아 왜 병이나 증세가 빨리 좋아지지 않느냐며 의사에게 화를 내는 환자들을 종종 봅니다. 진정한 고마움을 표시하는 데는 돈이 드는 것이 아닙니다. 그 환자의 독백을 듣고 있으면서, 또 뒤에서 안절부절 못 하며 미안해 하는 환자 부인의 태도를 보면서 많은 생각을 하게 되었습니다. 정말 이 사람은 자기를 살려 준 의사보다 핸드폰이 자기의 목숨을 구했다고 생각을 하는지……. 순간 그날 택시를 대절해서 난리를 겪으며 한 시간 만에 수술에 들어갔던 하룻밤의 일들이 떠올라 마음이 불편했습니다. 의사를 생각하는 사람들의 태도 변화를 몸으로 겪으면서, 이 시대가 나를 울리는 것 같아 부인의 인사하던 모습을 애써 떠올리며 창 밖을 쳐다보았습니다.

환자가 웃을 때

간밤에 꿈을 꾸었답니다. 전체의 내용은 다 기억이 나질 않지만, 내가 교통사고로 양쪽 다리를 다쳐 병원에서 다리를 절단하는 끝부분의 장면이 생생하게 기억이 납니다. 꿈이라서 그런지 통증은 구체적으로 떠오르질 않지만, 두 다리를 절단하는 수술을 받고서 — 후후, 의사라서 그런지 꿈도 구체적으로 꾸게 됩니다 — 병실에 올라가서, 상처가 회복되고 곧 지팡이를 착용하고 걷게 되었습니다. 그런데 꿈에서도 생생하게 걸음걸이가 너무나도 힘겹고 불편한 겁니다. 그래서 꿈에서도 환자들의 고통과 불편을 이해하지 못하고 그냥 담담하게 보아 넘겼던 것에 대해 깊이 뉘우치다 잠에서 깨어났습니다. 순간 아래를 보니 두 다리가 멀쩡한 겁니다.

제 주변에는 다리의 장애뿐만 아니라 수많은 장애인들이 있습니다. 그들을 바라볼 때는 순간순간 안타까운 마음이 들지만, 실제 많은 경우 그들의 불편함과 고통을 전적으로 이해한다고 할 수는 없습니다. 더욱이 병원에 있는 환자들은 대부분 선천적 장애인보다는 병이나 사고로 장애가 생긴 후천적 장애인들입니다. 그들이 정상 생활을 영위하다 한순간에 원하는 활동을 하지 못하는 자신을 발견할 때, 그 좌절감은 실로 형언하기 어려울 것입니다.

몇 년 전에 테니스를 치다가 우측 하지의 인대와 뼈가 부러지는 사고를 당했습니다. 저는 다리가 불에 덴 듯한 화끈함을 느끼고도 몇 차례 더 게임을 했다가 다리가 부어올라 일어서지도 못하는 지경이 되고 말았습니다. 병원에 와서 다리 사진을 찍어 보니 부러진 부위가 발견되었습니다. 그후 다리에 캐스트를 하고 겨드랑이에 지팡이를 착용하고 걸어다녔지요. 그런 상태로 다니다 보니, 매일 샤워를 하는 습관을 지닌 저로서는 가장 어려운 점이 목욕을 못 하는 것이고, 또 가려워서 견딜 수가 없었습니다. 그 외에 불편한 점이 여러 가지 있었지만, 그래도 좋은 점이 있었습니다. 제가 절뚝거리면서 회진을 돌면 제 환자들이 박장대소를 하는 것입니다. 가운을 입고 지팡이를 짚고 환자에게 다가가면 그들은 자신의 아픔보다는 저의 모습에 친근감을 느끼고, 오히려 저를 걱정해 주었습니다. 그때만큼 환자들과 완벽한 일치감을 느낀 적이 없었던 것 같습니다.

일본인 오토다케의 『오체불만족』이라는 책을 읽었습니다. 자신의 신체적 결함을 불행이 아닌 불편함으로 받아들이는 저자의 모습에 큰 감명을 받았습니다. 얼마 전 우리 나라에서 공연을 가진 안드레아 보첼리라는 성악가도, 또 독일의 유명한 성악가인 토마스 코바쉬토푸도 이런 말을 했답니다. 만일 자신의 장애가 회복되는 것과 자신의 목소리와 택할 수 있다면 어느 것을 택하겠느냐는 기자들의 질문에 지금의 상태를 더 원한다고…….

우리 모두는 예비적 장애인입니다. 요즈음같이 사고가 흔한 상황에서는 언제 무슨 일을 당할지 아무도 모릅니다. 우리가 주변에서 늘 대하는 몸과 마음이 불편한 환자들은 바로 우리의 또 다른 모습일 수 있습니다.

외면

병실 회진을 돌다가 환자 의뢰가 와서 다른 과에 들르는 경우가 있습니다. 그럴 때 마주치는 환자들이 있습니다. 제게 늘 약을 타러 다니는 환자가 다른 병으로 다른 과에서 치료를 받고 있는 경우입니다.

어느 날 병실 회진을 도는데, 잘 아는 여자 환자분이 얼굴을 외면하는 것입니다. 그녀는 심장판막 수술을 받고 외래에서 약을 계속 타 드시던 분으로 제게는 연락도 없이 다른 과에 입원을 하고 있었습니다. 다가가서 입원 사유를 물었더니 말을 얼버무리는 것입니다.

그녀는 외래에서 틈이 나면 제게 남편 욕을 하는 분입니다. 정확한 사연을 이야기하지 않고, 거두절미하고 남편에 대한 분노만 나타내기 때문에 자초지종은 잘 모릅니다. 그간의 이야기를 종합하면 자신이 심장병으로 대수술을 받고 그후부터 집안일도 잘 못 하고, 계속 약을 먹어야 하는 여러 가지 어려운 여건이 되니까 남편에게 버림을 받은 듯합니다. 그로 인해 그녀는 정신 질환이 겹치게 되고 점점 남편에 대한 증오는 심해져서 정신과 병동에 입원을 여러 번 하게 되었습니다. 경제적으로도 어려워져서 주변의 교회 목사님께서 도움을 주시는 것으로 연명을 하고, 생활보호 대상자로 겨우 생활을 하는 듯합니다.

슬하의 자녀는 아직 어린아이들인데, 가끔 아이들 이야기를 들어보면 아마도 남편에 대한 증오심을 자녀들에게 퍼붓는 것 같았습니다. 뇌경색도 경미하게 앓아서 그 후유증으로 얼굴도 약간은 비뚤어졌습니다. 그녀는 외래에 와서는 거의 같은 내용의 이야기를 하고 약을 타 갑니다. 그런 그녀에게는 소망이 없는 것 같습니다. 수년간 한 번도 웃는 얼굴을 보지 못했고, 그래서 그분을 보면 좋은 방법이 없을까 하고 궁리하게 됩니다. 주변에 목사님이 계신다고 하니 그분의 도움을 받았으면 하고 마음으로 기대하면서 가끔 환자에게 질문을 하지만 정확한 답변을 하지 않습니다. 경제적으로 도움을 주시는 목사님께서 어련히 마음의 소망도 나누어 주시려니 하면서 조금씩 나아지기를 기대하고 있습니다.

버리고 떠난 남편은 물론 반인륜적인 행동을 한 사람이지만, 거꾸로 제 앞에서 마구 욕을 하는 환자의 태도를 보면 남편의 처지가 이해되기도 합니다. 무엇이 우선인지는 알 수 없습니다. 단지 서로 사랑을 했을 두 사람이 헤어짐으로 인해 서로에게 원수가 되는 것은 참으로 안타까운 일입니다. 사람에게는 누구나 이기심이 있습니다. 자신의 욕심을 자제하지 못할 때 근심이 생기고, 이로 인해 남에게 해를 끼치게 되지요. 세상이 싫어서 아무것도 보기 싫다는 듯, 내 얼굴을 외면하고 눈을 감아 버리는 그녀의 모습은 나의 작은 위로로도 메워지지 않는 어찌할 수 없는 큰 골짜기 같았습니다.

어떤 하루

"이 환자는 이미 십여 년 전에 심장 수술을 한 번 받았고, 지금껏 아무런 치료를 받지 않고 살아왔기 때문에 심장 기능이 많이 망가져 있어요. 그래서 정상인의 절반도 안 되는 이런 심장 기능으로는 수술을 해도 사망률이 매우 높습니다."

우리는 때로 환자의 보호자에게 사형 선고와도 같은 이런 류의 말을 쉽게 이야기합니다. 그러나 냉정한 현실에서 말을 아끼거나 거꾸로 부풀리게 되면 환자에게 이상이 생겼을 경우 보호자의 신뢰를 잃기 때문에, 우리는 책을 펴놓고 환자의 현재 상태를 있는 그대로 설명합니다.

의사도 수술하기 편한 환자가 있고, 수술하기 어려운 환자가 있기 마련입니다. 때론 나이가 너무 많아서, 때론 동반된 질병이 있어서, 때론 수술 적응증에서 많이 벗어나서 이런저런 이유로 수술이 안 되는 환자도 많이 있습니다. 그런 환자들은 책에 쓰인 대로, 책에 그려진 대로 그렇게 치료가 안 되는 것입니다. 책에는 보이지 않는, 쓰여 있지 않은 그런 일들이 현실에서 환자를 보다 보면 참으로 많이 벌어지지요. 책에는 환자의 나이가 숫자로는 쓰여 있지만 노인들의 피부가 얼마나 쭈글쭈글한지는 써 있지 않습니다. 환자의 병세는 쓰여 있지만 그들의 아픔과 슬픈 눈빛은 어디에도 없습니다. 책에는 병에 대해서만 쓰여 있지 그들의 집안 사정도, 그들 주위에서 일어나는 보험 문제도 기록되어 있지 않습니다. 그러나 환자를 대할 때는 막상 병보다는 병 이외의 일로 더 신경이 쓰이고, 심지어 그 환자의 생명에 관한 일도 그 외의 일로 결정되는 경우가 많습니다.

이런 의미에서 의사의 역할은 막중할 수도 있고, 거꾸로 아무런 결정력도 행사하지 못할 경우도 있습니다. 심장 기능이 심히 저하된 그 여자 환자는 주변의 여건과 시댁의 눈치 등으로 병에 대해 감출 때까지 감추다가 최근 더 이상 견딜 수 없어서 수술을 받고자 내원했습니다. 이미 15년 전에 수술을 한 번 받았던 환자였습니다. 정밀 검사상 수술 적응의 최저치에 접근하는 심장 기능을 갖고 있어서 망설이다 환자의 나이가 포기하기에는 아까운 나이라서 수술을 결정했습니다. 환자의 남편에게 모든 것을 다 설명하고 친척들과 친정 식구들의 면회를 권유했습니다. 이유는 바로 사망률이 매우 높은 수술이기 때문에 마지막일 수도 있는 면회의 기회를 제공하기 위해서였습니다.

환자를 수술실로 옮겨 마취를 시작하고, 컴퓨터 모니터와 환자를 연결하고 모든 기구를 준비하고 드디어 수술을 시작했습니다. 가슴을 절개하고 심장이 뛰는 모습을 보니 예상대로 너무 힘겹게 뛰고 있었습니다. 과거 질환을 앓고 또 한 번의 심장 수술을 했던 환자이기에 심장 주위의 유착이 너무 심했습니다. 이 유착을 박리하면서 심장을 수술하기 좋은 상태로 만드는 데만도 벌써 두 시간이 지났습니다. 인공 심폐기를 환자와 연결하고 체외 순환을 시키면서 체온을 떨어뜨리기 때문에, 방 안의 에어컨을 강하게 틀어 놓습니다. 심장을 정지시키고 뒤에서는 심장 정지 시간을 불러 줍니다. 심장을 열고 원하는 부위의 수술을 가능한 빨리 마무리한 후에 심장의 봉합을 시작했습니다. 심장 정지 시간 몇 분……. 뒤에서 시간을 불러 줍니다. 그리고 지혈을 하면서 인공 심박동기선을 연결하고 정지된 심장에 전기 충격을 주어 심장 박동을 시킵니다. 일단 심장의 박동만 돌아와도 안심이 됩니다. 가장 어려운 고비가 남았습니다. 심장 수술을 하기 위해 꼭 설치해야 하는 인공 심폐기가 심장 박동과 같이 돌아가고 있지만, 이 기계에서 이유가 되고 자신의 심장 기능만으로 심장이 뛰어야만 수술이 끝날 수 있습니다. 체온을 정상으로 올리면서 조금씩 심폐기의 도움을 줄여 나갑니다. 대부분의 환자는 아무 문제 없이 심폐기 제거가 가능한데, 이 환자는 심폐기의 속도를 줄이면 심박동도 같이 줄어들고 혈압이 떨어집니다. 강심제를 투여하고 다시금 시도를 해봅니다. 횟수가 거듭될수록 회생 가능성은 낮아지게 됩니다. 벌써 환자의 마취 시간은 7시간이 지났습니다. 그러나 혈압이 제대로 유지될 정도의 심장 기능은 아직 회복되지 않습니다. 대동맥을 통해 심장 보조 장치를 삽입하여 가동시켰는데도 한두 시간 후에는 이 기계의 도움도 썩 신통치 않았습니다. 심폐기 이유가 불가능하여 계속 심장과 기계가 같이 움직이고 있습니다.

얼굴엔 식은땀이 흐르고 돌아오지 않는 심기능은 제 속을 바싹 태웁니다. 벌써 서서 수술한 지 10시간이 지났습니다. 밖에서 영문도 모르고 속을 태우고 있을 환자의 남편이 눈앞에 아른거립니다. 의학적인 상식이 없는 일반인들은 심장 기능이 어떻고 하는 설명이 귀에 들어오지도 않습니다. 그저 환자의 수술이 끝나고 수술방에서 나와 얼굴을 보고 싶다는 생각뿐이지요. 참으로 암담합니다. 죽을 가능성이 있는 환자는 피해서 수술을 하면 저도 좋겠습니다. 그러나 이는 이론상의 통계일 뿐, 누가 죽음을 맞이할지는 아무도 모릅니다.

수술 후 12시간째, 드디어 보호자에게 포기를 선언하고 수술방을 나옵니다. 보호자들의 통곡과 원망, 욕설, 온갖 소리를 뒤로 한 채 소파에 쓰러질 듯 앉습니다. 지금의 내게 가장 필요한 것은 따뜻한 커피 한 잔입니다. 그후에는 보호자들의 따짐이 기다리고 있겠지만, 그래도 나는 최선을 다했기 때문에 더 이상의 방법이 없었노라고 마음의 위안을 하고 눈을 감아 버립니다. 오늘도 제 손을 거친 한 생명이 생을 마감했습니다. 혹시나 다른 방법은 없었을까 하고 수술 전부터의 과정을 리뷰하면서 멍한 모습으로 창 밖을 바라봅니다. 수술을 아침에 시작했는데 밖은 이미 내 마음처럼 어두워져 있습니다. 또 며칠간은 사망 환자로 인해 가슴앓이를 하겠지요.

무기력하고 나약한 모습으로 좌절하다가 다시 마음을 추스르고……. 이렇게 반복된 훈련으로 다져진 나의 삶이 이젠 면역이 생겼으면 좋겠습니다. 놓친 환자에 대한 안타까움은 후천성 면역결핍증처럼 면역이 되지 않습니다.

수술 후 12시간째, 드디어 보호자에게 포기를 선언하고 수술방을 나옵니다.

보호자들의 통곡과 원망, 욕설, 온갖 소리를 뒤로 한 채 소파에 쓰러질 듯 앉습니다.

무기력하고 나약한 모습으로 좌절하다가 다시 마음을 추스르고…….

이렇게 반복된 훈련으로 다져진 나의 삶이 이젠 면역이 생겼으면 좋겠습니다.

놓친 환자에 대한 안타까움은 후천성 면역 결핍증처럼 면역이 되지 않습니다.

모녀지간

몇 년 전의 일입니다. 어떤 여고생이 가슴의 통증을 호소하며 저를 찾아왔습니다. 흉부 엑스레이를 촬영해 보니 폐 및 늑막 결핵이 발견되었습니다. 여러 가지 검사를 시행한 후 옆구리에 작은 상처를 내어 늑막 삼출액을 제거하고 일 년 가까이 항결핵제를 투여했습니다.

처음 만났을 때의 고등학생 교복은 어느새 사복으로 변하고, 화장을 한 얼굴로 병원을 방문하는 그녀는 날이 갈수록 어린아이에서 어른으로 변화하는 것이었습니다. 항결핵제를 받기 위해 병원을 방문하는 그녀의 옷차림이 갈수록 노출이 심해지기 시작했습니다. 그녀의 개인적인 일에 내가 관여할 문제는 아니지만 옷차림이고 화장의 정도가 보통을 벗어나자, 나는 걱정이 되어 질문을 하였지요. 옆에 항상 쫓아다니던 어머님을 잠시 밖으로 보낸 뒤에 무슨 일을 하는지 솔직한 답변을 물었습니다. 질문을 받고 저를 물끄러미 바라보던 환자는 대답 대신 눈물을 흘리기 시작하더니 나중에는 말을 이어 가지 못했습니다. 결핵에 가장 나쁜 술과 담배에 찌드는 직업여성의 길을 어린 나이에 들어선 그녀를 보고 난감했습니다. 저는 직업을 바꿀 수 없냐고 충고를 했지만 그녀는 아무런 대답도 없이 처방전을 받아 들고 나갔습니다.

1~2년이 지나면서 그녀는 더욱 성숙한(?) 모습으로 병원을 찾아왔고, 때로는 진료를 하는 도중에도 무의식적으로 내 앞에서 도발

적인 포즈를 취하기도 했습니다. 약을 타러 올 때마다 곁에 붙어 다니는 어머니를 보면 분명 가출한 것은 아닌 듯했습니다. 그렇게 보호자가 있는 상황에서 과연 그런 일을 할 수 있는지 그것도 미심쩍고, 딸의 외모를 보면서도 짐작을 하지 못할까 하는 의문도 들고……. 하여간 딸과 어머니의 얼굴을 교대로 보면서 제가 어느 정도까지 이야기를 해야 하는지 솔직히 자신이 없어 그 당시에는 그냥 돌려 보냈습니다. 의사의 가장 기본적인 충고로 술과 담배를 자제하라는 이야기를 해주었지만, 그것은 내게도 환자에게도 위안을 주는 충고는 아니었습니다.

그후로도 그녀는 일 년에 한 번씩 정기 검진을 위해 외래를 방문했고, 그때마다 걱정스러운 저의 질문이 불편했는지 차츰 뜸하더니 발길을 끊게 되었습니다. 완치 판정을 받지 않고 중간에 치료를 중단해야 했던 일이기에 마음에 아쉬움이 남아 있습니다. 어디에선가는 살아가고 있을 그 환자를 생각하면 늑막 질환과 진한 화장을 한 얼굴이 교차되어 떠오릅니다. 그리고 그 곁에서 아무 말도 없이 따라다니던 어머니의 얼굴도 같이 떠오릅니다. 과연 그 어머니는 딸의 직업을 모르고 있었을까, 만약 알고 있었다면 왜 딸을 말리지 못할까 하는 의문 때문에 씻겨지지 않는 떨떠름함이 남아 있습니다.

이젠 더 이상

새벽잠을 깨우는 전화벨 소리가 요란합니다. 분명 저를 깨우는 소리라서 잠결에 벨의 숫자를 세다가 수화기를 집어들었습니다.

"과장님, 박○○ 씨가 다시 출혈이 시작되어 위험합니다. 지금 수술방으로 옮기고 있으니 속히 나와 주십시오."

몇 가지 중요한 사항을 급하게 전하는 전공의의 목소리에 잔뜩 긴장감이 묻어 있습니다. 세수도 못 하고 옷을 갈아입는 저의 태도에 아내가 잔뜩 긴장한 얼굴로 물어 봅니다.

"오늘 또 못 들어와요?"

새벽에 달리는 길거리는 낮의 모습과는 아주 대조적이지요. 마치 나의 삶이 다른 사람들과 다르듯이 말입니다. 고요한 길거리를 질주하여 차를 세우자마자 뛰어올라가니 수술실 앞에 환자의 부인이 잔뜩 긴장한 채 서 있습니다.

"이번에는 어렵겠지요?"

체념인지 절망인지 모를 소리를 딱히 저를 보고 하는 소리가 아닌 듯 허공에 대고 말하는 부인의 얼굴은 아무런 표정도 없는 백지 같습니다.

환자는 대동맥 이하 부위의 폐색으로 수술을 받은 지 몇 년이 되어 다시금 재수술을 받았습니다. 그러나 당뇨 등의 합병증으로 이번에는 상처 부위가 말썽을 피웠습니다. 그후 한쪽 다리는 전혀 혈액 순환이 안 되어 절단을 하고, 반대쪽에 넣은 인조 혈관에 염증이 생겨 다시 혈관 제거술을 받았고……. 이렇게 해서 수 년간 수술을 받은 것이 장장 일곱 번입니다. 말이 그렇지, 한 번 받기도 어려운 수술을 평생 일곱 번을 받는다고 생각해 보세요. 다행히 여러 번의 수술을 무사히 넘겨 왔지만 이번의 상황은 의사의 눈으로 보아도 어려울 것 같습니다.

초췌한 외모의 부인이 외래에 수 년간 다니면서 제게 환자의 과거까지 모두 털어놓았습니다. 환자는 젊은 시절에 집을 나가 가족을 돌보지 않고 평생을 지내다 중병이 든 후에 간병할 사람이 없어서 옛날 부인을 찾아온 것입니다. 환자를 대하는 부인의 태도는 연민과 억울함, 냉정함, 환자의 병을 환자의 삶에 대한 응보로 여기는 당연함 등으로 얽혀 매우 복잡했습니다. 환자가 절단된 좌측 하지 때문에 휠체어에 의존해 병원에 다닐 때도 부인은 쌀쌀한 모습을 환자에게 자주 보여주곤 했습니다. 이제는 힘없고 늙어 버린 초라한 남성이 거기 있었습니다. 부인의 어떠한 구박에도 대꾸조차 하지 못하는 자세로 땅만 바라보는 남자의 모습에서, 그러나 병에 대해서는 환자 자신이 너무나도 잘 알기 때문에 제 손을 꼭 잡고는 수술을 할 때마다 이번에도 선생님만을 믿는다는 눈빛에서, 저는 그저 환자의 손을 맞잡아 주는 수밖에 없었습니다.

수술실에 들어가 보니 의식을 잃어버린 환자가 누워 있었습니다. 병실에서 터져 나간 염증 부위의 동맥 혈관을 통해 출혈이 심하여 창백한 모습이었습니다. 몸 속 피의 반 이상이 소실되어 수혈을 하고 있지만, 아무래도 여러 가지 합병증이 생길 것 같습니다. 어렵게 출혈 부위를 봉합하고 수혈을 하여 혈압을 상승시켜 놓고 환자를 중환자실로 이송했습니다. 결국 환자는 마지막 수술 후 몇 달 만에 집에서 합병증으로 숨을 거두었습니다. 상태가 썩 좋지 않은 모습으로 퇴원을 해서 짐작을 했었지만 부인이 외래에서 전해 주는 환자의 사망 소식에 허탈감을 느꼈습니다. 그간의 수많았던 환자와의 대화, 치료, 수술 등을 떠올리며 그 부인과 마음을 정리해 나갔습니다. 저를 아들처럼 생각하고 온갖 부끄러운 이야기까지 해왔던 그 부인은 마지막 인사를 하고 돌아갔습니다.

"이제는 선생님을 찾을 일이 없겠지요?"

그녀의 마지막 말이었습니다.

죽은 의사의 사회

며칠 전 저의 스승님 한 분이 과로로 돌아가셨다는 소식을 들었습니다. 그분은 의료 대란의 와중에 쓰러지셨습니다. 그분의 세세한 부분은 잘 모르지만, 제가 아는 분의 죽음이기에, 더욱이 학창 시절에 저의 스승이었기에 그분의 죽음은 제게 남달랐습니다.

제가 전공의 시절, 일반외과 교수님 한 분이 갑자기 돌아가셨습니다. 당뇨를 심하게 앓고 계셨던 분이었지요. 돌아가시기엔 너무 젊었던 분인데, 짧은 생을 마감하고 우리의 곁을 떠났습니다. 강의를 하면서 늘, "너희들 말이야, 사람은 40이 넘으면 먼저 죽는 놈이 형님이야!"라고 말씀하셨습니다.

"내가 먼저 죽으면 문상 와서 절 안 할 수 있어?"

그러더니 정말 40대 중반에 동료 의사 중 가장 먼저 형님이 된 것입니다.

그때 우리 학생들은 많은 충격을 받았습니다.

의사도 죽는다는 사실에…….

의사도 젊은 나이에 죽는다는 사실에…….

의사도 병에는 도리가 없다는 사실에…….

적잖은 충격을 받은 우리는 그때부터 이미 의사의 한계를 배우기 시작했지요. 그후에도 몇 분인가 여러 가지 이유로 돌아가셨다는 소식을 늦게나마 접했습니다. 공교롭게도 자신의 전공 분야의 병으로 돌아가시는 주변의 의사들을 보면서 묘한 아이러니를 느낍니다.

제가 감기가 들면 주변 사람들이 놀랍니다.

"의사도 감기 들어?"

의료 대란을 바라보면서, 성숙하지 못한 각 단체, 부처를 보면서, 그 와중에 쓰러지는 환자들을 보면서, 많은, 정말 많은 아픔을 느끼지만 그 중에 — 쓰러지는 환자 중에 — 의사 자신도 들어갈 수 있다는 사실을 일반 사람들이 알까 하는 의구심. 대란의 와중에도 이렇게 큰 병원을 떠나지 못하는 의사들이 있다는 사실을 알아줄까 하는 의구심. 의사를 환자로 만드는 과중한 업무. 그래야만 되는 현실에서 속절없이 스러져 가는 우리의 동료들…….

오늘 아침 비가 오는 이 아침에 좋지 않은 소식으로 저는 또 하루를 울고 있습니다.

낭만의 병

과거에 결핵은 매우 낭만적인 병이었습니다. 결핵에 걸려 얼굴색이 하얗고 가녀린 여인은 많은 남성들의 마음을 애타게 했던 미의 상징으로 추앙받기까지 했습니다. 사랑을 하다가 피를 토하고 죽는 연인의 모습에서 많은 젊은이들은 애틋함을 느끼고, 그래서 폐결핵은 백혈병과 함께 영화나 소설에 단골로 등장하는 메뉴였습니다. 그러나 현실에서 결핵은 매우 고질적인 병입니다. 지금은 결핵 약이 많이 발달하고 국민들의 영양도 좋아서 처음 발견 당시 적절한 투약만 하면 완치가 가능하지만, 처음 치료에 실패하면 재치료약은 독성도 매우 강하고 균의 내성이 강화되어 잘 낫지도 않는 중병으로 발전합니다.

30대 후반의 한 여성 환자가 우리 병원을 찾았을 때, 여러 병원을 전전하면서 이미 재치료까지 실패한 그야말로 대책이 없는 상태로, 오른쪽 폐에는 물이 차 있고, 반대쪽 폐에는 활동성 결핵균이 남아 있는 모습을 보였습니다. 환자는 숨이 매우 차고 가끔 각혈을 하며 전신 쇠약으로 꼬챙이 같은 얼굴을 하고 있었습니다. 우리는 정밀 검사 후 흉관을 삽입하여 늑막의 물을 제거하고 균 검사를 시행하고 나서 몇 개 남지 않은 감수성이 있는 약제 선정에 심혈을 기울였습니다. 약들의 독성 때문에 환자는 매우 힘들어하면서도 생에 대한 애착으로 우리의 처방을 꼬박꼬박 지켰기 때문에 조금씩 회복하는 모습을 보였습니다.

매일 힘들게 엉덩이에 주사를 맞으면서도 한 번도 아프단 소리도 하지 않고, 독한 약을 매일 먹으면서도 약을 거르지 않았습니다. 이번에 실패하면 정말로 고칠 수 없다는 우리의 충고도 곧이곧대로 들어 주어 효과를 보는 듯했습니다. 그러나 몸의 상태가 약간 좋아질 뿐 균의 음성 전향은 일어나질 않고 계속 양성 반응을 보이자 환자는 점차 실망하기 시작했습니다. 균의 음전과는 상관없이 수 개월의 투병 생활 후 환자는 거동이 가능해졌고, 얼굴도 화색이 돌아 제법 예뻐지기 시작했습니다.

환자는 외래로 통원 치료를 했고, 영양 상태가 좋아지자 조금 더 병세의 호전을 보였으나 균의 완전한 음전은 되지 않았습니다. 의료진도 차츰 지치기 시작했고, 선택의 여지가 없는 몇 개의 약 중에서 다시금 재조합을 해서 투여한 후 또 몇 개월이 지났습니다. 갑자기 환자가 외래에 나타나지 않는 것입니다. 저는 초조하게 환자를 기다렸으나, 환자의 보호자가 대신 제게 와서 하는 말이 요양을 하기 위해 강원도로 환자를 옮겼다는 것입니다. 내심 마음이 불편하고 다시 병세가 악화될까 봐 불안했으나, 몇 가지 사항을 당부하고 쓰던 약제와 내성 정도를 상세히 적어 주고 환자의 보호자에게 자주 연락을 하라고 전달해 주었습니다.

그후 환자는 다른 병원에서 우리의 처방을 기준으로 또 다른 치료를 시도해 보았고, 그래도 안 되니까 다시 마산의 결핵 병원으로 옮기고……. 이렇게 좋다는 방법을 찾아 전국을 순회했습니다. 그때마다 그 병원에 없는 약을 타기 위하여 제게 환자의 보호자를 보내고, 자문을 얻기 위해 전화를 하고 끊임없이 저에게 연락을 취하는 성실함을 보였습니다.

"한 번 책임진 여자는 끝까지 책임지세요!"

가끔은 웃기도 힘들어 보이는 하얀 얼굴로 제게 던지는 말입니다. 저는 그 말을 농담으로 들을 수 없었습니다. 정말로 내가 보는 모든 환자는 다 해결이 돼야 한다는 일종의 사명감을 느끼게 해주는 도전적인 말로 들렸습니다.

결핵균 때문에 아이와 격리되어야 하는 아픔이 가장 힘들다는 그녀의 고백, 아이와 언제쯤 같이 잘 수 있느냐는 그녀의 애처로운 소망은 제가 답을 해주지 못하는 답답함을 불러일으키는 질문입니다. 그 질문을 들을 때마다 결핵의 무서움에 전율합니다. 아직도 우리나라는 결핵에서 자유로운 나라가 아닙니다. 초치료가 실패했을 때 환자가 받는 고통은 다른 어떤 질병보다도 인내를 요구하는 만성병으로 변질됩니다.

얼마 있으면 그녀의 전화가 올 것입니다. 이번 전화에서는 결핵이 음전되었다는 승전보가 들리기를 기도합니다. 다시금 제 앞에 건강한 모습으로 나타나겠다는 그녀의 약속이 꼭 지켜지기를 바랍니다.

소리 없는 울음

IMF 한파는 사회 곳곳에서 많은 문제들을 일으켰지

만, 이는 병원에서도 예외가 아니었습니다. 정작 수술을 받으려고 대기했던 환자들이 기자재 수입이 중단되어 수술을 미루었는가 하면, 정말 죽을 병이 아니면 아예 치료를 안 하고, 병원에 오는 발걸음을 끊는 등의 부작용을 유발시켰습니다.

인공 판막 대치술을 받은 환자들은 수술이 성공적으로 끝나도, 외래로 다니면서 평생 항응고제를 복용해야 하는 단점이 있습니다. 인공 판막 자체는 인체에 무해한 성분이지만, 이물질이 몸 속에 있으면 우리 몸의 생리 작용으로 혈전을 만들기 때문에 이를 예방하기 위해 매일 약을 복용해야 합니다. 늘 병원이 가까이 있고, 의료 혜택을 받기 쉬운 사람들은 별 문제가 없으나, 만일 그런 수술을 받아 항상 끈처럼 병원과 연결이 되어 있어야 한다면 그것도 여간 성가신 일이 아닐 것입니다. 여행을 가도, 다른 문제가 생겨도, 이가 아파서 치료를 받을 때도, 다른 약을 병용해야 할 때에도 항상 우리에게 자문을 받아야 하는 번거로움이 있습니다. 이런 이유로 제게 수술을 받은 환자들은 대부분이 시시콜콜한 모든 일을 항상 전화로 문의하고 자문을 구하면서 살아갑니다.

30대 후반의 한 남자 환자가 이미 20세에 군에 있을 당시 우리나라 최초로 통합병원에서 판막 대치술을 받았습니다. 최근 판막의 기능이 수명을 다해 증세가 악화되어 다시 병원을 찾았습니다. 나이가 젊고 심장이 많이 커져 있어서 재수술을 속히 할 것을 권유했습니다. 환자의 부인과 그 부인이 속한 교회 목사님의 말씀에 의하면 환자의 현재 재정이 그리 넉넉하지 못하여 망설이고 있다고 했습니다. 이 환자는 한때 젊은 나이에 건설업으로 거금을 운용하는 큰 회사의 사장이 되었습니다. 그러나 IMF 한파가 몰아치기 직전에 부도에 몰려 지방으로 도피 생활을 시작해야 했습니다. 그런 환자에게 재수술 비용은 적지 않은 금액이었습니다. 차일피일 미루다 어느 날 제게 급한 전화가 왔습니다. 환자가 포항에서부터 앰뷸런스로 이송되고 있으니 제게 병원으로 나와 달라는 부탁이었습니다.

환자의 인공 판막의 기능이 거의 정지가 되어 매우 위급한 상태였습니다. 응급 수술을 준비하고 환자가 도착하는 즉시 수술에 들어갔습니다. 다행히 재수술이 무사히 끝나고 환자의 회복도 순조로워 모두에게 기쁨을 주었습니다. 경찰의 수배를 받고 있는 환자의 입장이기에 보험 카드도 타인 명의의 것을 사용했고 수술 비용도 문제였지만, 지혜를 모아 환자가 감당할 만한 금액으로 지불을 하고 무사히 퇴원을 시켰습니다. 그후 병원에 오는 날은 환자와 보호자가 교대로 와서 제게 약을 타 가고, 마치 스파이 작전을 방불케 하는 묘한 스릴을 느끼게 행동하는 부인의 조심성에 저도 덩달아 조심하게 되었습니다. 환자의 거동이 자유로워지자 환자는 또다시 수배를 피해 지방으로 전전하고 제게 수시로 전화 상담을 하면서 그래도 잘 지냈습니다.

어느 날 그 환자에게 다시금 시련이 찾아왔습니다. 심장의 크기가 다른 사람보다 크기 때문에 심장내에 혈전이 생길 소지가 높기는 했지만, 항응고제를 먹는 가운데에서도 혈전이 떨어져 나가 뇌에 경색이 생긴 것입니다. 환자는 말을 잘 하지 못하고 음식을 삼키기가 힘들어서 다시금 병원에 입원을 하게 되었습니다. 응급실에서 저를 쳐다보는 순간 뇌경색으로 인해 일그러지는 입을 벌리며 울음을 터뜨렸습니다. 그러나 그 울음도 마치 짐승이 포효하는 듯이 발음도 불명확하고, 발성도 제대로 되지 않는 '소리 없는 울음'으로 변질되어 터져 나왔습니다. 젊은 남자의 소리 없는 울음과 눈빛에서 강한 체념을 읽고 저는 두 손을 꼭 잡고 같이 기도를 올렸습니다. 더 이상 좌절이 없게 시련을 덜어 달라고 말입니다. 짧은 생애 동안 너무나도 많은 질병과 경제적 파산으로 좌절을 하는 환자의 모습과 옆에서 저만 만나면 우는 부인의 모습에서 어찌할 수 없는 인생의 한계를 절감합니다.

다행히 뇌경색이 그리 심하지 않아 환자는 금방 퇴원을 했지만 걸음걸이도 예전 같지 않고, 처음의 의연함도 많이 잃어 초라한 모습으로 걸어다니는 모습을 볼 때마다 자꾸만 미안한 생각이 들었습니다. 혹시나 의학적으로 환자에게 더 해줄 방법은 없을까, 그 많은 재정을 지금은 어떻게 감당할까 등등 답이 별로 없는 걱정을 하게 됩니다. 환자는 현재 신경과에서 계속 치료를 받고 있으며 많이 회복이 되어 일상 생활은 가능하나, 불규칙적인 도피 생활로 자꾸 합병증이 생기는 것 같아 아직도 불안합니다.

이런 중병을 앓고 있는 환자도 경제사범이라는 죄목으로 수배를 해야 하는지 저는 잘 모릅니다. 부인에게 진단서를 써줄 테니 가서 사정이라도 해보라고 했지만, 그리 도움이 되지 않는지 아직 진단서를 원하지 않고 있습니다. 똑바로 서지도 못해 꾸부정하게 서서 인사하는 환자를 보면 그 뒤에 숨어 있는 젊은 남자의 소리 없는 울음을 봅니다. 그리고 그 처연한 눈빛에서 우리에게 주는 가장 큰 시련이 무엇일까를 생각하게 됩니다.

고뇌

어떤 사람이 성직자에게 물었습니다.

"제게 너무나도 많은 고뇌가 있습니다. 이 고뇌를 없앨 수 있는 방법을 가르쳐 주십시오."

했더니, 성직자는 그 사람을 끌고 공동묘지로 데려갔습니다.

"여기 있는 자들은 고뇌에서 해방된 자들이지요!"

누구나 고뇌를 안고 살아갑니다. 대부분이 자기의 주변에서 일어나는 문제이거나 자신과 직접적인 연관이 있는 문제를 가지고 걱정을 하게 마련이지요.

저는 직업적인 고뇌가 많습니다. 자기에게 주어진 일들을 해결해야 하는 책임이 누구에게나 있겠지요. 어려운 수술을 감당해야 하는 과이기에, 수술하기 어려운 환자들이 올 때마다 저는 도전 의식과 함께 긴장을 합니다. 중요한 점은 이러한 도전 의식과 긴장만으로 모든 문제가 해결되지 않는다는 데 있습니다. 정말 하고 싶지 않은 수술, 피하면 좋을 것 같은 수술을 감당할 때마다 감정을 다스리기가 힘듭니다. 이러한 감정을 보호자나 환자에게는 표현하지 못합니다. 그들이 필요로 하는 것은 담당 의사의 확신에 찬 대답이기 때문입니다. 설사 의학적으로 어려운 환자라 할지라도 대답은 한 가지입니다.

"나를 믿으십시오. 최선을 다하겠습니다."

의학이 많이 발달하고, 더불어 저의 의사 경력도 많아지면서 이제는 아무리 어려운 수술도 그다지 힘들게 생각지를 않습니다. 하지만 드물게 저 자신이 머리를 짜내고 주변의 동료들에게 자문을 구해도 답이 없는 경우가 있습니다. 대개는 아주 드문 질환이거나 의학적으로 평균 여명을 훨씬 넘겨서 살아 있는 기형들이 해당될 것입니다. 교과서와 저널을 찾고, 다른 의사들에게 자문을 구하고 준비할 것을 다한 후엔 마음의 담대함이 생길 때까지 기도합니다. 머릿속에서 가상의 수술을 수십 차례 시행해 그 과정이 아주 익숙해질 때, 비로소 수술을 시작합니다.

응급 수술을 제외한 모든 수술의 과정은 이런 절차를 밟아 준비해 오는 것이 습관이 되어 어려운 환자가 올 경우엔 무슨 일을 해도 머릿속엔 그 병에 대한 생각으로 가득 차 있습니다. 수술이 성공적으로 끝나고 환자가 좋아질 때 비로소 그 수술에 대한 생각에서 해방될 수 있습니다. 그래서 때로는 정신이 없는 사람처럼 멍할 경우가 있습니다.

성직자들의 고뇌에 미치진 않겠지만 저도 남의 생명을 다루는 사람인지라 남을 위한 고뇌로 세월을 보내고 있습니다. 지금 35세의 남자 환자 하나가 수술을 대기하고 있습니다. 과거에는 수술을 권유받았으나 집안 사정이 어려워서 미루었고, 수술 적기를 놓친 현재까지 정말 행운으로 살아남아 이제는 수술을 위한 돈은 준비했으나, 다른 질병이 복합되어 먼저 치료를 하고 있는 중입니다. 고등학교 시절까지 어머니 등에 업혀 등하교를 했었다는 환자는 이제 결혼해서 아이들도 있습니다. 걸을 수도 있고 생업도 있습니다. 그 언제보다도 생에 대한 집착이 강해져서 꼭 수술에 성공해야 한다는 다짐을 제게 원하고 있습니다.

이미 삶의 여명을 넘어 버린 한계 상황, 그러나 물러설 곳 없는 환자의 절박함, 과거 포기했던 삶의 미련이 다시 살아나는 현재에 그 어려운 공을 제게 던지고 같이 고민하자고 도움을 요청하는 것입니다. 저 자신의 고뇌는 잠시 접어 두고 그 환자를 위하여 당분간 고뇌를 시작해야 합니다. 청색증이 심해 얼굴 전체가 검붉은 모습으로 외래에 다니면서도 수술에 대한 희망 때문에 웃음을 잃지 않는 환자를 보면 책임감이 더 막중함을 느낍니다.

수술 시기를 정해 놓고 그때까지는 환자도 나도 그 질병에서 자유로울 수 없는 갇힌 자의 모습으로 지내야 할 듯합니다. 매를 맞는 것보다 더 힘든 것이 매맞기를 기다리는 것이라고 했던가요?

분노

응급실에 가본 분들은 그곳이 얼마나 복잡하고 싫은 장소인지 알 것입니다. 일생에 한두 번 가보는 것도 때론 불쾌할 수 있는 일인데, 그곳에서 근무하는 사람들은 매일 그곳에서 살아야 합니다. 물론, 우리의 직업이고 당연히 해야 할 일이지만 가끔 당직을 해야 할 때면 자주 밖으로 나가 바람을 쐬게 됩니다. 그만큼 이제는 그 장소가 힘든 곳이 되어 가나 봅니다.

대개는 전공의들이 연락을 받고 내려가기 때문에 제가 직접 응급실을 내려가는 경우는 드뭅니다. 어느 날 밤에 아는 분이 개인적인 부탁을 해서 응급실을 들렀을 때입니다. 응급 처치실에서 커튼을 쳐놓은 뒤로 응급실 당직의들의 소란스런 소리가 들리는 것입니다. 저는 본능적으로 그곳에 눈길을 돌렸고, 마침 그곳에서 응급 소생술을 시행하는 장면을 목격했습니다.

고등학생쯤 되는 여학생이 고층 아파트에서 떨어져 있는 상태로 수위 아저씨에게 발견되어 119구급차에 실려 들어왔습니다. 순간 주위를 둘러보니 응급실내에 보호자는 아무도 없고, 환자는 병원에 도착 당시 이미 절명한 상태였습니다. 주위의 전공의들도 몇 차례의 응급 소생술에 아무런 반응이 없자 사망을 선언하려고 마침 처치를 중단하던 참이었습니다.

저는 가운도 입지 않고 응급실에 들렀던 것이지만, 상황을 파악하고 응급 소생술에 매달렸습니다. 물론 이제껏 소생술에 반응이 없었기 때문에 결과는 비관적입니다. 그러나 주위의 의사들이 사망을 선언하려던 모습에 저는 순간 알 수 없는 분노를 느꼈습니다. 중간에 뛰어든 저의 제지에 전공의들은 많이 놀랐으나, 윗사람의 명령이기에 제가 지시하는 대로 다시금 소생술을 시행할 수밖에 없었습니다. 저의 분노는 의사들에게 대한 분노가 아니었습니다. 어쩌면 전공의들이 사망을 선언하려 했던 판단이 옳을 수 있습니다. 그 누군가에 대한 분노, 아마도 그 학생의 부모일 수도 있고, 이유를 모르니 혹시나 성적 문제라면 그 분노의 대상이 이 나라의 교육 정책일 수도 있고, 아니라면 주변에서 따뜻한 말 한마디 건네지 못한 현대 사회의 단절일 수도 있습니다.

응급 소생술은 아마도 영화 같은 데서 간접적으로 보았겠지만,

건강한 남자라도 약 5분 이상을 지속하면 온몸이 땀으로 젖는 매우 힘든 작업입니다. 더구나 잠시도 쉬어선 안 되는 과정이기에 혼자서는 감당하기 불가능한 일이지요. 대개는 여러 의사가 교대로 하면서 힘을 축적해야 가능한 일입니다. 제가 오기 전 얼마나 오랜 동안을 시행했는지 물어 보지도 않고 저는 소생술에 매달렸습니다. 요지부동이던 심장 박동이 차츰 돌아올 기미가 보였습니다. 각종 약제를 투여하고 전기 충격을 섞어 가면서 30분 이상을 지속했을 때 심장이 뛰기 시작했습니다. 물론 뇌가 그 동안 살아 있는가는 나중의 문제입니다. 지쳐서 제 눈치를 보는 전공의들에게 "너희의 여동생이라고 생각해!"라고 눈을 부라리며 독려했습니다. 제 서슬에 놀란 전공의들은 열심히 해주었고, 그녀의 심박동이 정상으로 돌아오는 것을 보고 나서 응급실을 나왔습니다.

옷은 땀으로 젖어서 후줄근하고, 팔다리에 힘이 빠져 허탈하게 걸으면서 제 기분이 좋아지지 않는 이유를 생각했습니다. '그 여학생은 왜 이 세상을 하직하려 했을까? 그리고 보호자들은 왜 그렇게 연락이 안 되는 걸까? 심박동이 살아났지만 정말 의식도 돌아올까?' 나는 어쩌면 의식이 돌아올 가망이 없는 그 환자의 그 다음의 절망을 보지 않기 위해서 응급실에서 그리도 빨리 도망치듯 나온 것은 아닌지요. 내 마음속에는 그 여학생은 어찌 되었든 살아 있는 것으로 인식이 되었고, 나는 그 마음을 간직하고 싶어서 내 일이 아니라는 핑계로 그 자리를 피한 것 같았습니다.

아까운 나이……. 제 머릿속은 잔뜩 헝클어져 땀에 젖은 옷보다 더 구겨진 채로 집으로 향하면서 영화 한 편이 생각났습니다.

『시티 오브 조이』.

주인공이 미국 흉부외과 의사였던 것으로 기억됩니다. 자신이 수술한 심장병 환자의 죽음을 계기로 자신의 길을 접고 인도로 날아가 버린 어떤 의사의 삶. 저도 가끔은 꿈꾸는 삶. 패트릭 스웨이지의 결단에 깊이 공감하는 하루였습니다.

까만 봉투

한 달에 한 번씩 기다려지는 날이 있습니다. 어느 노부부가 제게 약을 타러 오는 날이지요.

할머니가 우리 병원에서 오래 전 심장판막증으로 수술을 받고, 구사일생으로 회생하셔서 이제는 많이 좋아지셨으나 그래도 약을 끊을 정도는 아닙니다. 나이에 비해 고생을 많이 하셔서 그런지 허리도 많이 꼬부라지고, 눈도 침침하고, 걸음걸이도 온전치 못하십니다.

병원을 한 번 오려면 한 시간에 한 대밖에 없는 버스를 시간에 맞추어 타고 시내로 나와서 버스를 갈아타고 오셔야 하기 때문에 여간 어려운 일이 아닙니다. 한 번은 병원에 오다 버스에서 내리는 도중 넘어지셔서 허리가 부러진 일도 있습니다. 그로 인해 한동안 병상에 누워 지내셔야 하기도 했습니다. 자식들도 다 분가해서 노부부가 서로 의지하며 사는데, 어느 곳이든 움직이려면 행사 치르듯

해야 하는 두 사람을 생각하면 얼마나 답답할까 하는 마음이 듭니다.

그런 노부부가 한 달에 한 번씩 제게 들러 혈액 검사를 하고 약을 타 갑니다. 그날은 두 노인에게 도시로 마실 나오는 기회이기도 하지요. 할아버지는 제게 올 때, 꼭 손에 까만 봉투를 들고 들어오십니다. 그 안에는 당신께서 손수 농사를 지으신 고구마며 감자며, 고추, 오이, 더덕, 때로는 각종 나물들이 조금씩 들어 있습니다. 처음엔 걷기도 힘든 노인이 그런 물건을 들고 다니신다고, 말려도 보고 야단도 쳐보고 했습니다. 그러나 그분들에게는 이러한 저의 만류가 먹히지 않습니다. 매번 올 때마다 손에 봉투를 들고 들어오시는 할아버지의 얼굴은 싱글벙글 웃고 있습니다.

저도 이제는 아예 말리기를 포기하고, 오히려 오시는 날이 기다려집니다. 몇 마디의 상태 체크를 하고, 검사 결과를 보고 약을 지어 드리면서 조심해야 할 일들을 말씀드리면 진료가 끝납니다. 그 짧은 시간을 위해 농산품을 골라서 봉투에 싸 놓고 다음날 아침 일찍 버스에 올라타고 힘들게 병원까지 오실 두 분을 상상하면, 그보다 더 귀한 선물은 아마 세상에 없을 것이라고 생각합니다. 저의 고맙다는 말과 제 얼굴에 써 있을 기쁨을 보기 위해 그 할아버지는 병원에 오시자마자 제 방문을 두드리고 까만 봉투를 얼른 놓고 나갑니다.

그분들이 약을 타고 조심스레 걸어가는 뒷모습은 아름답기조차 합니다. 다만 할머니의 걸음걸이가 시원치 않은데 먼길을 돌아가야 하는 게 마음에 걸립니다. 온전치 못한 심장 기능으로 겨우겨우 살아가는 할머니와 이를 옆에서 꾸준히 뒷바라지해 주시는 까무잡잡

그분들이 약을 타고 조심스레 걸어가는 뒷모습은 아름답기조차 합니다.

다만 할머니의 걸음걸이가 시원치 않은데

먼길을 돌아가야 하는 게 마음에 걸립니다.

온전치 못한 심장 기능으로 겨우겨우 살아가는 할머니와

이를 옆에서 꾸준히 뒷바라지해 주시는 까무잡잡한 얼굴의 할아버지—

두 분은 이상하게 잘 어울리는 부부처럼 보입니다.

한 얼굴의 할아버지—두 분은 이상하게 잘 어울리는 부부처럼 보입니다. 비록 할머니의 건강이 좋지 못하지만 그 모습이 오히려 잘 어울리는 것으로 여겨지는 이유는 아마도 늘 그 모습에 익숙해져 있기 때문일 겁니다. 두 분의 해로를 빕니다.

바이아그라

제 환자는 병의 특성상 나이가 많은 분들이 대부분입니다. 그 중 혈관 질환은 특히 나이에 따라 진행되는 동맥경화증이 주요 원인이 되므로 주로 60대가 넘어야 발병이 됩니다. 또 병의 특성이 여성보다 남성에게 많으므로, 결국 젊은(?) 할아버지부터 늙은 할아버지 환자가 대부분입니다.

한 젊은(?) 할아버지의 사연입니다. 그분은 겉으로 깨끗한 표정과 단아한 옷차림으로 항상 예의바르고 친절한 매너를 가진 멋진 분이었습니다. 그러나 그분은 고혈압, 당뇨병, 동맥경화 등의 지병과 이에 따르는 말초동맥 폐색으로 고생을 하는 분이었습니다. 다리가 썩어 가는 상황에서 저를 찾아와 다행히 수술로써 좋은 결과를 얻게 되었습니다. 하지의 혈행이 좋아지고 예전처럼 일상 활동도 가능해지는 등 거의 정상의 컨디션을 유지하고 있었습니다. 그러나 관상동맥 질환이 겹쳐 있기 때문에 무리한 일은 어려운 상태였습니다. 늘 심장과 혈관을 위한 약을 복용하고 있는 환자이므로 병원에 올 때마다 저는 이러한 점을 교육시켜 드렸습니다.

한참 우리 나라에 바이아그라 열풍이 불 때의 일입니다. 이분이 저를 찾아와 조용히 부탁을 하는 것이었습니다. 그 약을 복용하고 싶으니 진단서를 써 달라는 부탁이었습니다. 환자의 상태를 이미 잘 알고 있는지라 저는 거절했습니다. 왜 위험한 일을 하려는 거냐고 물었으나, 환자는 무조건 처방전을 써 달라면서 조르는 것입니다. 모든 문제는 자신에게 있으니 약을 사게 도와 달라는 것이었습니다. 말초 혈관 질환을 앓고 있는 분들은 소위 발기에 필요한 혈관도 영향을 받기 때문에 성적(性的)인 어려움을 같이 겪게 마련입니다.

부인을 사별하고 혼자 지내던 이분은 동네에서 역시 같은 처지의 여성을 한 분 소개받았답니다. 서로 사귀는 가운데 정을 느끼고 이제는 드디어 같이 여행을 가기로 약속을 했습니다. 그러나 환자분은 자신의 병을 잘 알고 있는지라 이 여행이 심히 걱정스러웠던 겁니다. 제게 같은 남자로서 호소를 하는 환자분의 표정은 말 그대로 비장했습니다. 의학적인 이론과 설득도 소용이 없음을 깨달은 저는 단서를 명기한 진단서를 발부했습니다. 심장마비의 위험을 명기한 진단서를 가지고도 환자는 그 약을 구입하고 여행을 떠나게 되었습니다. 저는 초조한 마음으로 결과를 기다렸습니다. 초조함은 만일 약효를 보게 되면 혹시 환자에게 나쁜 일이 생길까 하는 한 가지와, 또 하나는 만약 약효를 보지 못할 경우의 두 가지를 모두 합한 것이었습니다.

한참이 지난 후 약을 타러 온 환자분의 얼굴을 보는 순간, 안도하며 밀월(?)의 경과를 조심스레 물었지요. 그분의 이야기는 약을 두 번이나 먹어도 효과를 보지 못했다는 실망스런 내용이었습니다. 그리고는 아주머니와 헤어졌다는 것입니다. 그 이야기를 듣고 많은 것을 생각하게 되었습니다. 성(性)이 우리 인간에게 중요한 것은 사실입니다. 그러나 나이가 먹어서 어렵게 사귄 두 남녀를 연결하는 데까지 필수 요건이 돼야 하는지 의문이 들었습니다. 애써 서운함을 감추며 가능한 간략하게 말을 맺는 환자와 그 말을 듣고 있는 나 역시 같은 남자의 입장인지라 일련의 동지애(?)를 느끼며 씁쓸해 했습니다. 남의 처지가 되어 보지 않고는 정확한 마음을 알기 어렵지만 쓸쓸히 돌아서는 환자의 어깨를 바라보며 나는 알지 못하는 그 아주머니가 원망스러웠습니다.

나그네

환자가 겪는 고통은 아무리 사소한 증상이라도, 그것이 오래 지속될 경우 힘들 수밖에 없습니다. 예를 들어 우리가 잠깐씩 하는 딸꾹질도 며칠씩 지속될 경우 환자에게는 심각한 문제가 됩니다. 불면증도 며칠 그러다 말면 그러려니 하지만, 몇 달씩 지속되는 환자에게는 숙면을 하루만 하는 것이 소원일 수 있습니다.

오래 전 미국에 학회차 나간 적이 있습니다. 당시 환절기에 약간의 기침을 하고 있던 저는 증상을 대수롭지 않게 생각하고 출국했습니다. 그러나 비행기 여행은 감기 증상이 있는 환자에겐 썩 좋은 방법이 아니었습니다. 찬 에어컨과 건조한 공기, 낮은 기압 등으로 기침이 사정없이 나오고, 코는 막히고, 고막에 통증이 와서 10시간의 비행 시간이 마치 악몽과 같았습니다. 옆에 앉은 외국인 할머니는 저와 자꾸 이야기를 하고 싶은지 계속 지갑을 열어 자신의 가족들 사진을 보여주면서 소개를 하고 있었지만 저는 기침 때문에 그 설명이 귀에 들어오지도 않았습니다.

연이은 기침에 주변 사람들에게 미안한 감정까지 겹치어, 참으로 오랫동안의 고문과 같은 시간을 보내야 했습니다. 준비한 약도 없이, 처방전이 없이는 간단한 진통제밖에는 살 수 없는 이국 땅에서 저는 난감했습니다. 친척집에서 여장을 풀었으나, 그 집도 좁은 공간에 여러 식구가 몰려 사는 형편이라 기침을 계속하는 제가 나중에는 식구들 눈치를 보느라고 잠을 이루기 어려웠습니다. 할 수 없이 근처의 호텔로 숙소를 옮기고 혼자서 투숙을 했습니다. 타이레놀을 몇 알씩 먹어도 열은 내리지 않고, 잦은 기침 때문에 통증이 심해져서 잠을 이루지 못하고 아픈 가슴을 쓸어내면서 온 방 안을 뒹굴면서 밤을 밝혔습니다.

당시에 느꼈던 감정은 단순한 통증이 아니라, 아무도 알지 못하는 빈 방에서 혼자 아프다가 문제가 생기면 어떻게 하나 하는 걱정이었습니다. 간병을 하는 사람이 없는 환자들의 감정이 바로 이럴 것입니다. 자신이 겪어야 하는 증상이나 통증도 주변에 자신을 보아 주는 사람이 있다면 훨씬 견디기 쉬울 것입니다. 아무도 돌봐 주는 사람이 없다는 생각이 얼마나 견디기 어려운 감정인지를 그 당시 느꼈습니다. 저는 결국 여행 일정을 단축하여 귀국할 수밖에 없었습니다.

자신의 어려움을 털어놓을 상대가 있다는 사실만으로 우리들은 큰 위안을 얻습니다. 환자들이 제게 찾아와 많은 이야기를 합니다. 어떤 분은 잊을까 봐 수첩에 할 말을 적어 가지고 오는 환자도 있습니다. 대부분의 내용이 가벼운 자신의 증상이고, 어떤 경우는 자기 병의 원인이 되리라고 생각되어지는 주변의 상황을 과대 포장하여 제게 동의를 구하려는 경우도 있습니다. 예컨대 시어머니는 며느리 핑계, 며느리는 시어머니 핑계 등의 경우입니다. 저의 동의 여부에 따라 그들의 병이 더하기도 하고 나아지기도 합니다. 결국 많은 경우 병의 원인이 마음에 있다는 말이지요. 원래의 병은 다른 원인으로 시작이 되어도, 만성병으로 갈수록 거기에 합병되는 병은 마음에 달린 것 같습니다.

가장 어려운 환자는 주변에 의지할 사람이 없는 경우입니다. 핵가족이 되어 갈수록 점점 많아지는 외톨박이들. 이들이 건강할 경우에는 아무런 문제도 없으나 일단 병이 나거나 사고가 날 경우에는 매우 난감해집니다. 요즘은 의사들이 설명할 보호자를 찾기가 힘들 때도 많습니다. 집을 나와 유흥가에서 전전하다 입원한 어린 소녀들, 오토바이를 타고 가다 사고가 나서 입원한 어린 청년들, 사별을 하고 혼자 살다가 병에 걸린 노인들, 부인이나 남편이 만성병을 앓고 있는 배우자를 버리고 도망쳐 혼자 남은 남자, 여자들…….

지금 감호소에 있다가 구타를 당해 병실에 누워 있는 환자가 있습니다. 진찰 한번 제대로 한 적이 없는지, 간 기능이 나빠 복수가 차고 영양실조 상태에다가 늑골은 부러져 있습니다. 다친 경위를 조사했는데 같은 방에 있던 어느 누구도 구타한 적이 없다고 발뺌을 합니다. 환자는 분명 다쳤는데 누구에게 당한 것인지 알지 못합니다. 참으로 안타까운 일이지요. 보호자가 없는 환자는 참으로 어려운 환자입니다. 의지할 데가 없는 환자에게 병원은 여행을 와서 있는 이국의 땅과 같을 것입니다.

생명을 건 교훈

도심 사람들은 농촌의 일에 대해서 잘 모르지요. 저 역시도 농촌의 일에 대해서 잘 모릅니다. 농촌에 사는 분들에게 여러 가지 어려움이 있겠지만, 정작 몸이 아프거나 응급 상황이 생길 경우에 가장 큰 손해를 볼 수 있을 겁니다. 대개는 자신의 증세를 무던히 참아 넘기거나 대수롭지 않게 생각해 버리기 쉽습니다. 그래서 병원을 찾을 때는 적절한 치료 시기를 놓치는 수가 많습니다.

농촌에서는 농약을 많이 사용합니다. 이로 인해 농약을 뿌리면서 서서히 건강을 잃는 경우도 있지만, 가장 치명적인 일은 농약을 마심으로 중독 상태에 빠지는 것입니다. 어떤 사람은 페트병에 들어 있는 농약을 음료수로 착각하고 마시는 경우도 있지만, 대부분의 환자는 자살을 기도하려고 손쉽게 얻을 수 있는 농약을 택하는 경우가 많습니다. 그 동기가 어찌 되었든 최근의 농약은 독성이 매우 강하기 때문에 인체에도 치명적인 결과를 초래합니다.

스무살이 갓 넘은 여자가 호흡이 곤란해 병원을 찾아왔습니다. 자세히 보니 약 2년 전에 농약 중독으로 우리 병원 응급실에 실려왔던 환자였습니다. 당시에 다른 병원에서 응급 처치를 하고 우리 병원으로 실려온 이 환자는 몇 가지 치료를 받은 후 의사들로부터 가망이 희박하다는 이야기를 듣고 더 이상의 치료를 거부하고 자퇴를 했습니다.

환자는 기적적으로—실제 매우 드문 경우입니다—살아나서 집에서 좋다는 갖은 한약재와 민간 요법을 시행받고 약간의 건강을 회복하고 나서 병원을 방문한 것입니다. 다른 장기는 그런 대로 회복이 되었으나 폐에 섬유화가 진행되어 기능하는 폐의 용적이 점차 줄어들어서 차츰 호흡이 곤란해지기 시작했습니다. 정밀 촬영 결과 우측 폐 상엽의 커다란 공기 주머니가 차츰 자라면서 나머지 폐를 누르는 형태가 되어 더욱 힘들어지는 양상을 보였습니다.

나머지 폐의 모양도 대부분이 섬유화가 진행되어 얼마나 폐의 역할을 할 수 있을지 의문이었습니다. 폐 기능 검사 결과는 역시 우리의 기대치를 그리 벗어나지 못했습니다. 과연 수술을 해서 살아날 수 있을지 모두 걱정이었습니다. 자살의 동기는 환자가 입을 꾹 다무는 바람에 알 수 없었지만, 그후 살아나면서 생의 의욕이 강하게 되살아나 이제는 어떻게든 살아야겠다는 의지를 보였습니다. 사실 우리는 그러한 의지만으로도 감사하게 생각했습니다.

환자의 어머니를 불러 현재의 상태와 수술의 위험성 등을 설명했습니다. 그 어머니는 어린 딸 때문에 마음 고생을 많이 해서인지 말없이 눈물만 흘리며 설명을 듣고 있었습니다. 어머니는 한 번 죽었던 목숨인데 수술인들 못 하겠느냐는 말씀을 하면서 수술에 동의했습니다. 이제 나머지 고뇌는 우리의 몫입니다. 과연 이 커다란 폐의 일부를 들어내고 나머지의 폐가 팽창을 해서 그 공간을 메워 줄 수 있는지가 관건이었습니다. 회의석상에서 많은 의사들이 부정적인 견해를 피력했습니다. 정밀 검사상 정상 조직의 모습을 보이는 부분이 너무 적다는 결론이었습니다. 그러나 그냥 놔두고 수술을 포기하기에는 환자의 나이가 너무 어리다는 점이 문제였습니다.

결국 많은 논쟁 끝에 수술을 감행하기로 결정을 하고 진행을 했습니다. 사실 어떤 일이든 하기 전의 선택에 대한 고뇌가 힘들지, 결정을 내려 버리면 그 다음 행동은 그리 어렵지 않지요. 수술은 우리의 걱정보다는 쉽게 끝났습니다. 그러나 막상 열어 본 폐의 실제 조직은 컴퓨터 촬영에서 보았던 모습보다 훨씬 더 끔찍하게 파괴되어 있었습니다. 이 나머지 폐가 그래도 팽창하기를 간절히 기도하며 가슴을 닫았습니다. 환자는 우리의 염려보다 빨리 회복을 했고 약 한 달여를 의료진의 애를 태운 뒤 퇴원이 가능했습니다.

외래에서 본 환자의 모습은 화장을 하고 제법 예쁜 모습으로 건강해 보였습니다. 병실에서는 단 한 번의 웃음도 보이지 않던 것과는 대조로 싱글싱글 웃는 것이었습니다. 앞으로 나머지의 폐가 말썽을 일으키지 말라는 보장은 없습니다. 단, 현재 살아 있고 숨이 차지 않는다는 사실에 환자는 즐거운 겁니다. 한 번의 잘못된 생각으로 자신의 생을 마감하려 했지만 환자는 그로 인하여 귀중한 생의 교훈을 얻은 듯합니다. 그래서 환자는 제게 있어서 많은 교훈을 주는 귀한 선생님들입니다. 그들의 나이 고하를 막론하고…….

제3부
환자와 나

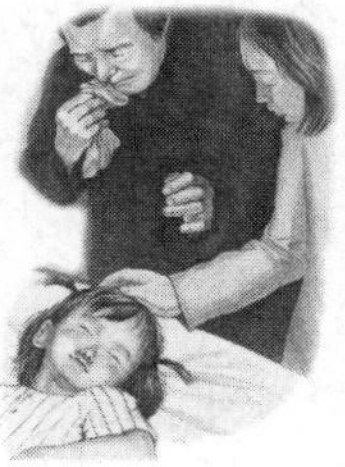

사람의 존재 가치는 어떻게 결정되는 것일까요.
만일 그분이 가족들에게 꼭 필요한 존재였다면
우리에게 다르게 이야기했을 수도 있겠지요.
보호자의 심정도, 환자의 어려움도 모두 잘 알고 있는 우리는
때로는 어느 길이 과연 올바른 길인지 결정하기 어려운 순간에 부딪칩니다.

3D 업종

몇 년 전의 일입니다. 60대 여자 환자가 엑스레이에서 이상이 발견되어 정밀 검사를 위해 내원했습니다. 그녀는 외견상 건강해 보였고, 악성 종양의 징후는 보이지 않았습니다. 그래도 환자의 나이가 있기 때문에 정밀 검사를 시행했고, 결과는 다행히 폐 속의 양성 종물로 판명되어 수술 날짜를 잡고 수술을 받았습니다.

수술은 의외로 쉽게 끝날 수 있었고, 시간도 그리 오래 걸리지 않았습니다. 덩어리를 제거한 폐 실질은 빈 공간이 그리 크지 않아 직접 봉합을 해서 공간을 제거했습니다. 수술 시야에 출혈도 없었고, 아무런 문제도 없는 듯했습니다. 그러나 막상 환자의 마취를 깨우는 도중 기관지에 들어 있는 튜브로 출혈이 갑자기 시작되었습니다. 이로 인해 급하게 혈액을 제거해 호흡을 유지하고 다시금 수술 시야를 확보하기 위해 상처를 열고 들어가서 출혈 부위를 찾아내어 재봉합을 시행했습니다.

짧은 시간이지만 환자는 호흡을 할 수 있는 관이 혈액에 의해 폐색된 상황이었고, 그로 인해 뇌에 타격을 받았습니다. 뇌세포는 5분만 산소 공급이 안 되어도 죽기 시작하기 때문입니다. 영화에서 목을 조르면 몇 분 안에 환자가 죽는 장면이 나오지요. 환자의 의식은 돌아왔으나, 한쪽 팔과 다리에 부분 마비가 왔습니다. 환자나 보호자는 매우 황당한 경우를 당한 셈입니다.

우리네 의료진도 뭐라 할 말은 없습니다만, 전혀 예측을 못 하던 상황이었고, 또 그나마 빨리 처치해 환자의 생명을 건진 후였기 때문에 다행이라고 생각했습니다. 시간을 최대한 단축해 조치를 취했기 때문에 마비도 다행히 심하지 않았습니다. 그러나 보호자들은 상황을 이해하지 못했기 때문에 저에게 설명을 요구했습니다. 저는 자초지종을 설명하고 사과를 했지요. 수술 도중 일어나는 사고는 모두 집도의의 책임이기 때문에 제가 모든 문제를 감당했습니다.

환자의 아들 중 맏아들이 동네에서 제법 논다 하는 젊은이였습니다. 어디에서 들었는지 이런 상황에서는 보상을 해야 한다고 제게 와서 윽박지르기 시작했습니다. 환자의 완쾌 속도로 보아서 그리 오래지 않아 환자는 좋아질 거라고 아무리 설명을 해도 막무가내로 대드는 거였습니다. 폐 수술을 하러 들어와서 왜 팔이 마비가 되는 것이냐고 따지면서 몇 주를 괴롭히며 따라다녔습니다. 저는 성의껏 설명을 하고 양해를 구했으나, 병원 전체를 시끄럽게 하는 그의 행동에 드디어 원무과 직원이 개입했습니다. 얼마의 보상을 어떻게 받기로 했는지 저는 모르는 채, 환자는 많이 좋아진 상태로 퇴원을 했습니다.

저의 끈질긴 설명에 일부 설득이 되었고, 그 아들은 나중에 저를 형님으로 모시겠다면서 찾아왔습니다. 환자는 약 5개월 뒤 후유증 없이 완쾌되었고, 저를 형님으로 모시겠다던 그 아들은 환자의 완쾌 이후에는 얼굴을 보이지 않았습니다. 자칫 환자의 목숨까지도 잃을 뻔했던 일이었지만, 또 환자의 보호자 입장에서는 억울할 수도 있지만, 의학에는 우리의 뜻대로 안 되는 부분이 많이 있습니다. 그리고 예측조차도 안 되는 그런 돌발 상황이 상존합니다. 의사들은 끝없이 긴장을 요구당하고, 또 세뇌되어 순간적인 조치를 하도

자기의 소신을 펴고 일할 수 있는 여건이 마련되는 나라,

그 이상향을 꿈꿔 봅니다.

록 훈련되어집니다. 그러나 우리의 손이 아무리 빨라도 병의 진행을 쫓아가지 못하는 경우가 여기저기 있습니다.

무슨 일이 벌어질 때, 흔히들 이럴 때 그렇게 했어야지, 아니면 그렇게 하지 말았어야지 하는 후회를 하게 됩니다. 그러나 우리가 아무리 주의해도 교통사고가 일어날 수 있는 것처럼 생명을 다루는 우리의 일에도 이러한 일이 늘 일어날 수 있습니다. 환자에게 일어나는 모든 일을 불가항력으로 돌리고 싶지는 않습니다. 때로는 우리네 의사의 잘못도 인정합니다. 그러나 운전을 하는 사람이 사고를 일으킬까 봐 운전을 안 할 수는 없습니다. 우리들도 위험성이 상존하는 처치를 위험하다고 마냥 피할 수는 없는 법입니다. 누구나 쉬운 일만 골라 하려 하고, 어려운 수술을 마다한다면 모두 다 응급환자가 거의 없는 쉬운 과를 택할 것입니다. 의사 세계에서도 소위 3D 업종이 생기는 것입니다.

과거에 의사 사이에 선망의 대상이 되었던 과들이 시대의 흐름에 따라 가장 기피하는 과로 전락하고 있습니다. 의료보험이 보편화되면서 의사 사이의 대접에 큰 차이가 없는 시대가 되면서 생기는 부작용이지요. 마치 공산주의가 이론은 그럴 듯하지만 그 안에서 생기는 부작용이 나라 전체를 무너뜨리는 것과 같습니다. 같은 의사 가운을 입고 있지만 생각은 같다고 할 수가 없게 됩니다. 이왕이면 편안함을 추구하는 현대의 젊은이들을 더 이상 사명감으로 몰아세울 수 없는 시대가 된 것입니다.

중요한 것은 점점 나빠지는 의사에 대한 인식 때문인지, 환자의 병 진행을 설명하면 믿지 못하고 자꾸 의심하는 요즈음의 세태가 의사들의 운신의 폭을 좁게 하는 이유가 됩니다. 그래서 의사들이 어려운 과를 더더욱 지망하지 못하게 하는 것입니다. 또, 의사들의 치료를 제한하는 요인이 되어 환자에게 불리함을 주는 셈이 되어 안타까울 따름입니다. 자기의 소신을 펴고 일할 수 있는 여건이 마련되는 나라, 그 이상향을 꿈꿔 봅니다.

조금 쉬세요!

"조금 쉬세요!"

중환자실 간호사가 저를 보고 안타까워하면서 권면합니다. 어제도 새벽 2시까지 수술을 하고 늦게야 잠을 조금 잤습니다. 늘 잠에 쫓기는 생활을 하다 보니 이것도 만성이 되어 갑니다.

자신의 병을 오랫동안 알면서도 방치한 한 할머니가 이제는 수술을 받아야 하겠다고 찾아왔습니다. 판막 질환을 오래 앓았기 때문에 심장이 정말 소 심장만큼 커져 있고, 7년 전에 그 합병증으로 풍을 맞아 좌측 마비가 있는 분입니다. 심장 기능도 많이 약화되어 좋지 않은 상황이었습니다. 보호자들 말로는 수술비가 없어서 그랬다고 하지만, 수술 권유를 11년 전부터 받은 것을 감안하면 그 말은 그다지 신빙성이 없어 보입니다. 숨이 많이 차서 2층을 올라가려고 해도 몇 차례 쉬어 가야 하는 정도로 증상이 심해지니까 이제는 죽기를 각오하고 수술을 받아야겠다고 환자가 마음을 먹은 것입니다.

그러나 이런 상태로 수술을 받는 경우 수술 사망률이 매우 높아지고 수술 후의 예후도 그리 좋지 않습니다. 이제는 더 이상 미룰 수 없는 수술의 마지막 기회가 되는 셈입니다.

가슴속의 심장은 굉장히 컸습니다. 수술 도중 종잇장처럼 얇아진 심장의 뒷면이 혈압이 올라가면서 저절로 터져 나갔습니다. 소위 수술 도중의 심근경색으로 심장의 일부가 썩어서 찢어지는 현상입니다. 이렇게 찢어지는 심장 근육은 정상 조직과는 달라서 바느질을 할 수가 없습니다. 바느질을 하는 대로 그 부분이 자꾸 찢어지기 때문이죠. 외과 의사에게 가장 난감한 상황입니다. 가만히 있는 조직도 썩으면 바느질이 어려운 법인데, 계속 강한 압력으로 박동을 하는 심장은 그 약해진 조직으로 버틸 방법이 없습니다.

응급 조치를 취하고 수십 번의 덧대기를 한 후에, 지혈 용품을 대량으로 뿌리고 손으로 압박을 하고, 이런 여러 조치를 취한 후에 간신히 생명을 건져서 중환자실로 환자를 옮겼습니다. 의사들이 느끼는 병에 대한 심각함이 대개는 환자나 보호자들에게 잘 전달이 되지 않습니다. 받아들이는 쪽에서 지식이 없다 보니 우리의 설명을 자신들의 수준으로밖에는 받아들이지를 못합니다. 의사들이 설명하는 방법도 문제이지만, 우리가 자동차가 고장이 나서 공장에 가면 그들의 설명을 제대로 못 알아듣는 것과 비슷할 것입니다. 더구나 인체 조직은 자동차의 복잡함과는 비교도 되지 않습니다.

우리의 지문이 사람마다 다른 것처럼, 기본 해부학은 인간이면 같지만 그 세부적인 모양이나 기능 등은 모든 사람이 다 다르다고 생각하면 맞습니다. 그러한 다양함을 극복하는 것이 바로 의사의 경험이고 수련이겠지요. 그 환자는 중환자실로 나와서도 출혈이 멈추지를 않았고, 아무리 지혈제를 쓰며 버텨도 뾰족한 수가 없었습니다. 밤까지 수혈을 하면서 기다리다가 밤에 재수술에 들어갔습니다. 다시금 그 어려운 과정을 통해 간신히 지혈을 하고 환자를 끌고 나온 시간이 새벽 2시였습니다.

의료진도 지치고, 또 내일 잡혀 있는 수술도 있고, 그래서 의사들은 교대로 중환자실을 보면서 잠이 듭니다. 아침이 되어 저희들의 얼굴을 보고 그래도 제일 안타까워하는 사람들이 간호사들입니다. 수고 많았다고 따뜻한 격려 한마디를 건네는 그녀들은 환자에게 뿐만 아니라 우리들에게도 천사입니다. 아직도 위험한 고비를 넘지 못한 환자들을 돌아보면서 오늘은 별일이 없을까 걱정스레 환자들의 얼굴을 만져 봅니다.

경운기

어느 산자락 밑에서 주차장 관리를 하는 아저씨가 한 분 있습니다. 몸도 조그맣고, 얼굴도 왠지 처연해 보이는 그 아저씨……. 실은 제가 10년 전에 폐 수술을 해드렸던 분이기에 자꾸 안타깝게 보아서 더 그런지도 모르지요. 한쪽 폐가 폐결핵으로 심하게 파괴되어 할 수 없이 전폐 적출술을 받았습니다. 그리고는 남아 있는 한쪽 폐로 늠름하게(?) 잘 살고 있는 아저씨랍니다.

언젠가 병원 식구들과 야유회를 갔습니다. 병원 버스를 대고 있는데, 그 아저씨가 다가오더니 병원 버스를 보고 저를 찾는 것입니다. 제 얼굴을 보더니 반가워하면서 주차비를 면제해 주는 것이 아니겠습니까? 병원 직원들은 관리인이 일부러 찾아와 저를 찾고, 주차비를 면제해 주는 모습을 보고 환호성을 질렀습니다. 그 작은 사건이 저의 어깨를 으쓱하게 해서 얼마나 기뻤는지 모른답니다.

그 아저씨가 요즈음 병원에 계십니다. 남아 있는 한쪽 폐도 정상이 아니기 때문에 늘 감기에 힘들어하고 있었는데 최근 감기가 심해져서 호흡 곤란이 악화되자 입원을 한 것입니다. 자꾸 나이는 들어 가고 호흡 기능은 약화되고, 점점 좋지 않은 방향으로 나가는 환자의 모습은 자꾸 왜소해지는 듯합니다. 매일 산자락 밑에 있는 주차장으로 출퇴근을 하니까 다른 지역보다 일교차가 심해 감기에 더 잘 걸리는 것 같습니다. 그래서 매일 마스크를 착용하라고 했지만, 여름에 마스크를 쓴다는 것이 남의 눈에 안 좋게 보인다면서 마다하더니 다시 입원을 했습니다.

매일 회진을 돌면서 상태 점검을 하고 있는데, 증상이 그리 쉽게 좋아지지를 않습니다. 엑스레이를 보면 마음이 답답합니다. 정상인들의 폐 용적에 비해 약 4분의 1정도 남아 있는, 그나마 온전치 못한 폐를 보면서 사람이 저 정도만 되어도 살아 있을 수 있구나 하는 생각을 하게 됩니다. 그럴 정도니 환자는 얼마나 숨쉬기가 어렵겠습니까? 그런 환자에게 해줄 수 있는 일이란 고작 몇 가지 약물과 산소를 주는 일밖에는 없습니다. 폐렴을 치료하기 위한 항생제도 일부 도움은 주겠지요.

최소한의 폐 용적을 가지고 겨우겨우 살아가는 환자의 일과를 연상해 봅니다. 아마도 힘든 일은 아무것도 하지 못하고 살겠지요. 부인의 말대로 모든 일은 부인의 몫이고요. 그나마 방에 있으면 자꾸 의욕을 잃는다고 주차장 일이라도 하는 환자의 마음은 우리 인간에게 노동의 가치를 느끼게 해주는 대목입니다. 매일 경운기를 몰고 출퇴근하는 환자의 모습. 자못 정겹게 느껴지기도 하는 정경입니다. 주차장에서 걸음도 느릿느릿, 말투도 느릿느릿, 그렇게 하루를 넘기고 다시 집으로 돌아가겠지요.

그래도 그 일이 즐거운지 자꾸 빨리 퇴원을 시켜 달라고 졸라댑니다. 아직 폐렴이 완치가 되지 않아 퇴원을 보류하고 있지만 환자의 마음은 벌써 그곳 산 밑의 주차장에 가 있는 듯합니다. 부인은 제 설명을 듣고 이미 환자의 수명을 짐작하고 있습니다. 얼마 남지 않은 생의 끝자락을 잡고 사는 환자의 얼굴, 환자는 그래도 희망을 잃지 않고 생의 의욕을 놓지 않는 자세를 유지하고 있습니다. 어서 이번 폐렴이 치유되고, 환자가 갖고 있는 최소한의 삶을 위한 폐 기능을 회복해서 다시금 경운기를 타고 다니는 모습을 보았으면 좋겠습니다.

월요일 아침에 보는 빈 침대는 쓸쓸하다

'텅 빈 충만'이라는 책 제목이 생각납니다. 구도자의 입장에서는 가능한 말이겠지만, 우리 같은 범인들에겐 쉽게 마음에 와닿는 말이 아닌 듯합니다. 저는 빈자리를 보면 마음 한 구석에 얼음을 올려 놓은 듯 시린 느낌이 강하게 와닿습니다.

월요일 아침에 출근해서 환자 보고를 받고 병실이나 중환자실을 돌 때, 늘 있어야 할 자리에 없는 환자의 자리를 보는 느낌을 무어라 표현할까요? 물론 보고를 받았기 때문에 그 환자가 없다는 걸 익히 알고 있는데도 눈은 귀와 또 다른가 봅니다. 한 자리에 있으면서 제게 간간히 눈인사를 하던 환자들. 그 옆에서 새우잠을 자면서 오랜 기간의 간병 생활에 지친 보호자들. 부스스한 얼굴로 회진 시간에 밀려 일어나는 아들딸들.

물론 제 환자에 대한 일거수일투족을 일일이 보고받기 때문에 주말이라도 모든 변동 사항을 알 수 있습니다. 그러나 제게 맡겨진 환자가 아니면 같은 과 소속이라도 병의 변동 사항을 보고받을 뿐, 자세한 내용은 나중에 연락받기 때문에 뒤늦게 아는 경우가 많습니다. 그래서 늘 있어야 할 자리에 어느 날 보이지 않는 환자는 둘 중의 하나입니다. 퇴원을 했거나 사망을 하신 것이지요. 경과가 좋았던 환자들은 그리 마음에 남아 있지 않기 때문에 별 문제가 없습니다만, 늘 병세가 좋지 않아 위태위태했던 환자들은 마음속에 걱정거리로 남아 있기 때문에 유독 빈자리에 아픔을 느낍니다.

70세가 다 된 노인 한 분이 폐암으로 오랜 병상 생활을 하고 있었습니다. 한쪽 폐는 항암 치료와 방사선 치료로 폐의 일부가 파괴되었고, 허혈성 심질환으로 심장마저 좋지 않아 늘 걱정이 많았던 환자입니다. 오랜 병상 생활로 주변에는 잘 걷지도 못하는 할머니 한 분만 쓸쓸히 옆을 지키고 있었습니다. 40몇 킬로그램에 불과한 체중과 까무잡잡한 피부, 퀭한 눈으로 그래도 웃음을 잃지 않고 늘 우리에게 인사를 건네던 할아버지가 오늘은 자리에 안 계십니다. 주말에 하늘의 부르심을 받았습니다. 아슬아슬한 생명의 끈을 놓았다는 사실이 새삼스럽습니다.

의료진은 이미 알고 있었고, 오래 걸리지는 않을 거라는 것을 보호자들도 알고 있었던 환자의 운명이지만 그러한 마음과는 달리 눈으로 보는 깨끗하게 꾸며진 침상은 왜 그리 생경스러운지요. 하얀 매트리스의 깔끔함이 섬뜩함으로 다가와 불쾌하게 보입니다. 환자가 돌아가시면, 환자를 영안실로 옮기고 주변의 직원들이 시트, 매트리스 등을 정리하고 새로운 침대보로 침상 정리를 하지요. 기계적으로 하는 작업이고 그것이 당연한 일이겠지만, 그 작업을 물끄러미 바라보면서 많은 생각을 하게 됩니다. 우리의 죽음을 덮는 흙위로 피는 꽃들과 같이 환자들의 죽음을 뒤로 하고 그 위에 하얀 침대보가 덮이는구나…….

그 장면을 보지 못한 사람들에게는 마치 아무 일도 없었던 것과 같이 깜찍하게 포장을 해놓습니다. 고속도로에서 교통사고가 난 장소를 깔끔하게 치우면 그 자리에 남는 것은 하얀 페인트 자국뿐인 것처럼 그 자리는 하얀 침대로 바뀝니다. 환자는 우리의 곁을 떠나가지만 우리의 마음속에는 늘 그 미소, 찡그린 얼굴, 보호자의 모습

환자는 우리의 곁을 떠나가지만 우리의 마음속에는
늘 그 미소, 찡그린 얼굴, 보호자의 모습들이 남아 있습니다.
아무리 그래도 월요일 아침에 보는 빈 침대는 쓸쓸합니다.

들이 남아 있습니다. 간디를 연상시키는 깡마른 체구의 할아버지는 이제 다시는 볼 수 없습니다. 그와 더불어 그에게 무엇인가를 해주기 위해 고민을 하던 우리들의 고민도 중단되었습니다. 그 장소는 다른 환자로 채워질 것이고, 그에 따라 우리도 다른 병을 가지고 또 다른 고민을 시작해야겠지요.

아무리 그래도 월요일 아침에 보는 빈 침대는 쓸쓸합니다.

어머니 혹은 여인

제게는 남들과 달리 어머니가 많았습니다. 손이 귀한 집안의 장남으로 태어난 저는 집안의 대를 중시하는 가풍에 따라 큰집의 아들로 입적을 했습니다. 물론 큰아버님 집안에는 아들이 없었습니다. 민족의 비극인 6·25 동란 당시 큰아버님은 총살을 당하셨다고 들었습니다. 할아버지는 당신께서 양자 입적을 해 대를 이은 장본인이었기 때문에 아들을 많이 보셔서 아들 넷에 딸 둘을 두었습니다. 그러나 인간 삶이 우리의 뜻대로 되지 않는 것처럼 큰아들은 총살을 당하고, 둘째는 피랍이 되어 생사를 알 수 없습니다.

그래서 저는 친어머니와 양어머니를 동시에 모시는 두 집안 독자가 된 것입니다. 게다가 아버님의 젊은 시절 호형호제하던 친구가 제안해 저를 아들로 삼아 수양 아버지가 되셨습니다. 그래서 그분의 부인을 보고 또 어머니라고 불러야 했기 때문에 결국 저는 어머니라고 호칭하는 분이 세 분이나 되었습니다. 그 중 수양 아버지의 부인에 관한 이야기입니다. 이미 고인이 된 분을 회상하면서 이 글을 쓰고 있습니다.

수양 어머니는 모 대학 재학 당시 메이퀸으로 뽑힐 정도의 미모를 갖고 있는 재녀였습니다. 수양 아버지는 그 당시 건설 중장비 사업을 하고 있어서 매우 부유했던 것으로 기억됩니다. 그래서 충청도 시골에서 가장 재력이 있는 사람으로 주변 사람들에게 막강한 영향력을 행사하곤 했습니다. 집도 매우 커서 제가 대학생 시절 놀러 내려가면 서울에서도 보기 드문 집의 규모에 질려서 마음속으로 화장실 숫자를 세어 보곤 했습니다. 그 집에 놀러 가면 수양 어머니는 만사를 제쳐 놓고 저의 수발을 들어 주느라 정신이 없었습니다. 그분은 시골에서 눈에 띄는 미인으로 늘 화장대 앞에 앉아 있곤 했습니다. 제가 대학생 시절에 원하는 것을 일부러 사 주기 위해 서울에 올라와서 전화를 하면 친어머니는 왠지 달갑지 않은 표정으로 저에게 전화를 바꾸어 주곤 했습니다.

그러던 그분이 어느 날 자궁암이라는 진단을 받아서 병원에 입원을 했습니다. 제가 의과 대학생임에도 불구하고 그녀에게 도움을 줄 만한 일은 아무것도 없었습니다. 딱 한 번 면회를 갔었을 때 초췌한 얼굴의 모습이 매우 충격적이었습니다. 그후로는 항암제로 인해 머리카락이 다 빠져 더 안쓰러운 모습으로 바뀌었다는 말을 전해 들었습니다. 그러나 면회를 번번이 거절당해 결국 돌아가실 때까지 다시는 보지를 못했습니다. 자신의 흉한 몰골을 제게 보여주기 싫다면서 끝까지 제게만은 면회를 허락치 않은 것이 당시에는 매우 야속하게 여겨졌습니다. 그러나 이제 생각해 보면 그녀의 마지막 모습을 조금이라도 예쁘게 기억해 달라는 여자의 본능이 아닐까 생각합니다.

저와 다니면서 그렇게 같이 다니는 것을 자랑스러워하고 기뻐했던 그분. 늘 만나면 바빴던 수양 아버지 대신에 저를 데리고 이곳저곳을 다니면서 즐거워했던 그분은 39세의 젊은 나이에 세상을 떠났습니다. 암과 싸우면서도 병에 의한 통증보다 자신의 외모 때문에 면회를 한사코 거부했던 그분은 제게 끝까지 아름다운 여인으로 남고 싶었던 것입니다. 당시 제게 많게만 느껴졌던 그 나이를 이제는 제가 훌쩍 넘기고 회상을 하고 있습니다. 언제나 그녀는 내게 병을 앓기 이전의 화사한 모습으로 마음속에 간직되어 있습니다.

또 다른 어머니 이야기

제게 또 다른 어머니였던 양어머니의 이야기입니다. 그분은 젊은 시절 남편이 총살을 당해 뱃속에 딸 하나가 유복자로 있는 상태에서 청상과부가 되었습니다. 그후 재가를 하지 않고 우리 집안을 위해서 직장을 갖게 되었지요. 전쟁 이후 쓰러진 집안을 재건하고 많은 식구들을 먹여 살리느라 얼마나 고생을 하셨는지 짐작할 만합니다.

제가 아들로 양자 입적을 한 후엔 소위 '과부에 외아들'의 공식이 작용을 한 것입니다. 유달리 집착이 강해지시고, 저에 대한 권리를 주장하느라 다른 사람들보다 유난히 저를 사랑하셨습니다. 때로는 그 사랑의 방법이 지나쳐서 과잉 보호로, 또는 제게 친어머니와의 정을 끊기 위한 간섭으로 나타나 어린 저의 마음에 심한 상처를 남겼습니다. 대학생이 다 되도록 아침저녁으로 문안 인사를 정중히 드려야 했고, 필요한 용돈을 타기 위해 늘 "넌 내 아들이야!" 하는 말을 들어야 했습니다.

그렇게 인위적인 애정에 애를 쓰며 매달리시던 그 모습을 생각하면 괜스레 눈시울이 적셔집니다. 나를 사이에 두고 한 집안에 살았던 양어머니와 친어머니의 관계는 심한 갈등에 휩싸이기 십상이었고, 저는 그런 알력이 보기 싫어서 고등학생 때부터 가출을 꿈꾸기 시작했습니다. 제 밑으로 아들을 낳지 못한 친어머니는 저를 양자로 입적시킨 사실을 늘 후회하시고, 양어머니에게 동서 시집살이로 수십 년을 눌려 지내야 했습니다.

저도 양어머니의 엄한 태도와 강압적인 모습에 자주 반발을 하게 되었고, 결국은 이 싸움이 제 마음에 지울 수 없는 상처를 남기게 되었습니다. 그분이 뇌졸중, 소위 풍으로 쓰러지시기 일 주일 전에도 저는 양어머니와 심한 다툼 후에 불편한 관계를 유지하며 학교에 다니고 있었지요. 일 주일이 지나던 날 저는 학교에서 돌아와 텅 빈 집안을 보고 이상한 기분을 느꼈습니다. 동네 아주머니를 통해 양어머니의 입원 사실을 안 순간, 제 마음속에는 '나 때문이야!'라는 자책이 먼저 떠올랐습니다.

양어머니는 병원에서 뇌 수술을 받고, 중환자실에서 일 주일을 지내다 결국 돌아가셨습니다. 병원 앞 주차장에 세워 놓은 자동차 안에서 일 주일을 꼬박 지키면서 주변 사람들의 쉬라는 말에도 움직이지 않았던 이유는 돌아가신 양어머니에 대한 속죄 의식이었습니다. 장례식도 상주가 저 혼자였기 때문에 삼 일 밤을 꼬박 새워야 했습니다. 마지막 날 저는 결국 실신을 했고, 쓰러질 당시의 기분은 이렇게 나도 그냥 끝났으면 하는 자괴감이었습니다. 결국 평생 "내 아들, 내 아들" 하시던 그분은 가시는 순간에는 온전히 아들의 효도를 받은 셈입니다. 마지막 하관을 할 때도 무덤 앞에서 저는 열흘 전의 싸움으로 어머님에게 불효했다는 자책으로 울다가 울다가 쓰러지곤 했습니다.

이 나라의 가문, 장자, 대 잇기 등의 가부장적 인습의 희생양이 되어 버린 한 집안의 사람들이 대를 이어 가면서 오열을 하는 장면이었습니다. 이제는 다 분가하고 종가집이라는 체면이 서지 않을 정도로 단출한 집안이 되어 버린 우리 집이지만, 과거 열세 식구가 모여 살았던, 기쁨보다 슬픔이 많았던 그때를 생각하면 격세지감을 느낍니다. 그리고 우리네 삶의 매듭을 푸는 데 질병이나 죽음이 한몫 한다는 것을 어린 나이에 저는 절실히 체험했습니다. 그 시절 그때는 다시 오지 않겠지만 어린 나이에 겪어야 했던 마음의 아픔은 제 성장 과정을 어둡게 하는 데 많은 영향을 주었습니다.

인간은 누구나 자신이 옳다고 생각하는 방법대로 살게 되지요. 때로는 그것만이 옳다는 모순에 빠져 남에게 그 방법을 강요하고 이로 인해 남에게 상처를 주게 됩니다. 영원히 이어질 것 같던 집안의 알력은 한 분의 급사로 인해 끝나 버렸습니다. 당시에는 너무나 허무할 정도로 끝났다고 생각했던 그 일로 인해 우리네 인생의 덧

없음을 깨닫게 되었지요. 집착을 버리라는 커다란 유훈을 남기고 그분은 잠이 드셨습니다.

저의 불효를 용서하시고 편히 쉬소서.

곱게 늙어 가기

강원도 어느 지방에 제 집안일을 개인적으로 보아 주던 아저씨가 한 분 계십니다. 오래 전에 일 때문에 만났을 때는 비록 머리가 듬성듬성했지만, 혈색도 좋고 의욕적으로 일을 하는 모습이 매우 인상적이었습니다. 자신의 사무실에서 직원을 두고 일할 때에는 많은 사람들이 그분의 도움을 받고자 드나드는 바람에 사무실이 늘 북적거렸습니다.

워낙 먼 곳에 계시기 때문에 사무적으로 부탁을 할 때에는 전화로 부탁을 하고 8년 이상을 찾아 보지 못했습니다. 최근에 어렵사리 기회를 내서 차를 몰고 그분을 찾아갔지요. 그간 전화로 그분이 풍에 걸렸다가 퇴원을 했다는 이야기는 들었지만, 이번에 가보니 사무실도 운영하기 힘들어 폐쇄할 정도로 병세가 심각했습니다.

오랜만에 찾은 작은 읍은 많은 변화가 있었습니다. 예전보다 더 번화해져 있었고, 가장 번화한 거리는 주차비를 받을 정도로 복잡해졌습니다. 그리고 대도시에서나 볼 수 있었던 패스트푸드점이 들어서고, 그곳에서 흘러나오는 빠른 리듬의 음악은 더 이상 이곳이 시골이 아니라고 항변을 하듯 시끄러웠습니다.

사무실이 폐쇄되어 물어물어 찾아간 아저씨의 집은 자식들이 다 분가해 부인과 단출한 살림을 해서인지 너무 쓸쓸해 보였습니다. 제가 가서 인사를 드리니 거동도 잘 못 한다면서 앉아서 손님을 맞는 결례에 심히 미안해 하면서 안절부절 못 했습니다. 저의 간곡한 만류에도 잘 일어나지지 않는 상체를 질질 끌면서 일어나는 시늉을 하는데 보는 사람이 더 민망했습니다. 머리는 하얗게 변하고, 축 늘어진 얼굴과 흐려진 눈빛이 그간의 고생을 일변하고 있었습니다. 지금은 그래도 많이 나아졌다는 그분의 설명에 그래도 마음은 놓였지만, 왼손은 안으로 굽어 굳어 버렸고 왼쪽 다리 역시 마비가 와서 움직임을 어렵게 했습니다.

간단히 차를 마시고, 집안일을 상의한 뒤에 일어나야 했지만 마음은 영 개운치가 않았습니다. 빨리 회복되어 다시 사무실을 열어야 한다고, 저도 그렇게 생각하고 그분도 그렇게 말을 했지만 어느 누구도 그 말에 무게를 실을 수는 없었습니다. "제 일을 대신할 수 있는 사람은 또 있어요……" 하는 그분의 말 속에는 체념이 묻어 나왔습니다. 한 인생의 황혼을 바라보면서 너무나 큰 아쉬움을 느껴야 했습니다.

"꼭 다시 회복해서 제 일을 끝까지 해주세요"라고 저는 못을 박아 말씀을 드리고 키 낮은 대문을 나섰습니다. 차를 몰고 돌아오는 길에 무릎걸음으로 저를 배웅하기 위해 창문가까지 기어나오던 그 노인의 모습이 잔상에 남아 없어지지를 않았습니다. 우리네 인간이 진정으로 두려워하는 것은 죽음이 아니라 죽음에 이르는 징검다리가 아닐까 하고 생각해 보았습니다.

자신의 젊은 모습을 정지시키기 위해 자살을 택하는 일부 부류는 아마도 그 징검다리를 피하기 위해서 죽음으로 뛰어넘는 방법을 택하는 것이겠지요. 누구나 곱게 늙을 수 있다면 세월을 그렇게 두려워하지는 않을 텐데 말입니다. 우리의 기도 제목에 '곱게 늙어 가기'를 하나씩 추가해야겠습니다.

힘의 비애

환자를 대신해 가끔 보호자들이 약을 타러 오는 경우가 있습니다. 그럴 때면 환자의 입에서 나오는 말과는 다른 이야기를 듣는 경우가 종종 있습니다. 제 앞에서는 너무도 순수하게 말을 듣고 전혀 문제가 없을 것 같은 환자의 내면을 다른 사람의 입을 통해서 듣는 기분은 그리 좋지 않습니다. 대개는 '지킬과 하이드'같이 서로 다른 성격의 단면을 보게 되기 때문입니다.

제게 심장 수술을 받은 할아버지가 한 분 계십니다. 그분은 십여 년 전에 한 번 심장 수술을 받았던 환자로 당시에 사용한 인공 판막의 기능이 떨어져 재수술이 필요해서 저를 찾아왔습니다. 과거 우리 나라는 심장 수술의 역사가 일천했기 때문에 많은 시행착오와 발전을 거듭할 수밖에 없었지요. 그간 수술을 받았던 환자들은 대개 심장 수술의 어려움을 몸으로 체득한 분들이라, 요즈음 심장 수술의 눈부신 발전에도 불구하고 수술 자체에 대한 공포심이 처음 수술에 임하는 환자들보다 더 심하다는 것을 알 수 있습니다. 이분도 할 수 없이 재수술을 결정했으나, 그 수술을 결정하기까지 몇 차례 번복을 했습니다. 제게 찾아와 다시 살 수 있는지 묻기를 거듭하다 마침내 저의 설명에 마음을 결정한 분입니다.

재수술의 결과는 양호했고, 환자는 무사히 퇴원해 정상 생활이 가능해졌습니다. 그런데, 문제는 여기서부터 생겼습니다. 환자가 건강해지면서 잘 돌아다니는 것은 좋은데, 수술 전부터 약간씩 보이던 치매(확실히 진단받은 것은 아닙니다) 증세가 심해지기 시작한 것입니다. 깜빡거리는 기억력과 이를 부정하는 환자의 태도 사이에서 곤란을 겪는 사람들은 다름 아닌 가족들입니다. 그들은 심장 수술 이전의 활동력이 떨어진 상태에서는 할아버지를 건사하기가 쉬웠으나 이제는 자신들의 보호에 한계를 느낀다면서 제게 하소연을 하는 것입니다.

환자가 약을 타러 올 때에는 아무런 말도 하지 못하던 보호자가 어느 날 저를 찾아와 문제점을 상의했습니다. 환자 앞에서는 저와 보호자의 단독 면담도 그 내용을 의심해 캐묻기 때문에 함부로 만나기가 어렵다는 하소연입니다. 그리고 집안에서 행패가 여간 아니어서 어머니가 심히 어려움을 겪는다는 딸의 말에 그 환자의 얼굴을 다시 떠올렸습니다. 제 앞에서 그렇게 고분고분 말을 잘 들으시는 환자의 얼굴과 딸의 증언(?)이 너무도 달라 당황했습니다.

남자들은 물리적인 힘이 여자를 능가하기 때문에, 자신의 뜻이 관철되지 못할 경우 타협을 하거나 물리력으로 자신의 뜻을 관철시

키려는 시도를 하게 되지요. 성숙한 사람들은 사회라는 틀 속에서 타협과 협동을 배우게 되지만 일부 사람들은 그렇지 못한 방법을 사용하게 됩니다. 특히나 가장의 위치에 있는 사람이 그런 나쁜 방법을 택할 경우 그 정신적 피해는 고스란히 가족들의 몫이 됩니다. 육체적인 힘을 상실했을 경우에는 잠재되어 있던 자신의 고집이 다시금 힘을 얻었을 경우 되살아나는 것입니다.

주변 사람들의 설득과 만류도 아랑곳하지 않고 자신의 생각만을 가지고 가족들을 학대하는 가장의 모습에서 힘의 비애를 느낍니다. 그 힘을 돋우는 데 제가 일조했다는 생각이 저를 더욱 힘들게 합니다. 부정적인 방법으로 정권을 찬탈할 때, 옆에서 지조를 꺾고 그들에게 동조하던 지식인이나 종교인들의 비굴함을 생각나게 하는 대목입니다. 물론 생명은 고귀합니다. 적도 아군도 없이 치료하는 게 의료 윤리입니다. 그러나 그 살려 준 생명으로 인해 발생되는 또 다른 희생을 바라보는 마음은 그리 단순한 당위성만은 아닙니다.

내가 힘을 가졌을 때, 나로 인해 혹시나 마음아파하는 주변 사람들이 생기지는 않는지 돌아보게 됩니다. 자신이 당연하다고 하는 생각이나 행동으로 남을 괴롭히지는 않았는지 자신의 주변을 돌아보게 하는 사건이었습니다. 옛날 『임진왜란』이라는 글을 연재했던 유명한 작가가 한 말이 생각납니다. 나라가 임금을 잘못 만나면 백성 전체가 도탄에 빠진다는 말입니다. 이 말은 나라뿐만 아니라 작게는 자신이 속한 집과 직장에서도 바로 적용되는 말이라고 생각합니다.

두 노인

제가 잘 아는 어르신이 저를 누구에게 소개시켜 주기 위해 자리를 마련했습니다. 그 어르신은 재계의 명망이 있으신 분으로, 이제 나이가 상당히 드셨는데도 아직 사업을 계속하시는 정력적인 분입니다. 반면 같은 장소에 나온 분은 비슷한 연배의 일본 분으로 지병을 앓고 있어 상당히 노쇠해 보였습니다. 인생의 황혼기에 마주 앉은 두 나라의 인물은 각각 다른 모양을 하고 있었습니다. 한 분은 식사 도중 나오는 음식을 남김없이 드시면서 즐거운 표정이었고, 다른 한 분은 나오는 음식에 손도 못 대고 따로 죽을 시켰으나 그것마저도 제대로 드시지 못하는 상태였습니다.

중간에 통증이 심해서 제게 화장실을 물어 그곳에 가서 진통제를 통증 부위에 삽입하고 돌아오는 모습이 못내 안쓰러웠습니다. 현재 항암 치료를 받고 있다는 그분이 저를 만나기 위해 그 장소까지 나오신 것을 보고 매우 송구스러웠습니다. 그러나 그런 아픔을 참고, 옆에 앉아 계신 부인의 마사지를 받으며 끝까지 이야기를 마무리짓는 모습은 절제 그 자체였습니다. 끝까지 흐트러짐 없이 할 이야기를 다 나눈 다음 차를 타고 사라지는 그분을 보면서 많은 생각을 하게 되었습니다. 인생의 끝은 누구에게나 있습니다. 그 생의 마지막이 어떤 방식으로 자신에게 찾아오는가는 우리의 소관이 아닙니다. 그분은 일본에서 내로라하는 명문 가문으로 그야말로 권력으로는 못 할 게 없는 사람입니다. 그러나 그런 사람에게도 병과 노화는 어김없이 찾아갑니다. 이것을 인간이 인위적으로 피할 수는 없습니다.

이러한 일이 자신에게 닥쳤을 경우, 이를 어떻게 받아들이느냐가 우리의 몫입니다. 몸부림치며 거부하는 사람도 있습니다. 그대로 체념하고 포기하는 사람도 있습니다. 당당히 받아들이고 수용하는 사람도 있습니다. 하지만 이 마지막 방법은 보기에는 근사해 보여도 그리 쉽지는 않겠지요. 인간의 나약함이 바로 그 한계를 갖고 있기 때문이지요.

우리가 애를 쓴다 해도, 화를 낸다 해도, 거부를 한다 해도 바꿀 수 없는 것이 있습니다. 우리를 둘러싼 환경과 조건들이지요. 반면 우리의 뜻으로 바꿀 수 있는 것이 있습니다. 그런 환경을 해석하고 응하는 우리의 마음가짐입니다. 바꿀 수 없는 여건을 투정하고 불평하는 사람은 어리석은 방법을 택한 자입니다. 자신의 마음을 다스리는 자는 현명한 자입니다. 그리고 최소한 바꿀 가능성이 있는 것에 도전하는 현실적인 방법입니다.

세월을 당당히 받아들이는 방법을 생각해 봅니다. 제가 아는 그 어르신은 그 나이에도 자신의 죽음을 개의치 않습니다. 지금도 사업을 벌이고 다니십니다. 옆에서 보기에는 이해가 안 되는 부분도 있습니다. 분명 그런 큰일은 당신의 살아생전에 그 덕을 보지 못할 것이 뻔한, 너무도 결말이 멀리 있는 그런 사업입니다. 그러나 그런 것을 초월해 사업 가능성을 보고 일을 추진합니다. 자신의 이득을 초월해 미래의 후손에게, 또 이 나라 국민들에게 도움이 될 만한 일을 찾으시는 그 모습에는 세월의 무상함을 찾을 여가가 없어 보입니다.

자신이 의식을 하든 하지 않든 세월은 우리 곁을 흐르고 있습니다.

다만 그것을 인식하지 않고 사는 사람이

행복한 사람이라는 생각을 해봅니다.

자신이 의식을 하든 하지 않든 세월은 우리 곁을 흐르고 있습니다. 다만 그것을 인식하지 않고 사는 사람이 행복한 사람이라는 생각을 해봅니다.

의심

우리는 직업상 많은 사람들을 만나게 됩니다. 누군가 친구를 보면 그 사람을 안다고 했는데, 이는 많은 사람을 만나면서 느껴지는 분위기를 파악할 수 있다는 뜻이겠지요. 우리들도 많은 환자와 그 뒤의 더 많은 보호자를 만나게 됩니다. 그런데 그 보호자들의 특성이 각기 다릅니다. 어떤 분들은 이제껏 많은 우리의 선배 의사들이 어떻게 대했는지 의사 앞에서 무조건 굽실거리는 분들도 있고, 또 어떤 분들은 지나친 문명의 수혜자로(?) 의사들을 마치 적을 대하듯 하는 분들도 있습니다.

환자 상태가 좋지 않을 경우 보호자들의 태도는 더 뚜렷이 구분이 됩니다. 또 수술 이전에 저는 보호자들을 모아 놓고 한 시간 가까이 설명을 합니다. 되도록 많은 보호자들이 오셔서 같은 말을 듣게 해야 나중에 가족들간의 싸움이 덜하다는 것을 경험했기에 가능한 많은 분들을 오시라고 누차 당부를 합니다. 대부분 핵가족이 되어 있는 까닭에 시간을 한 번에 맞추기가 어렵다는 사실을 모르지 않습니다. 그러나 생명을 담보로 수술을 하는 환자를 생각해 보면 그러한 수고 한 번쯤은 하는 것이 가족들의 도리라고 생각합니다.

문제는 이 핑계 저 핑계를 대고 보호자들이 오지 않는 부류가 있기 때문입니다. 수술 전날까지 기다려도 보호자들은 나타나지 않거나, 아무 설명도 알아듣기 어려운 노인 한 분을 빼곤 젊은 사람들이 보이지 않는 경우, 참으로 황당합니다. 수술 승낙서를 받기 위해 우리는 몇 차례 부탁을 하지만 그리 쉽게 일이 진행되지 않는 경우가 많습니다. 때로는 매스컴의 잘못된 의학 상식의 전달 때문에 보호자들의 인식이 잘못되어 있으면, 그야말로 애를 먹게 됩니다. 심장 수술에 대해서 설명을 한참 하고 있는데, "선생님, 아 그거 요즘은 맹장 수술만큼 쉽다면서요?" 하면 저는 맥이 탁 풀려서 더 이상 말할 기분이 안 납니다.

그렇게 쉽다고 여기는 맹장 수술도 일단 전신 마취를 하면 그에 따르는 위험이 존재하는 법입니다. 하물며 심장을 정지시키면서 하는 수술인데 보호자들의 인식이 그렇다면 우리는 보이지 않는 적과 싸우는 기분입니다. 더더욱 "혹시 선생님, 경험이나 있으신가요?" 하는 듯한 질문을 받고 나면 이런 사람과 친밀도는 기대하기 어렵게 됩니다. 수술 사망률이 상존하는 수술이 대부분인 저의 분야를 설명하는데, 보호자는 저의 설명을 색안경을 끼고 듣습니다. 혹시 저 사람이 수술에 자신이 없어서 미리 사망률을 부풀려서 말하는 것은 아닌가 하는 의심을 받게 됩니다.

이래서 수술보다 수술 전 보호자 면담이 더 힘들 경우가 있습니다. 국민들의 인식이 의심을 전제로 할 때 우리는 많은 어려움을 겪습니다. 물론 세상이 험악해지고 매스컴은 연일 좋지 않은 내용을 주요 골자로 환자와 의사간의 불신을 조장하는 훈련을 시킵니다. 세상 어느 곳에도 믿을 만한 구석은 없다고, 무조건 의심을 해야 살아남을 수 있다고 충동을 합니다.

아무리 그래도 이 세상을 지탱해 나가는 근간은 남을 신뢰하는 것이라고 생각합니다. 우리가 자동차 정비소를 못 믿기 때문에 차를 맡기지 못하면 스스로 불편하게 되지요. 기회만 되면 의사들의 행동을 격하시키는 데 앞장서는 일부 언론의 보도에 세뇌된 보호자들은 막상 자신들이 아플 경우 그 의심 때문에 스스로가 괴로움을 받게 됩니다. 믿을 수 없는 마음으로 병원을 찾는 환자의 마음만큼 힘든 일이 있을까요? 물론 이러한 의심을 받지 않기 위해서는 우리가 먼저 믿게끔 행동하는 것이 우선입니다. 제 주변을 둘러봅니다. 우리의 동료, 선배, 후배들의 행동은 어떠한가 자숙해 봅니다. 혹시나 우리의 행동으로 인해 국민들이 우리를 등지게 하지는 않았나 생각합니다. 아직은 그래도 제 주변의 동료들은 환자를 위해서 존재하지, 그들에게 해를 끼치기 위해 일하는 것 같지 않습니다.

이러한 틈바구니 속에서 견디지 못하는 우리네 동료나 후배들은 이 나라를 떠나고 있습니다. 자신들이 공들인 만큼의 보상이 돌아오지 않는 나라라는 인식, 더 이상 의사들이 살 수 없는 환경이 되어 간다는 절박함. 이들이 주변에서 하나둘씩 이민 준비를 하는 것을 보면서 남아 있는 우리의 마음은 조금씩 조금씩 무너져 갑니다. 그렇다고 만류도, 야단도 치지 못하고 우리는 쳐다보아야 합니다. 그들이 다른 나라에 가서 하는 일은 이제껏 노력했던 의술이 아닌 잡일을 택할 것을 뻔히 알고 있는데도 아무런 제지도 못 합니다.

다른 나라의 잡일보다도 못하다고 여기는 한국의 의업. 이것이 일부 의사들 사이에 퍼지기 시작하는 인식입니다. 나중에 나중에 우리의 후손들이 정말 아플 때, 우리는 누구를 믿고 병원을 찾아야 하나요. 혹시나 저도 제 식구들이 아플 때 믿고 맡길 병원이 없어서 헤매는 것은 아닐까 심히 염려스럽습니다.

이젠 얼마 안 남았쥬?

여러분은 살아가면서 누가 보고 싶습니까? 사람마다 대상이 다 다르겠지요. 저 역시 사람들이 그리울 때가 있습니다. 저는 종종 환자를 기다리는 경우가 있습니다. 제가 약을 드리는 환자는 대개 한 달에 한 번씩 병원에 들러 그간의 소식도 전하고 제게 진찰을 받은 후 약을 타 가게 됩니다. 어떤 분들은 그간의 일을 잊지 않기 위해 작은 수첩에 잘 써지지 않는 글씨로 메모를 해가지고 오는 경우도 있습니다. 어떤 분들은 제 앞에만 앉으면 할 말이 없어진다고 머리를 갸우뚱하는 분들도 있습니다. 각기 방법은 달라도 그간의 그리움을 제게 전하는 데는 부족함이 없는 분들입니다. 그래서 그 환자들이 정해진 시간에 오지 않으면 기다리게 됩니다. 때때로 환자가 다른 병에 걸려서 다른 병원이나 다른 과를 찾아가서 오지 않는 경우도 있습니다. 그러한 경우는 제가 그리 걱정하지 않습니다. 문제는 그 어느 것도 아닌 이유로 병원에 나타나지 않는 경우입니다.

제게 심장 수술을 받은 지 몇 년이 지나, 이제는 그런 대로 일상생활이 가능한 노인 한 분이 계셨습니다. 머리는 백발이고, 꾸부정한 걸음걸이와 류머티스 관절염으로 모든 손마디가 다 휘어진 상태이지만, 그래도 늘 약을 잘 드셔서 상태를 그런 대로 유지하고 있는 노인입니다. 그 옆에는 역시 머리가 희끗희끗한 아들이 언제나 보좌를 하고 다니는데, 그 모습이 잘 어울리는 부자지간이었습니다. 노인은 늘 자신의 문제점을 기억해 두었다가 제게 조목조목 열거하며 상담을 해오곤 했습니다. 그럴 때마다 성의껏 대답을 해주면 안심을 하고는 집으로 돌아가곤 했습니다.

항상 자신의 여생에 대해 답을 듣기 원했던 환자, 제 앞에 앉으면 눈이 침침하다, 소변이 잘 안 나온다, 잠이 안 온다, 손목이 아프다 등등의 이야기로 오랫동안 자신의 문제점을 점검하고 돌아가시던 환자가 최근 두어 달 동안 제 앞에 나타나지를 않는 것입니다. 워낙 노환이시라 그러려니 하지만 만일 돌아가셨으면 어떻게 하나 하는 생각에 문득 걱정이 됩니다. 저의 작은 대답에도 크게 기뻐하던 그 노인의 모습이 그리워집니다. 늘 제게 "이젠 얼마 안 남았쥬?" 하며 제 대답을 기다리던 분이었습니다.

제 곁을 이렇게 자연스럽게 스쳐 지나가듯 세상을 떠나시는 분들이 많습니다. 수술 여부와는 상관없이 노환으로 돌아가시는 분들이지만 제가 보아 왔던 환자들은 제게 더 이상 남이 아닙니다. 그들의 여생에는 저의 관심과 저의 정성이 들어 있기에 그들의 죽음은 타인의 죽음이 아닌 것입니다. 그들의 보호자가 와서 제게 환자의 죽음을 알리기 전까지는 환자의 죽음을 생각하고 싶지 않습니다. 그리고 때가 되면 혹시나 외래 방문을 열고 들어와 제 앞에 앉는 광경을 상상해 봅니다.

오늘도 외래를 보는 날입니다. 행여나 그 환자분이 오시려나 차트를 점검해 봐야겠습니다.

나이

사람의 나이는 생물학적 나이도 있지만, 자신이 삶을 어떻게 살았는가에 따라 결정되는 소위 만들어지는 나이도 있다고 생각합니다. 늘 자신의 모습을 관찰하고 긴장을 늦추지 않는 사람은 그렇지 않은 사람들보다 더 오랫동안 젊음을 유지할 수 있다고 생각합니다. 나이가 들어가면서 가장 뚜렷한 변화 중 하나가 허리가 굵어지는 현상이겠지요. 어느덧 배가 나오기 시작하면서 사람들은 자신의 나이를 인식하게 됩니다. 그래서 많은 중년들이 허리와의 전쟁을 치르는 기분으로 식사에 신경을 쓰고, 바지를 살 때마다 기분이 언짢아짐을 느끼게 됩니다. 환자들의 나이는 이와는 별도로 병의 중증과 유병 기간에 많이 좌우됨을 알 수 있습니다. 모든 병이 이론적으로는 어느 나이에나 올 수 있지만, 각각의 질환에 따라 호발 연령이 있게 마련이고, 그 나이를 벗어나서 병이 찾아올 경우 예후는 더 나쁜 것이 상식입니다.

어느 날 친구로부터 전화를 한 통 받았습니다. 바로 밑의 동생이 폐의 악성 종양으로 진단을 받았다면서 제게 자문을 구하는 것이었습니다. 그 동생은 저도 잘 아는 사이로 형과 동생이 나란히 우리나라 화단에서 두각을 나타내는 화가입니다. 제가 대학생 시절 마음이 힘들 때마다 찾아가서 같이 잠을 자면서 시간을 보내던 그 화실에서 우리 세 사람은 늘 같이 어울려 지냈습니다. 이제는 사는 방법도 사는 곳도 각기 달라서 자주 연락하지 못하고 있지만 막역한 사이입니다.

이런 가까운 사람에게서 온 나쁜 소식은 다른 사람들의 소식과는 느낌이 사뭇 달랐습니다. 우선 폐암에 걸릴 나이치고는 너무 젊다는 것이 마음에 걸렸습니다. 제가 너무도 잘 아는 병이라서 오히려 그 두려움은 더 컸습니다. 조직 검사의 결과를 혹시나 하고 기다렸지만, 이제는 확진이 되어 수술을 남겨 놓고 있습니다. 우리가 같이 낄낄거리며 화실에서 그림을 그리던 게 엊그제 같은데 벌써 암에 노출되는 시기가 된 것입니다. 너무도 짧은 인생 여정이 눈앞에 잡히는 것 같아 안타깝기 그지없습니다.

물론 수술과 그 외에 다른 치료 방법이 남아 있지만, 일단 삶 가운데 한 번 이런 진단을 받는다는 것은 누구에게나 큰 충격일 것입니다. 열심히 살아오던 자신의 삶의 스타일을 바꾸어야 하는 계기일 것이고, 자신의 욕심이나 야망을 접어야 하는 원인이 될 수도 있고, 자신의 마음에 혹은 주변에 남아 있는 사랑과도 이별 연습을 해야 하는 가슴아픈 일이 될 것입니다. 죽음보다 무서운 것은 사랑하는 사람과의 이별이 아닐까 생각합니다. 사람은 누구나 죽음을 맞이합니다. 그러나 자연 수명을 유지하고 맞는 죽음과 질병으로 인해 맞는 강제적인 죽음은 많은 차이가 있겠지요. 지인의 질병을 보고 우리가 마음아파하는 이유는 그 질병에 우리가 해줄 수 있는 일이 없다는 사실과 그 사람을 보면서 우리도 결코 그러한 질병에서 자유로울 수 없다는 인생의 한계를 간접 경험하는 까닭이겠지요.

우리를 찾아오는 많은 환자들은 제게는 하나의 환자이지만, 그들의 가족에게는 바로 이렇게 마음 졸이고 가슴이 저며지듯 마음아프게 사랑받는 사람들입니다. 그들의 아픔과 절망을 우리는 나누어야 합니다. 제가 친구의 전화를 받고 며칠을 마음아파하듯 우리의 환자를 위해서도 마음을 써야겠다는 생각을 했습니다. 이 세상 어느 누구인들 귀하지 않은 생명이 있습니까만, 한 사람 한 사람의 주변을 같이 떠올리면 그들의 삶이 더더욱 귀한 존재가 될 것입니다.

친구 동생의 이번 수술이 잘 끝나서 건강을 꼭 회복하기를 기원합니다.

마음의 결정

판막 수술을 받으면, 수술 후에도 인공 판막을 보호하기 위해 끊임없이 항응고제를 복용해야 하는 번거로움이 따릅니다. 정기적으로 병원을 방문해 검사를 받아야 하고 그에 따라 투약을 받습니다. 하지만 병에 대한 인지도가 낮거나 설명을 잘 알아듣지 못하는 환자들은 아무리 설명을 해도 막무가내인 경우가 있습니다. 외래에 와서 검사 수치가 우리가 원하는 범위에서 많이 벗어날 경우 우리는 환자에게 캐어묻게 됩니다. 그러면 마지못해서 여러 가지 이유가 될 만한 사건을 이야기하게 됩니다. 평소에 먹지 않던 건강 식품 종류, 한약, 술 등등을 많이 복용해도 이 수치는 변화가 됩니다. 또, 자신의 신체에 아무런 증상이 없다고 생각하고는 임의로 약을 끊는 환자도 있습니다. 노인들은 매일 먹으라는 약봉지의 복용 방법을 읽지 못해서 어떤 경우에는 하루에 두 번, 어느 날은 거르기도 해 약을 처방하기 매우 어렵게 만드는 경우도 있습니다.

어느 시골 할머니는 심장 수술을 받은 지 상당한 시간이 경과했는데도 항상 설명을 해드려야 했습니다. 어느 날 약 복용을 임의로 멈춘 후 혈액 응고로 인해 뇌경색, 즉 풍을 맞았습니다. 외래에 오실 때마다 저를 보면 "우리 원장님~" 하며 늘 졸다 일어나서 실웃음을 지어 주던 할머니가 어느 날 말을 잘 못 해서 입원을 했습니다. 초음파 검사상 판막 주위에 혈전이 제법 발견되어 재수술을 필요로 하는 상황이 되었으나, 심장 기능은 재수술을 받을 정도가 되지 못했습니다. 가족들과 며칠을 두고 상의를 했습니다. 생명을 걸고 재수술을 할 것인지 아니면 약물 치료로 끝까지 버텨 나갈 것인지를 저울질했습니다.

워낙 수술 위험도가 높고, 환자의 전신 상태도 수술을 견딜 만한 상황이 아니었기에 우리는 약물 요법으로 결정을 하고 가족들에게 설명을 했습니다. 그러나 보호자들은 의외로 수술을 원하며 우리에게 강력하게 수술 날짜를 정해 주길 원했습니다. 그 이유는 오랜 간병으로 지친 보호자들이 그 할머니의 병구완을 힘들어해서 어떻게 하든 결말이 나길 원했던 것입니다. 수술을 결정하는 보호자의 마음이 단순히 병의 치료에만 목적이 있는 것은 아니라는 결론입니다. 그 순간 주변 사람의 말을 잘 알아듣지 못하고 앉아 있는 환자의 얼굴이 서글프게 보였습니다.

주변 사람들이 자신의 운명을 결정짓는 상의를 한다는 사실도 모르고 태평하게 앉아 창 밖을 내다보는 환자의 눈동자는 무심 그 자체였습니다. 의료진은 아무리 생각을 해보아도 수술로 승산이 안 보여서 계속 보호자를 설득하다 환자의 증세가 다소 호전을 보이면서 결국 수술을 포기하고 약물 치료로 귀결을 지었습니다. 다행히 환자는 오랜 기간을 거쳐 증세의 호전을 보이기 시작했고, 보호자들의 병구완은 또 지속되었습니다. 보호자들의 심정을 모르는 것은 아닙니다. 생각할 능력이 떨어진 환자 자신보다 때로는 주변의 생각이 있는 보호자가 더 괴롭고 힘들다는 사실을 우리는 잘 압니다. 그래도 보호자의 괴로움을 덜기 위해 환자를 희생시킬 수는 없는 일입니다. 임상에서 부딪치는 많은 어려움 가운데 하나는 환자의 병보다는 그 병으로 인해 변화되는 주변 가족들의 생활 환경이 환자의 치료 방침을 결정한다는 점입니다.

우리 나라와 같이 의료보험이 완전 보험이 아니고 일부 자신의 돈을 부담해야 할 경우, 또 부양 가족이 환자의 임종시까지 모든 부담을 안아야 할 경우 가족들은 재정 문제와 환자의 간병 문제, 또 환자의 사후 재산 분배 문제 등으로 서로간에 마음 상하고 싸우는 모습을 연출하게 됩니다. 영화에서 보듯 사랑하는 사람과의 이별을 안타까워하고 눈물을 흘리는 장면 뒤에는 이러한 보여주기 싫은 현실적인 문제가 산적해 있습니다. 환자의 병은 단순히 의학적인 문제가 아니라는 것이지요.

아무런 도움도 힘도 없는 노인의 병 앞에서 보호자들은 자신들의 병구완의 어려움을 떠올리고 우리에게 가망 없는 수술을 요구하게 됩니다. 사람의 존재 가치는 어떻게 결정되는 것일까요. 만일 그분이 가족들에게 꼭 필요한 존재였다면 우리에게 다르게 이야기했을 수도 있겠지요. 만성병에 효자가 없다는 말의 의미를 우리는 너무도 잘 알고 있습니다. 보호자의 심정도, 환자의 어려움도 모두 잘 알고 있는 우리는 때로는 어느 길이 과연 올바른 길인지 결정하기 어려운 순간에 부딪칩니다.

하루하루의 삶이 매순간 결정의 연속이지만, 남의 목숨을 놓고 결정하는 것은 결코 쉬운 일은 아닐 것입니다.

동료

한참 고되게 일하고, 환자가 많아서 쩔쩔맬 때는 밤새 한 숨도 못 자는 경우가 있습니다. 전공의 시절 온전히 침대에서 잠을 자는 일은 꿈 같은 이야기였습니다. 잠이 쏟아질 때 가장 부러웠던 사람이 바로 제 앞에 아파서 누워 있는 환자였습니다. 흰 침대에 다리를 뻗고 한 번 누워 보고 싶어서 얼마나 애를 썼는지 모릅니다.

중환자실에서 밤의 대부분을 보내야 했던 시절에는 눈을 붙일 곳이 마땅치 않아 환의와 침대 시트를 보관하는 린넨장 안에 들어가서 담요처럼 몸을 구부리고 새우잠을 자기를 일 년 정도 하기도 했지요. 이 이야기는 그 당시에 제가 실수했던 사건입니다. 린넨장의 꼭대기는 기어올라가 누우면 천장과 얼굴이 불과 30센티미터 정도 떨어진 공간인데 그곳에서 잠을 자는 특이한 짓을 하곤 했던 것입니다. 그러다가 경험이 없는 신졸 간호사가 린넨을 정리하러 방문을 열 때, 제 손이 아래로 툭 떨어지기라도 하면 어둠 가운데 천장에서 떨어지는 손을 보고 기겁을 해 뛰쳐 나가는 소동을 벌이기도 했습니다. 그러나 그 공간은 나만의 공간이고, 아무도 그런 좁은 데서 잠을 잘 수가 없기 때문에 누구도 그 공간을 탐내지 못했습니다.

환자의 상태가 나쁠 경우에는 그나마 잠을 청할 수도 없었습니다. 밤새 많은 중환자들을 돌보느라 뛰어다니다 보면 어느새 창 밖이 희미하게 밝아 오는 것을 경험하고는 했지요. 그날도 거의 밤을 새우고 새벽 6시경 환자 처치가 거의 끝나 약 한 시간 정도의 여유가 있었습니다. 과장님은 환자에 대한 애착 때문에 누구보다도 일찍 출근하는 분이셨는데, 밤 10시와 12시에 전화로 환자 보고를 받고도 모자라 아침 7시면 어김없이 중환자실 회진을 시작하셨습니다. 그래서 린넨장으로 들어가 시간이 얼마 없음을 알고 앉아서 자기 시작했습니다. 벽에 몸을 누이자마자 저는 잠에 곯아 떨어졌습니다.

한참이 지나 밖이 소란스러운 기미를 느낀 저는 얼른 눈을 비비고 문을 열었습니다. 옷은 밤새 수술이 끝난 상태 그대로이고, 얼굴은 부스스하고, 머리는 금방 잠에서 깨어나 온전치 못한 상태였지만 회진을 오신 과장님의 얼굴을 보는 순간 그런 것은 신경쓸 겨를도 없었습니다. 저는 습관대로 환자 앞으로 가서 프레젠테이션(환자에 대한 수술명, 수술일, 현재 상태를 간략하게 설명하는 행위)을 시작했습니다. 그런데 한참 설명을 하는 제 얼굴을 모두 이상하게 쳐다보는 것이었습니다.

한 무리의 회진 팀 앞에서 저는 본능적으로 무언가 잘못되었다는 것을 감지했지만, 내 설명이 무엇이 잘못되었는지 도무지 알 수가 없었습니다. 멍하게 제 얼굴을 들여다보는 수십 개의 눈, 그리고 과장님 뒤에서 웃음을 참지 못하는 듯한 묘한 표정들……. 짧은 순간 저는 암담했습니다. 무언가 큰 실수를 한 듯한데, 도무지 감을 못 잡는 저의 심정. 그 순간 과장님의 그 호랑이 같은 얼굴이 묘하게 일그러지기 시작했습니다.

"야! 임마, 지금 뭐 하니?"

하는 일갈과 함께 다들 웃음을 터뜨렸습니다.

"회진 다 끝났어, 임마!"

시계를 들여다보니 이미 7시 30분이 지나고 있었습니다. 7시 이전에 잠을 깨워 달라는 나의 부탁을 받은 간호사는 새벽 시간이 워낙 바쁘기 때문에 부탁을 깜빡 잊어버렸고, 저는 시간이 훨씬 경과된 다음에 급히 일어나 혼자서 쇼를 연출했던 것입니다.

늘 보여야 할 제가 눈에 보이지 않자 다른 의사가 대신 프레젠테이션을 하고 이미 회진이 끝난 상태에서 제가 다시 튀어나와 혼자 시작을 했던 것입니다. 평소에 거의 실수를 하지 않던 저의 모습에

남의 아픔과 어려움은 닥치지 않으면 잘 모르는 것 같습니다.

심지어 같이 사는 가족들의 위로도 때로는 공허하게 들릴 때가 있습니다.

그래서 때로는 가족들보다 직장 동료들의 마음이 더 살갑게 느껴지고,

그들에게 친근감을 느낄 경우가 있습니다.

같은 고생을 해보는 자들만이 느낄 수 있는 끈끈함일 것입니다.

서 한 줄기 허점을 발견한 동료들은 고소하다는 듯이 저의 연극을 재미있게 감상을 한 것입니다. 과장님도 어이가 없었는지 처음 프레젠테이션을 시작할 때만 해도 '아니, 이놈이 오늘 왜 이래?' 하는 심정으로 저를 쳐다본 것이고요.

어쩌면 있을 만한 일이고, 아무런 일이 아닐 수도 있지만 제게는 그날의 실수가 아직도 잊혀지지를 않습니다. 그날 왜 그렇게 당황했는지 지금 생각하면 마음의 여유가 너무도 없는 젊은 시절의 해프닝이라고 생각을 합니다. 지금 그런 실수를 한다면 그렇게 힘들게 마음에 담아 두지도 않을 것 같습니다.

제 밑의 전공의가 제가 회진을 올라가도 자는 경우가 있습니다. 그러면 그 당시의 일을 떠올리고 일부러 목소리를 낮춥니다. 환자 옆에서 쭈그리고 자는 모습에서 과거의 나를 보는 것 같아 일부러 깨우지 말라고 당부합니다. 잠이 모자라는 사람의 심정을 너무도 잘 알기 때문에 자는 사람을 깨우지 못하게 하지요. 그래도 선잠이 들었는지 작은 소리에도 일어나는 전공의의 얼굴은 부스스한 모습이 됩니다. 집에서는 모두 귀한 사람들인데 직장에서는 이렇게 힘들게 지내는 것을 가족들이 알까 하는 생각을 해봅니다. 당사자가 아니면 알 수 없는 어려움일 것입니다.

한겨울에 우리는 차 안에서 히터를 틀어 놓고도 창문을 열지 못하는데, 교통경찰은 하루 종일 밖에 서 있는 모습을 보게 됩니다. 지나가면서 그들을 보면 춥겠다 하는 연민은 있지만, 진정 그들의 추위를 우리가 몸으로 알 수 없는 것처럼, 남의 아픔과 어려움은 닥치지 않으면 잘 모르는 것 같습니다. 심지어 같이 사는 가족들의 위로도 때로는 공허하게 들릴 때가 있습니다. 그래서 때로는 가족들보다 직장 동료들의 마음이 더 살갑게 느껴지고, 그들에게 친근감을 느낄 경우가 있습니다. 같은 고생을 해보는 자들만이 느낄 수 있는 끈끈함일 것입니다.

소설 『아버지』

『아버지』라는 소설을 읽어 보신 분들이 많으리라 짐작합니다. 무성한 입소문에 식상해서, 또 뻔한 스토리를 입을 통해 들어서 그 소설을 보면 일부러 고개를 외면하고 다른 책들을 집어 들고 책방을 나서고는 했습니다. 그러다가 얼마 전 병원에서 무료로 빌려 주는 책들 가운데 그 책이 눈에 띄어 잠시 망설이다가 책을 집어들었습니다. 그리고는 제가 그 책을 안 읽은 이유가 단순히 내용을 알기 때문이 아니라는 것을 깨달았습니다.

제가 그 책을 마음 한 구석에서 거부했던 이유는 바로 그 책에 그려진 주제 때문이었습니다. 암을 앓게 된 시한부 인생을 겪는 환자의 이야기를 통해 삶의 마지막을 겪는 모든 인간의 번민과 죽음을 맞이하는 사람들의 심경 변화를 다룬 글이었기에 제 마음속에서 의도적으로 회피하는 감정이 강했던 것 같습니다. 늘 주위에서 접하는 많은 환자들, 그 책 중에 나오는 남 박사의 심정과 같이 자기 친구에게 사형 선고를 하고 나중에는 그를 보내는 악역을 맡아야 하는 의사의 고뇌. 정말로 읽고 싶지 않은 책을 끝까지 놓을 수 없었던 이유는 제가 접하는 환자의 마음을 좀더 정확히 알 수 있는 계기가 되었기 때문입니다. 한 생명의 이별이 이리도 복잡하고, 수많은 아픔과 갈등에 휘둘려 모든 사람들에게 이 세상을 하직해도 좋다는 감정적인 허락(?)을 힘들게 받는다는 사실이 새삼스럽기도 하고, 의도적으로 피해 왔던 제 마음의 치부를 드러내는 듯해 순수하게 글을 읽을 수가 없었습니다. 아마도 작가의 주변에 중환자가 있었거나 많은 조사를 하고 글을 쓴 것임에 틀림없습니다.

몇 년 전 제게 폐 절제술을 받은 폐암 환자가 있었습니다. 나이는 막 정년퇴직을 앞둔 공무원이었습니다. 우연의 일치인지 저는 이 글을 읽으면서 그 환자를 떠올렸습니다. 설정이 너무도 비슷한 까닭이겠지요. 그 환자는 그래도 수술 후 다시 재발할 때까지 몇 년간을 잘 살았습니다. 주기적으로 병원을 방문해 정기 검진도 몇 차례 받았습니다. 어느 때인가 고속도로 휴게실에서 그분을 만났는데, 머리가 허연 환자분이 제게 너무도 깍듯하게 인사를 해서 주변 사람들이 저를 이상하게 볼 정도로 순수한 분이었습니다. 병이 다시 재발하는 조짐이 보이자 환자는 신앙에도 귀의해 새로이 신앙 생활도 시작했고, 그 부인은 제게 와서 이것저것 상의하기 시작했습니다. 몸에 좋다는 갖은 보약과 민간 요법, 한방 등등을 전전하면서 제게 사람의 태반을 구하게 해달라고 떼를 쓰기도 했습니다. 저는 이리저리 뛰어다니며 병수발을 다하는 부인의 열심에 감복했습니다. 그러나 그러한 모든 정성에도 불구하고 남편은 얼마 후부터 병원 방문을 하지 않았습니다. 가끔씩 약을 타러 오던 그 부인도 얼마 후 발길을 끊었습니다. 그 시점이 아마도 환자의 사망 시기가 아닌가 생각됩니다. 저는 눈에 보이지 않는다는 이유로 그 환자의 죽음에 대해 안타까움 이상의 감정을 가져 보지 못했는데, 한 사람의 죽음 뒤에는 이렇듯 많은 사람들의 눈물이 숨어 있는 것이었습니다.

이래저래 저는 소설 중의 의사도 되어 보고, 나 자신이 주인공이 되어 보기도 하고 감정 이입이 되어, 결국 책을 읽는 도중 눈물이 앞을 가려 책 읽기를 중단할 수밖에 없었습니다. 화장실에 불도 켜지 않고 들어가 어두움 속에서 세수를 하면서 저는 생각했습니다. '원래 읽기 싫었던 책이잖아. 내 짐작이 맞았어.' 이런 후회감에 몸을 떨었습니다. '웬 궁상. 사내 녀석이 참…….' 별 생각을 다하다가 잠이나 청하려고 누웠으나 잠도 잘 수 없었습니다.

죽음보다 두려운 사랑하는 사람과의 단절. 환자들이 두려워하는 것은 아픔보다 외로움이라는 사실. 이제야 새삼 안 것은 아니지만 그렇듯 문자로 명확하게 써 놓은 『아버지』의 작가가 새삼 미워짐은 어쩔 수가 없었습니다. 보기 싫은 사람이 있어서 멀리 돌아가다가 그 길에서 더 보기 싫은 사람을 만난 것 같은 황당함이 저를 감쌌습니다. 이제 저는 환자들을 대할 때 더 많은 고뇌를 해야 하기 때문에 그 작가가 미웠습니다.

금붕어

해마다 늦여름이 되면 기다려지는 사람들이 있습니다. 바로 이 도시 근방에 이 모양 저 모양으로 흩어져 사는 보호자들입니다. 그들은 돌아가신 어머니, 아버지가 제게 수술을 받은 적이 있는 사람들입니다. 그 환자들은 모두 제게 수술을 한 번 이상 받고 많은 고생을 하고, 그리고 마지막에는 모두 돌아가신 분들입니다. 그런데 그 보호자들이 늦여름이나 초가을쯤 되면 전화를 걸어 옵니다. 그리고는 자신들이 농사를 지은 과일이나 쌀 등을 싸가지고 제게 찾아옵니다. 의사들치고 자신의 환자가 죽었을 경우 마음이 편한 사람은 없을 겁니다. 저 역시 환자가 죽었을 경우 자꾸 잊으려고 노력을 하지 떠올리고 싶지는 않습니다.

그런데 이들의 방문은 이제 정례화가 되어 어느덧 서로 그리워서 만나는 사이가 되어 버렸습니다. 그들이 찾아오면 반갑게 인사를 나누고 일 년간의 농사 작황을 물어 보기도 하고, '언제 같이 식사하지요' 하는 기약 없는 약속을 하고는 헤어집니다. 그리고는 며칠 동안 그들의 방문에 기분이 좋아 들떠 지냅니다.

그들 중 한 분의 이야기입니다. 이 도시에서 얼마 떨어지지 않은 곳에 사시던 환자는 대동맥 파열이라는 매우 위험한 병으로 병원 응급실로 실려왔습니다. 실려올 당시의 환자 상태가 너무 나빠서 응급 수술을 해서 어렵사리 환자를 죽음에서 건져냈습니다. 그런 후 몇 년간 환자는 아무 이상 없이 잘 지냈습니다. 그 당시 병세의 위독함을 잘 알고 있던 환자의 아들은 수술 후에 저에게 무척 고마워했습니다. 저와 연배가 비슷하다 보니 금방 친해지게 되었지요. 저를 환자의 집 근처로 초청해 금붕어 양어장을 보여주고 분재 화원에도 끌고다니는 등 여러 가지로 귀한 사귐을 갖게 되었습니다. 집으로 돌아가는 길에는 손바닥만한 금붕어를 수십 마리나 봉투에 담아 주어 집에 와서는 제가 커다란 어항을 손수 만들어 수 년간 기르기도 했습니다.

이 환자가 수술받은 지 사 년 후에 대동맥의 다른 부위가 다시금 터져 나갔습니다. 위치가 지난번보다 더 위험하고 고약한 부위였습니다. 그간의 정으로 그 환자는 제게도 남과 같지 않아 최선을 다해 수술을 시행했지요. 그러나 대동맥 파열 부위가 너무 광범위해서 몸 전체의 장기가 망가진 상태였기 때문에 수술은 성공했으나 급성 신부전, 폐렴, 다장기(多臟器) 기능 부전 등의 합병증으로 오래지 않아 사망을 하셨습니다. 저를 믿고 있던 환자의 아들은 저를 붙잡고 제대로 울지도 못했습니다. 곁에서 보기에도 유달리 효성이 지극했던 아들의 오열은 저를 한동안 의업에 대한 좌절에 빠지게 만들었습니다. 이때가 저의 의사 생활 중 커다란 위기였습니다. 심각하게 의사를 그만두고 싶다고 고뇌하게 되었습니다.

중환자실에서 환자가 돌아가실 때까지 며칠간 곁을 떠나지 않고 환자 관리를 하는 저의 모습을 보고 환자의 아들은 제게 최선을 다해 주는 모습에 고맙다고 깊은 감사를 표했습니다. 한참이 지난 후 그 아들이 제게 전화를 걸고 복숭아 한 박스를 가지고 왔습니다. 그 가족들에게 환자를 살리는 것 이상으로 최선을 다해 준 저의 정성이 인정이 되었다는 마음의 표시였습니다. 그후로 해마다 이 행사는 지속이 되었습니다. 현대 의학의 한계를 극복하지 못한 것은 사실이지만, 이런 상황에서 느끼는 안타까움을 보호자의 심정으로 인정하고 자기 부모의 죽음을 받아들인다는 것이 쉽지 않은 것을 알기에 이들의 선물은 제게 무엇보다 값진 선물입니다.

이제는 그가 주었던 금붕어도 수명을 다해 없어졌고, 환자도 이 세상을 떠났지만, 그 보호자는 이맘때가 되면 어김없이 전화를 줍니다. 그리고는 계면쩍은 웃음으로 저를 찾아옵니다. 그가 찾아오면 이제는 그래도 견딜 만한 환자의 죽음이 떠오르고, 제게 마지막까지 살려 달라던 환자의 말을 다시 한 번 기억하게 됩니다. 그 환자의 마지막 말은 제가 들어 주지 못한 한으로 남아 있고, 그래서 처음 보호자의 방문이 달갑지 않았던 기억이 납니다. 살아가면서 생기는 마음의 상처를 하나하나 쌓아 가다가 더 이상 쌓아 둘 곳이 없으면 가운을 벗어야 하지 않을까 모르겠습니다.

꽃돼지의 교훈

"안녕하세요~!" 하며 들어서는 환자의 모습은, 오히려 제가 거꾸로 물어야 될 정도의 형편없는 모습이었습니다. 60세가 채 넘지 않은 아주머니인데 걸음이 매우 불편합니다. 심장 수술을 오래 전에 받았고, 약을 꾸준히 드시는 가운데에서도 뇌경색이

와서 왼쪽 다리의 운동력이 많이 떨어져 있습니다. 나이가 들면서 체중 조절에도 실패하고 몸이 무거워지니까 마비가 있는 쪽의 근력이 떨어져 실족까지 하고 말았습니다. 그래서 최근 하지 골절이 생겨 고정을 하고 지팡이에 의지해 병원을 다니고 있습니다.

시력도 떨어져 두꺼운 검은 테 안경을 쓰고, 걸음걸이도 불편하게 절뚝거리며 아슬아슬하게 제 앞에 앉습니다. 그분이 제 앞에 앉아서 하는 말이 걸작입니다.

"선생님, 제 뱃속에 무엇이 들었지요?"

느닷없는 질문에 저는 의아했습니다. 망가진 여러 군데를 빼고 엉뚱한 부위를 가지고 질문을 하니 말입니다. 요즘 들어 갑자기 체중이 더 늘어 아랫배가 너무 튀어나온다고 하소연을 하는 것입니다.

"이놈의 삼겹살을 어쩌죠?"

환자가 목욕을 하고 거울을 쳐다보면 너무 끔찍하다고 합니다. 가슴 한가운데를 가로지르는 심장 수술의 상처, 마비로 가늘어진 한쪽 다리, 툭 튀어나온 아랫배, 또 튀어나온 엉덩이……. 환자가 제 앞에서 묘사하는 몰골을 머릿속으로 상상하고 있으려니 저도 웃음이 튀어나옵니다. "그런데요, 우리 아저씨는 저보고 꽃돼지래요!" 하면서 넉살 좋게 웃어 젖힙니다. 마음속으로 '이 환자는 그래도 절망을 하지 않겠구나' 하고 안심을 했습니다.

대부분의 사람들이 나이를 먹으면서 자신의 신체가 망가지는 것을 보고 실망을 하게 되지요. 허리가 굵어지고, 관절 기능은 떨어지고, 운동 부족으로 점점 몸놀림이 둔해지고, 거기에 큰 병을 하나라도 앓고 지나가면 자신이 가지고 있던 몸매를 포기하게 됩니다. 목욕을 하다가 거울 앞에서 망가진 자신을 바라보겠지요. 새 차를 사가지고 처음 당분간은 약간의 흠집만 나도 화가 나고 매일 닦아 주고 하던 기억이 있으실 겁니다. 그러나 중고차가 되면 차츰 주차도 과감하게 하고, 어느 정도의 흠집에도 넉넉한 마음으로 대하게 되는 감정 변화를 알고 계실 것입니다. 우리네 신체도 비슷한 과정을 겪게 되는 것 같습니다.

아주 다행스럽게 큰 병을 앓지 않아서 곱게 늙어 갈 수 있다면 그보다 더 큰 축복이 없을 것입니다. 사소한 병이나 상처를 대수롭지 않게 여기게 되고, 또 다른 병에 대해서 예민하게 반응을 하지 않게 됩니다. 주변의 가족이 이런 환자들에게 관심을 갖고 격려해 주지 않을 경우 이러한 현상은 더 심화될 수 있습니다. 외모가 그 사람을 대변해 주는 것은 아닙니다. 그러나 우리가 양복을 정갈하게 차려입었을 때와 반바지 등을 입고 다닐 때와는 마음가짐이 같을 수가 없습니다. 마찬가지로 망가지는 몸에 대해 긴장을 놓게 되면 나중에는 돌이킬 수 없는 상태가 됩니다.

저는 계단에서 성큼거리고 올라가다가도 지팡이를 짚고 힘들게 계단을 오르내리는 환자를 보면 걸음 속도를 늦추게 됩니다. 행여나 그들이 나의 걸음걸이를 보고 자신의 과거 시절을 떠올려 마음 상할까 두렵기 때문입니다. 그 앞을 조심스레 지나간 후에 속도를 올리면서 늘 감사합니다. 이렇게 자신이 원하는 곳으로 마음대로 갈 수 있는 두 다리가 얼마나 감사한지요. 아무렇지도 않게 먹을 수 있는 것, 마음대로 움직일 수 있는 사지, 편안하게 잘 수 있는 잠 등등 우리가 누리고 있는 감사의 조건은 일일이 열거할 수 없이 많습니다.

절뚝거리면서도, 자신의 몸매에 대해 제게 불만을 털어놓으면서도, 그래도 자기를 예쁘게 봐주는 아저씨의 말 한마디 때문에 즐겁게 살 수 있는 환자를 보면서 우리의 행복의 조건은 결코 대단한 것이 아니라는 생각을 해봅니다.

식사 도중에 생긴 일

영화 『모정』을 기억하십니까? 한창 감수성이 예민한 시절에 영화관에서 이 영화를 보고 한참이나 가슴이 찡했던 추억이 있습니다. 주인공 여자가 홍콩의 병원에 있는 여의사이기에 더욱 남다르게 보았겠지요. 너무도 뻔한 러브 스토리인데 그 당시에는 그런 류의 비극적 결말로 눈물을 자아내는 영화가 제법 많았던 것 같습니다. 사랑하는 남자의 전사 소식을 듣고 여자 주인공은 두 사람이 데이트하던 언덕으로 올라가며 연인을 생각하고, 때마침 울려퍼지는 영화 주제가 '사랑은 아름다워라…… 아침 안개 속에 두 연인의 입맞춤, 세상은 숨을 죽이고……'로 이어지는 멜로디에 눈물이 핑 돌던 기억이 납니다.

병원에서 일할 때 주로 직원 식당에서 점심을 해결하는 경우가 많습니다. 그러나 늘 먹는 음식에 식상하면 때로는 의국에서 다같이 둘러앉아 식사를 시켜 먹기도 합니다. 얼마 전 중국 음식점에다 자장면을 시켰다는 전화를 받고 의국으로 올라갔습니다. 올라가 보니 이미 식사는 시작이 되고 있었습니다. 저도 즐겁게 사람들과 이야기를 주고받으며 식사를 막 시작할 때였습니다. 마침 틀어 놓은 텔레비전에서 유선 방송을 통해 영화 『모정』의 마지막 부분이 방영되고 있었습니다. 한참이나 잊었던 영화의 장면들이 머릿속에 불현듯 떠오르기 시작했습니다.

자장면을 반쯤 먹었을 때였습니다. 영화의 전개는 마지막 클라이맥스를 향해 가고, 주인공이 데리고 있던 아이가 빨간 잉크잔을 깨뜨리며 동시에 남자 주인공의 머리 위로 폭탄이 떨어지고 있었습니다. 여자 주인공은 전사 소식을 듣고 미친 듯 언덕 위로 올라갑니다. 그리고는 연인이 꿈속에서 걸어오는 듯한 착각으로 언덕 위로 달려가고, 주제가는 흘러나오고…….

저를 뺀 나머지 사람들은 영화에 관심이 없는 듯, 모두 먹고 다른 이야기하기에 열심이었습니다. 그러나 저는 그 영화를 알고 있는 세대이고, 그 내용을 잘 알고 있었기에 식사 도중 힐끗힐끗 텔레비전을 쳐다보며 식사를 하고 있었지요. 그러다 영화의 마지막 부분에서 갑자기 가슴이 메어 더 이상 식사를 할 수가 없었습니다. 너무도 잘 아는 뻔한 스토리이고 영화인데 왜 그렇게 적응이 안 되는지 모르겠습니다. 음식을 반쯤 남기는 모습을 본 의국원들은 저를 쳐다보며 걱정스레 물었습니다. 평소에 음식을 안 남기기로 유명한 제가 음식을 남기는 모습에 무언가 이상함을 느꼈겠지요.

잠깐의 일이었고 곧 마음의 평정을 되찾았지만 더 이상 식욕은 생기지 않았습니다. 한 시대를 살아가면서 사랑하는 사람을 만날 수 있다는 것은 커다란 축복입니다. 평생을 사랑만 찾아 헤매는 사람도 있고, 또 사랑 없이도 그냥 시절을 보내는 사람도 있습니다.

제 주변에도 이제는 제법 이혼이나 사별로 혼자된 사람들이 많아졌습니다. 그들은 겉으로는 태연한 모습을 하고 있으나 내심 사랑을 갈구하고 있을 것입니다. 가끔은 사석에서 둘만의 시간을 가지게 되면 혼자 살아가는 것의 어려움을 털어놓습니다.

병원 안에서 생기는 사별의 순간에 어느 가족은 눈물로, 어느 가족은 담담함으로, 어느 가족은 때로는 후련함으로 자신들의 마음을 보여줍니다. 정확히 마음을 말로 표현은 안 하지만, 나는 그들의 마음을 읽을 수 있습니다. 각자의 사연을 제가 다 알지는 못하지만 어느 가족은 이별로 아픔이 생기고, 어느 가족은 아픔으로 인해 이별을 하게 됩니다. 어느 쪽이든 그들에게는 지울 수 없는 마음의 상처를 남기게 됩니다. 이래저래 아픔이 없는 삶은 없기 때문에 진정 사랑하는 사람이 있다면, 아니 사랑하는 사람이 한때라도 있었다면, 그것이 아픔이 될지언정 아픔이 두려워 사랑도 못 느끼는 쪽보다는 진정 행복할 것이라 생각합니다. 영화 속의 여주인공이 사랑하는 사람을 보기 위해 뛰어올라갔던 그 언덕만큼은 영원히 그 자리에 있을 것이라는 믿음을 간직하고 살아가고 싶습니다.

최선과 포기

어제 선천성 심기형이 있는 다섯 살짜리 아이를 수

술했습니다. 감기 증세가 있어서 수술을 미루려 하다가 보호자와 면담 후 수술을 결정했습니다. 이제는 빠른 회복을 보이고 있습니다. 회진을 돌면서 이름을 부르면 눈만 멀뚱멀뚱 쳐다보는 것이 전부인 아이입니다. 성장도 잘 안 되어서 이제 13킬로그램밖에 안 됩니다.

위로 딸만 둘인 부부가 느지막이 아들 욕심에 아이를 가졌습니다. 산모 나이가 사십 정도가 되면 다운증후군이라는 기형의 출산율이 급증합니다. 이 아이가 바로 다운증후군입니다. 처음 출산시에는 그리 증상이 심해 보이지 않아서 정성을 다해 키웠습니다. 그러나 날이 갈수록 증세가 호전되지 않자, 아이의 부모는 정성으로 키우던 일을 포기하고 특수 시설에 위탁을 했지요. 그래도 그곳은 시설이 좋아서 아이는 그런 대로 성장을 했지만, 단체 시설이라는 곳이 아무리 좋아도 부모가 키우는 것만은 못하겠지요.

아이의 심장 기형은 심실중격 결손증으로 그나마 이 증후군 환자들 중에서는 가장 경미한 기형이랄 수 있습니다. 이 심장의 구멍이 메워지기를 기다렸으나, 이 나이가 되도록 막히지 않고 오히려 증세가 더 나빠져 수술을 하게 된 것입니다. 처음 몇 년간은 이 아이를 보던 다른 의사들이 심장이 좋아지면 무엇을 하겠느냐면서 오히려 수술에 회의적인 입장을 보여 부모들이 망설이게 되었습니다. 물론 아이가 심장 기형이 교정된다고 새로운 삶을 사는 것은 아닐 것입니다. 아이가 다른 사람들과 똑같은 삶을 영위할 수는 없습니다. 자신의 불편함을 호소할 정도의 지능도 아닙니다. 주사를 놓아도 그저 쳐다보고 찡그리는 것이 전부입니다. 제대로 앉아 있지도 못하는 아이입니다. 부모는 이 아이로 인해 자신들의 삶과 다른 가족들의 삶이 모두 비뚤어진다는 이야기를 했습니다. 그러나 부모의 마음은 역시 아이에 대한 사랑을 포기하지 못했습니다.

일 년 내내 감기를 달고 사는 주된 이유 중의 하나가 바로 심장병 때문이라는 사실을 알기 때문에, 그리고 이제라도 기형을 교정하고 최선을 다해 아이에게 정성을 다하기로 작정하고는 이번 수술을 결심한 것입니다. 바로 그러한 정성과 주어진 환경에서 최선을 다하는 모습이 감동을 주는 것입니다. 기관지 천식의 가족력이 있고, 현재 감기에 걸려 있고, 여러 가지 여건이 수술에 불리했지만 어머니와 대화를 나누면서 저는 다른 의사들을 설득해 수술을 시행했습니다.

우리는 때로 자신의 환경을 보고 미리 의지를 꺾는 경우가 있습니다. 자신이 원하는 대로 일이 풀린다고 해도 다른 사람들의 경우와 비교해서 그리 대단하다고 여기지 못할 때, 우리는 지레짐작으로 포기하게 됩니다. 그러나 지나고 나서 보면 어떤 경우도 포기하는 것보다는 작은 것이라도 성취되는 것이 낫다는 것을 인정합니다. 다만 그 결과에 대하여 만족을 하느냐 못 하느냐는 각자의 몫이겠지요. 아무리 작은 일도 그 일을 해내고 나서 얻어지는 성취감과 자신감은 그 결과 이상의 가치가 있다고 생각합니다.

어떤 시도도 전혀 쓸모 없는 일은 없습니다. 실패 역시도 귀중한 교훈이기 때문입니다. 실패가 두려워 어떤 일을 포기하는 사람은 그 포기로 인한 후회로 평생을 보내야 하는 손실을 겪어야 하기 때문입니다.

어떤 시도도 전혀 쓸모 없는 일은 없습니다.

실패 역시도 귀중한 교훈이기 때문입니다.

실패가 두려워 어떤 일을 포기하는 사람은

그 포기로 인한 후회로 평생을 보내야 하는 손실을 겪어야 하기 때문입니다.

사랑의 대출

하지의 혈관 질환으로 제게 오랫동안 약을 타서 드시는 할아버지가 한 분 있습니다. 그분은 나이가 워낙 많아서 귀가 잘 들리지도 않고, 걸음도 지팡이에 의지해야만 하며, 옷차림은 늘 지저분하고, 때론 바지의 지퍼도 올리지 않은 상태로 있어서 제가 얼른 올려 드리곤 합니다. 오랜 투병 생활로 몸의 여러 군데가 망가져 있는 데다가 치매기가 있어서 약 복용에 대해 아무리 설명해도 자주 실수를 하시곤 하지요.

그 옆에는 얼굴은 할아버지와 비슷한 연배로 보이는데 하는 행동은 훨씬 활기찬 할머니가 늘 계십니다. 그런데 이 할머니의 행동이 너무도 마음에 들지 않습니다. 할아버지가 어렵게 다리를 옮겨 자리에 앉으시면 저에게 그간의 일을 고해 바치듯 말하기 바쁩니다. 할아버지는 말씀도 어눌해서 그냥 제가 묻는 말에만 가부를 표현할 뿐인데, 할머니는 말하기가 마치 속사포 같습니다. 꼬장꼬장한 목소리로 할아버지를 구박하기 시작합니다. 자신이 챙겨 주지 않으면 하루에도 두 번 세 번씩 약을 먹는다는 둥, 아무리 설명해도 약을 안 먹는 날이 많다는 둥……으로부터 시작해서 집안에서의 사소한 실책까지도 모두 제 앞에 일러바칩니다.

그러면 할아버지는 가만히 앉아서 표정 없는 얼굴로 저를 쳐다보다가 한 번 '씩' 하고 웃는 것이 전부입니다. 그에 대한 변명도 억울함도 호소하지 못하고 그냥 앉아 계십니다. 말귀를 잘 못 알아들어서인지, 아니면 자신의 죄(?)를 그대로 인정하는 피고의 심정인지 도무지 알 수 없는 태도로 앉아 계십니다. 그러면 할머니는 더더욱 신이 나서 온갖 이야기를 하십니다. 제가 그 행동에 제재를 가하지 않으면 도무지 중단이 되지 않을 정도입니다. 무엇이 그리도 마음에 안 드시는지요.

남자가 나이 들어 힘이 없어지고 부인에게 휘둘리는 모습을 보면 힘의 역학이 생각납니다. 이 할아버지도 젊은 시절에는 분명 큰소리를 치며 사셨을 것 같은데, 지금은 그저 한 마리 순한 양처럼 자신에게 돌아오는 비난의 소리를 그대로 받아들이고 있습니다. 치매증세가 있고, 건망증이 심해서 주변 일을 잊어버리고, 몸에도 힘이 없고, 그야말로 아무런 힘도 능력도 없는 한 인생의 마지막에는 평생을 같이한 부인의 도움 대신에 비난이 남아 있습니다. 그 할머니의 한탄은 "어휴, 저 늙은이 언제 죽어" 하는 섬뜩한 말로 끝납니다.

마음속에 가득한 원망이 그대로 담겨 있는 할머니의 눈빛은 예사롭지가 않습니다. 두 사람의 과거는 제가 알지 못합니다. 어떤 연유로 할머니가 할아버지를 그리도 미워하는지 역시 알 수 없습니다. 그러나 병원에 올 때마다 보이는 현상은 그 정도가 심하기 때문에, 두 사람만 있는 집에서는 아마도 더하면 더했지 모자라지는 않으리라 생각합니다. 차라리 할아버지가 들어도 모르는 척하는 수양의 결과보다는 치매로 인해 할머니의 비난이 들리지 않는 편이 다행이라고 생각합니다. 최소한 그로 인해 더 이상의 마음의 상처를 받지는 않을 테니까요.

누군가 사랑도 저축을 해야 한다던 말이 생각납니다. 아무리 가족이고 친구일지라도 서로가 자신의 시간과 열정, 관심을 평소에 남에게 저축해 두지 않으면 나중에 그것이 자신에게 필요할 때 찾아 쓸 것이 없다고 했습니다. 그 할아버지는 아마도 사랑의 저축 잔고가 제로인가 봅니다.

그래도 혹시나 사랑의 대출이나 가불은 안 될까요? 그 불쌍한 노인을 위한 작은 바람입니다.

나 하나만

50대 후반의 남자 환자가 문을 빠끔히 열고 들어옵니다. 과거에 어지간히 제 속을 썩였던 환자입니다. 이제는 제법 흰머리 때문에 나이가 들어 보입니다. 십 년의 세월이 그 환자의 머리에 눌러 앉은 듯했습니다. 그러나 어눌한 말투와 세상에 대한 원망 등은 여전히 변함이 없었습니다. 심한 폐결핵으로 좌측 폐를 전부 절제하고 그후 합병증으로 좌측 흉곽 성형술을 시행받아서 환자의 가슴은 보기 흉하게 일그러져 있습니다. 흉곽 성형술은 다른 병원에서 받았고, 그후 수술 후유증으로 저를 찾아오기 시작한 지가 벌써 십 년이 지난 것입니다.

이제는 약을 다 끊고 병원 방문을 하지 않아서 한동안 잊었던 얼굴인데 갑자기 내원을 했습니다. 몇 번의 힘든 수술과 그후의 합병증으로 환자의 심성은 많이 상해 있고, 이전에 다니던 병원의 의사에 대한 원망으로 마음이 닫혀 있습니다. 자신의 병의 심각성은 전혀 고려하지 않고 수술함으로써 받은 고통과 수술 후의 합병증으로 고생한 세월에 대한 회한으로 십 년의 세월을 보낸 환자입니다.

물론 한쪽 가슴을 찌그러뜨리는 흉곽 성형술은 매우 어렵고, 환자에게 고통을 주는 수술입니다. 과거 우리 나라는 위생과 보건에서 후진국이었고, 그 하나의 예로 폐결핵 유병률이 매우 높았습니다. 결핵의 치료 방법 중 하나인 흉곽 성형술은 의사들조차도 좋아하지 않는, 환자에게 고통을 많이 주는 수술 방법입니다. 그래서 이런 방법은 최후의 수단으로 시술을 해왔던 방법입니다. 이 환자는 결국 수술을 받아서 생명을 연장하고 이제는 결핵 약도 끊은 상태로 잘 지내고 있습니다.

제게 와서 약을 타고 다니던 시절에는 늘 가슴과 어깨의 통증을 호소하고, 이에 따라 수술을 했던 집도의를 원망하는 푸념으로 불만을 갖고 지냈습니다. 그를 위해 많은 이야기를 해주었고, 신앙적인 상담도 해보았지만 세상에 대한 원망은 쉽게 가셔지지를 않았습니다. 그나마 나중에는 건강이 많이 좋아져서 운전이나 보일러 기술 등을 배우러 다닌다고 흥분해서 자랑하고는 했습니다. 건강을 회복하면 꼭 저를 찾아와 보답하겠다고 몇 번이나 다짐을 하고는 했습니다. 그 환자가 새로이 취직을 했을 때는 제가 환자보다 더 기뻐했습니다. 그러다가 결핵 완치 판정을 받고 병원을 찾아오는 횟수가 뜸해지더니 결국은 제 기억 저편으로 사라져 버렸습니다. 과거 제게 약속(?)했던 보답은 제게만 있는 기억으로 묻혀 버렸고, 환자는 기억하지 못하는 사건이 되고 말았습니다. 그런 것으로 환자를 기억하고 싶지도 않았고, 그저 환자의 건강만을 염려했던 저이지만 막상 환자를 오랜만에 만나 보니 과거의 사안들이 다 떠오르는 것입니다.

어디선가 잘못된 정보를 듣고 환자는 제게 장애 진단서를 받을 수 없는지 알아보러 찾아왔습니다. 그러나 복지부에서 내려온 지침에 의하면 그 환자에게 해당되는 장애 항목이 없습니다. 억지로 짜맞추면 어깨 관절의 장애로 판정을 내릴 수 있지만, 그 장애는 환자가 원하는 3급 장애에 해당되지 않아 상황 설명을 하고 양해를 구했습니다. 그러나 환자는 막무가내로 3급 장애를 요구했습니다. 저는 30분이 넘게 책을 펴놓고 상황을 설명했으나, 환자의 귀에는 그런 내용이 들리지 않는가 봅니다.

가끔 환자들이 자신에게 유리한 진단서를 요구하면서 의사에게 억지를 부리는 경우가 있습니다. 때로 사회에서 물의를 일으키는 허위 진단서를 발급하는 의사들도 있지만, 진단서에는 자신의 이름이 들어가는 것이기 때문에, 의사들 입장에서는 허위 공문서 작성이라는 중죄를 짓는 것을 알면서 진단서를 작성해 주지는 않습니다. 그러나 환자의 입장에서는 자신의 병을 과장해, 또는 없는 것을 있는 것으로 이야기해 진단서를 요구하는 경우가 많습니다. 많은 경우 의사의 권유와 설득으로 포기하게 되지만, 일부 환자들은 의사에게 사정 또는 협박 등을 통해 뜻을 관철하려는 경향이 있습니다. 환자가 사는 환경이 열악할수록 사실 환자의 소원을 들어 주고 싶은 충동을 느낍니다. 그러나 그것이 범죄라는 사실을 알기에 우리는 마음의 갈등을 겪으면서도 환자를 설득하게 됩니다. 이러한 우리의 마음을 환자들은 그저 원망 섞인 목소리로 따지곤 하지요.

주변의 누구누구가 이런 병으로 진단서를 받았다면서 자신의 진단서 발부를 정당화하려고 합니다.

상대의 입장을 생각하지 않고 자신의 목적을 달성하려는 마음은 어찌해야 할까요. 의사들이 작성하는 모든 서류는 객관성을 유지해야 하기 때문에 보관을 하고, 나중에 문제가 생겼을 때 의사의 사인이 들어간 경우에는 법적인 책임을 져야 합니다. 그러나 이러한 사실을 알면서도 나 하나만은 예외로 해달라는 환자는 왜 그리 많은지 모르겠습니다. 나 하나만이 바로 사회의 기강을 무너뜨리는 시작이 된다는 사실을 모르는 듯해서 안타깝습니다.

마음의 깊이는 얼마인가?

아들이 제게 와서 호소를 합니다. 지금 아버님의 정신 상태가 이상하다는 것입니다. 다음엔 며느리가, 그 다음엔 딸이 차례차례 저를 방문해 아버님의 상태를 상의합니다. 환자는 대동맥박리증으로 죽음의 문턱까지 갔다가 돌아온 60대의 남자입니다. 수술 전에도 소심한 성격이었으나, 그리 이상하지는 않았다고 합니다. 그러나 수술을 받은 후 외래를 다니면서 환자는 제게 늘 어딘가 아프다고 호소를 했습니다.

날이 가면 증세 호전이 있어야 하는데, 환자는 늘 아픈 곳이 새로 생기고 외래에 올 때마다 새로운 병을 만들어 옵니다. 그리고 반복되는 제 설명에 겨우 안심을 하고 돌아가고는 했습니다. 그러나 제 앞에서 너무도 예의바르고 차근차근 설명을 듣는 모습이 진지해서 그냥 소심한 성격으로 파악을 했지, 집안의 문젯거리가 된 줄은 몰랐습니다. 내원 당시에도 항상 아들이나 딸이 동반해 오기 때문에 그 보호자들과의 유대 관계도 좋을 것으로 추정했습니다.

어느 날 며느리가 제게 혼자 찾아왔습니다. 그리고 제 앞에서 털어놓는 사연은 기가 막힌 내용이었습니다. 한 번 생명의 벼랑 끝에서 살아난 환자는 생에 대한 애착도 대단할 뿐 아니라 자기 주변의 모든 사항을 아전인수 격으로 해석하기 때문에 주변 사람들의 고통이 아주 심하다는 것입니다. 모든 약을 자신이 점검해 먹어야 하고, 뒤에서 수군거리는 모습을 보면 눈을 치뜨면서 무슨 모의를 하느냐고 다그치고, 부인을 의심해 거의 매일 구타를 한다는 것입니다. 부인이 견디다 못해 친척집으로 도망을 가면 며칠이 걸려도 수소문을 해서 찾아내고 부엌칼을 들고 죽인다면서 쫓아다닌답니다.

주변의 가족들은 아버지의 횡포에 감히 대들지도 못하고, 그저 어머니를 보호하기 위해 이집 저집으로 피신시키기에 바쁘다고 합니다. 환자가 유일하게 말을 듣는 사람이 바로 나라고 하면서 환자가 약을 타러 올 경우에 설명을 잘해 달라는 부탁을 하러 왔습니다. 이야기대로 한다면 이는 정신병의 범주입니다. 그래서 보호자들에게 정신과 상담을 권유했지요. 그런데 문제는 누가 감히 환자에게 정신과 치료를 권유할 수 있겠는가 하는 것입니다. 집안에서는 그럴 만한 사람이 없다면서 제가 그 역할을 맡아 주길 원했습니다.

그런 상담 후 환자나 가족은 제게 찾아오질 않아서 더 이상의 진척 상황을 알 수 없습니다. 수 년간 잘 알고 있다고 생각했던 환자의 모습은 그야말로 피상적인 모습이었습니다. 그 내부의 무서운 모습은 보지 못하고 겉으로 나타난 예의바름에 속아서 환자의 속을 들여다보지 못한 저의 실책을 탓하기에는 너무 늦은 감이 있습니다. 제게 속을 드러내지 않은 환자도 문제가 있지만, 그 속을 간파하지 못하고 늘 쫓아다니던 보호자의 초조함도 단 한 번 의심하지 못했던 저의 무능함을 깨닫는 순간이었습니다. 그런 이야기를 듣고 난 후 자꾸 환자의 얼굴과 행동이 떠오릅니다. 다시 한 번 얼굴을 본다면 다른 마음으로 그에게 접근하고 좀더 진지하게 그의 마음을 들여다볼 텐데, 보호자의 단독 방문 이후에는 찾아오지 않는 것이 자꾸 마음에 걸립니다. 혹시 모든 일을 의심하고 있는 환자에게 무슨 해를 당하지 않았나 하는 걱정도 됩니다.

사람을 마주하며 이야기를 해도, 한 사람의 진실을 안다는 것은 너무도 어려운 일인 것 같습니다. 자신이 안다는 상대의 모습은 기껏해야 자기에게 필요한 정보로 상대의 모습을 재단해 정리해 놓은 각색된 모습입니다. 이러한 선입견이 상대를 영원히 다른 모습으로 알게 되고, 그렇게 많은 사람들이 각색된 모습으로 제 곁을 지나갔을 것이라고 생각하니 더욱 이 일이 어려워지는 것 같습니다.

사람의 마음속, 참으로 깊고 깊습니다. 수술을 하다 보면 심장의 위치는 불과 피부에서 10여 센티미터도 안 떨어져 있는데 말입니다.

제4부
환자를 생각하며

우리에게 지금 어려운 일이 있어도 이를 극복할 수 있는 것은
언젠가는 지금보다 나아지리라는 희망이 있기 때문입니다.
어떤 어려움도
죽음을 마주하는 병마에서 일어나는 환자들의 어려움보다는 못할 테니 말입니다.

알고 지은 죄, 모르고 지은 죄

지금 중환자실에 환자 하나가 누워 있습니다. 그저께 밤에 순찰차에 의해 발견되어 병원으로 급히 이송된 환자로 택시 기사였답니다. 손님을 태우고 목적지로 가던 도중 손님이 갑자기 강도로 변해 기사를 위협하고 상해를 입힌 후 도주했습니다. 환자의 오른쪽 목은 가해자의 면도칼에 의해 절단이 되어 우측 경정맥과 기관지가 심한 손상을 입었습니다. 다행히도 동맥 손상이 적어 환자는 병원에 도착시까지 생존하기는 했지만, 혈액을 흡입하여 폐가 손상된 상태였습니다. 이로 인해 질식사의 위험에 노출되어 응급실에서 심정지가 일어나서, 의사들의 심폐 소생술로 극적으로 살아나 중환자실로 이송이 되었습니다.

지금은 의식이 돌아와 다행이지만, 기관지가 지저분하게 절단이 되어 기관 절개를 통해 호흡을 하고 있습니다. 앞으로 수술을 계획하고 있지만, 기관지 수술은 현대 의학으로도 합병증이나 후유증을 완전히 없애기 어려워 많은 고비를 남겨 놓고 있습니다. 단순히 돈을 빼앗기 위해 남의 일생을 바꾸어 놓는 이런 행위를 생각하면 참으로 기가 막힙니다. 사회가 악해지면서 악한 행위가 기승을 부리지만, 자신의 순간적인 필요에 의해 남의 목숨을 노리는 행위를 제 눈앞에서 보는 것은 참기 힘든 일입니다.

환자는 기관 절개를 해놓아서 말을 못 하고 누워 있습니다. 건장한 남자가 졸지에 자신의 앞날을 알 수 없는 장벽에 부딪힌 것입니다. 누워서 자신의 모습을 생각하는 환자의 심정은 참으로 암담하리라 생각합니다. 앞으로 이어질 수술의 결과를 미리 걱정할 필요는 없지만, 현재는 자신의 건강한 생활을 송두리째 빼앗긴 것입니다. 우리의 앞날은 아무도 모릅니다. 병마가 야금야금 자신의 몸을 갉아먹을 때에도 잘 모를 수 있습니다. 또 이번처럼 남의 손에 의해 갑자기 시련이 닥칠 수도 있습니다. 재앙이나 불행은 예고를 하지 않습니다.

한낱 작은 면도날 하나가 한 사람의 일생을 변화시킬 수 있다는 것이 기가 막힙니다. 그 작은 칼로 환자의 생명을 노렸고, 저희는 작은 칼로 그 환자의 생명을 건졌습니다. 같은 기구로 정반대의 일을 하는 것입니다. 무엇이 중요한 것이 아니라 누가 그것을 사용하는가가 중요합니다. 20대 남자로 추정이 되는 강도는 환자가 인상착의를 불러 주어 경찰이 조사에 들어갔습니다. 만일 잡히면 왜 그런 일을 행했는지 물어 보고 싶습니다. 그리고 정말 그 일이 남의 생명을 노릴 정도로 중요한 일인지 묻고 싶습니다.

아니면 가해자의 의도와는 상관없이 갑자기 위협이 상해로 변화되었을 수도 있겠지요. 그런 단순한 자신의 생각으로 남의 생명을 빼앗는 살인죄를 지을 뻔했습니다. 자신이 알고 지은 죄로 인해 평생을 힘들어하며 살아가는 사람들이 있습니다. 그러나 자신의 행동이 남에게 얼마나 아픈 상처를 주고, 남의 일생을 좌절시켰는지 모르고 사는 경우도 있습니다. 어느 날 우연히 남의 입을 통해 과거 자신의 잘못을 들었을 때의 심정을 누구나 한 번쯤은 느껴 보았을 것입니다. 나의 행동이 그렇게 남에게 치명적이었나를 생각케 하는 경우도 있습니다.

알고 지은 죄, 모르고 지은 죄로 인해 누군가 고통을 당하고 살아간다면 나의 삶을 마감하기 이전에 생각이 나기를 바랍니다. 그리고 가능한 한 그 사람을 찾아가 사죄하고 나서 생을 마감할 시간과 기회가 주어지기를 바랍니다. 또 욕심이 있습니다. 그 아픔을 제 앞에서 용서해 준다는 말을 듣기를 바랍니다.

그 가해자가 얼른 잡히고, 그러한 죄를 환자에게 와서 빌 수 있기를 기대해 봅니다. 물론 우리는 환자의 쾌유를 위해 최선을 다해야 하겠지요.

참을 수 없는 단조로움의 가벼움

얼마 전 홀트 여사가 돌아가셨다는 기사를 접했습니다. 몇 년 전 홀트아동복지재단의 아이들을 방문했던 기억이 납니다. 우리가 가본 곳은 정상아들이 아니고, 모두 뇌성마비 등의 병을 앓아 문제가 있었던 아이들이 있는 곳이었습니다. 그 중 한 아이는 태어나면서부터 양측 안구가 없어서 선천성으로 장님이었습니다. 그 아이를 들어서 안아 준 순간, 얼마나 제 가슴에 파고드는지 속으로 당황했던 기억이 납니다. 정과 체온에 굶주려 있던 그 아이는 필사적으로 내게 매달려 잠시도 떨어져 있지 않으려 했습니다. 나중에 다른 곳으로 이동하기 위해 그 아이를 내려놓으려 해도 여간해서 떨어지지 않으려 하는 바람에 애를 먹었습니다. 눈도 뜨지 못하는 그 아이의 울음을 뒤로 하고 발길이 떨어지지 않았습니다.

다른 곳으로 이동하여 설명을 듣는 순서가 있었습니다. 그 복지재단의 훌륭한 점이나 활동 상황은 모두 다 알고 있는 사실이기에 제가 더 이야기할 필요는 없을 것 같습니다. 그 중의 한 청년 이야기를 하려고 합니다. 그 청년은 뇌성마비로, 걸음걸이도 부자연스럽고 뇌의 발육도 일반 청년보다 많이 떨어진 상태였습니다. 청년은 어린 시절부터 그 재단에서 양육되어 이제는 사회로 나가야 하는 나이가 되었음에도 불구하고, 신체적인 조건상 사회 활동이 어려워 그 재단에서 직원으로 채용하여 끝까지 데리고 있기로 한 사람이었습니다.

청년은 우리 일행을 보더니 반갑게 미소를 띠며 인사를 했습니다. 인사하는 얼굴이 그렇게 해맑을 수가 없었습니다. 그 청년의 일은 그곳 재단내를 돌아다니며 담배 꽁초를 줍는 일입니다. 하루 종일 담배만 줍고 있는 그 청년의 표정은 천사의 얼굴과 같았습니다. 그리고 자신이 무슨 일을 해서 월급을 받는다는 사실을 너무도 자랑스럽게 여기고 있었습니다. 그곳 직원의 설명이 이어졌습니다. 누구도 이 청년만큼 이 일을 성실히 수행할 수 있는 사람은 없다는 것입니다. 아마도 정상인에게 그런 일을 매일 하라고 시키면 거의 모든 사람들이 자신의 자존심, 일의 단조로움, 자신의 가치관 등을 생각하여 며칠을 지속하지 못할 것이라는 말입니다.

설명을 듣는 순간 나 자신을 그 청년과 비교해 보았습니다. 그 청년보다 분명 모든 면에서 많은 재능을 부여받았지만, 그 청년만큼 성실하게, 또 즐겁게 일을 해왔는지에 대한 반성이었습니다. 자신이 없었습니다. 누군가 강제성을 띠고 저에게 일을 강요한다고 해도 며칠을 견뎌내기 힘들 것 같았습니다. 자신에게 맞는 일의 분량, 일의 어려움이 분명 존재한다는 사실을 알았습니다. 그 청년에겐 자신의 존재 가치를 찾을 수 있고 자랑스러운 일이 일반인들에겐 가장 어려운 일이 될 수도 있다는 사실입니다. 대개 똑똑할수록 단조로운 일에 쉽게 싫증을 내고 화를 잘 냅니다. 자신의 크기에 맞는 일의 분량을 여러분들은 어떻게 가늠합니까?

하고 있는 일이 어느 날 귀찮고 짜증이 난다면, 자신의 능력과 일의 난이도를 재어 보십시오. 그리고 자신의 일이 조금 능력에 부친다고 생각이 될 때, 그래서 그 일이 힘들다고 느낄 때 바로 그때가 자신에게 가장 잘 어울리는 일이라고 생각합니다. 어려움보다 때로는 단조로움이 나 자신을 파괴시키는 주범일 수가 있기 때문입니다.

청년의 해맑은 웃음은 어느 철학자의 미사여구보다 저에게 강렬한 메시지를 던져 주었습니다. 지금도 어느 구석을 다니면서 자신에게 부여된 일을 하나님께 감사드리고 웃고 다닐 그 청년을 생각해 봅니다.

전공의를 위하여

오늘 이메일을 읽으면서 생각에 잠겼습니다. 지금은 한참 의약 분업 문제로 의료 대란을 겪고 있는 시기라서 모든 전공의들이 병원을 떠나고 스탭들만이 외로이 병원을 지키고 있습니다. 내가 진정 주변 사람들에게 최선을 다했는가를 생각해 보았습니다. 지금 병원을 나간 우리 과 전공의가 그간의 마음을 글로 표현한 것을 읽으면서, 대화로 나누던 것과는 다른 감정을 느꼈습니다. 그렇습니다. 내 제자도 의사이기 이전에, 전공의이기 이전에, 인간이고 한 집안의 가장이고 한 아내의 남편이라는 사실을 애써 잊었고 그렇게 지나갔었습니다.

전공의 시절 너무도 혹독하게 고생을 하고 의사가 되었기 때문에, 그 기억의 그늘에서 늘 오늘을 대비하여 보기 때문에, 나도 모르게 기성 세대의 나태함과 무관심을 내 아랫사람들에게 그대로 반복하고 있었던 것입니다. 우리들도 의사이기 이전에 여름이 되면 놀러 가고 싶고, 집안에도 일이 있고, 자신의 아픔도 간직하고 사는 평범한 인간이라는 사실을 잊고 살았습니다. 과거 우리 나라의 시대 논리는 개인의 이익보다는 집단의 중요성을 앞세웠기 때문에, 개개인의 작은 문제는 그대로 대의에 휩쓸려 넘어가는 그런 논리가 팽배해 있습니다. 늘 듣고 살아서 세뇌된 이야기들이 있습니다. "의사는 이래야 한다" "비상 시국에는 이렇게 행동하면 안 된다". 이와 비슷한 논리는 늘 윗사람들의 이론입니다. 분명 아랫사람들의 논리도 옳은 말이 있을진대, 대부분의 논리는 연장자 순으로 옳은 것이 한국 사회입니다.

얼마 전 내 제자의 아내가 유산했다는 이야기를 듣고는 그저 안됐다고 한마디 하고 넘어갔습니다. 그날도 우리는 응급 수술을 하고 있었지요. 집에 보내 주고 싶어도 병원에 사람이 부족해서 보내주질 못했습니다. 그로 인해 전공의는 마음에 상처를 입었고 그날 밤 집에 홀로 남겨진 아내를 생각하며 그렇게 울었답니다. 그렇게 몇 년간의 수련 과정을 거쳐야 비로소 한 사람의 의사가 만들어집니다. 그간의 개인적인 어려움은 대개 묵살되고, 알고도 모른 척하고 넘어가게 됩니다. 제게 전공의 시절이라면 까마득하게 오래된 과거의 이야기이지만, 아직도 제 생활이 편안하다고 생각해 보지 못했습니다. 아직도 저는 핸드폰의 벨 소리가 두렵고, 밤에 울리는 전화벨 소리에 반사적으로 일어납니다. 아무리 힘든 군대 생활도 3년이면 끝나지만, 우리의 긴장된 생활은 평생 지속되는 일입니다. 집에 가서도 환자의 상태를 점검하느라 수시로 전화를 합니다.

내가 힘들 때는 남의 힘든 모습에 눈을 뜨기 어렵습니다. 그래서 다른 사람들의 어려움을 잘 돌보지 못합니다. 같은 병원에 근무하는 직원들도 다른 사람의 고뇌와 어려움을 일일이 파악하지 못합니다. 그것이 바로 조직의 맹점이랄 수 있습니다. 어느 한순간 사석에서 자신의 아픔을 털어놓지 않는다면 대부분의 일이 개인의 아픈 과거로 덮여지게 됩니다. 그런 일이 반복되면 나중에는 같은 직장 내의 반목으로 발전하게 됩니다. 윗사람의 어려움이 그런 데 있습니다. 그들의 아픔을 일일이 챙겨 주지 못하는 나태함이 커다란 마음의 상처가 된다는 사실을 알고 있으면서도 방지하는 데 한계가 있습니다.

그저 "미안하다"와 "수고했다"는 말로 넘어가는 대부분의 일들이 한 개인에게는 가장 소중한 일들일 수 있습니다. 같이 고생할 때 마음은 갈라지지 않습니다. 그러나 고생할 시기에 같이하지 못하는 집단은 이미 조직의 힘을 잃어버립니다. 저는 지금 전공의들을 원망하지 않습니다. 그들의 파업은 그들의 미래를 위해 필요하다고 인정하기 때문입니다. 이런 혼란을 야기한 현 사태의 정치적 쟁점이나 문제점을 왈가왈부하고 싶지 않습니다. 다만, 이런 일이 벌어지는 와중에 상처받는 많은 의사들도 하나의 사람이라는 사실, 개인의 욕심이 있는 인간이라는 사실을 잊고 또는 무시하고 넘어가려는 시민 단체, 민심과 정부의 정치 논리가 무서울 뿐입니다.

의사도 분명 사람입니다.

환자의 보호자를 생각하며

언젠가 텔레비전에 방영된 장면이 떠오릅니다. 낙도에 살고 있는 어느 촌로의 가정을 배경으로 한 다큐멘터리였습니다. 90이 다 된 어머니가 60이 넘은 장애인 아들 하나를 데리고 살아가는 이야기였습니다. 중간에 우연히 보게 된 프로라 시작이 어땠는지는 기억이 나질 않습니다. 그러나 중간부터 보아도 그 프로의 메시지는 너무나도 강렬했습니다. 아들은 어떤 연유인지 얼굴만 살아 있고 그 외의 전신이 마비된 상태였습니다. 쓸 수 있는 몸은 얼굴 외에는 아무것도 없이 병상에 누워 있었습니다.

환자의 상태는 40년 이상 그렇게 지속되었던 것으로 기억됩니다. 늙으신 어머니가 혼자 그 아들을 살리기 위해 죽지도 못한다는 한탄을 하면서 밥을 짓는 장면이 눈에 선합니다. 온몸이 망가진 아들을 위해 그 곁을 지키는 눈물겨운 장면에 시청자들이 놀랐을 것입니다. 아들은 유일하게 움직이는 얼굴과 입을 통해 어머니와 대화를 하고, 그 입에 막대기를 물고 천장에 특수한 방법으로 매달은 성경책을 한 장 한 장씩 넘기면서 읽고 있었습니다. 그런 아들을 위해 동사무소에서 매달 주는 작은 보조금을 주머니에 넣고 항구로 나가 생선을 사는 어미의 모습은 처연하기까지 했습니다. 자기 집 밖의 모습도 기억하지 못하는 아들은 TV 제작진이 설치한 카메라의 도움으로 자신의 집 바깥을 비로소 보게 됩니다. 상상해 보십시오. 자기 집 밖의 풍경을 전혀 기억하지 못하는 사람의 심정을.

제가 고등학교 시절 내내 가방을 들어 준 친구가 하나 있었습니다. 그 친구는 소아마비로 양 다리를 다 쓰지 못해 지팡이를 의지하고 걸어다니고 있었습니다. 그래서 저는 늘 아침마다 친구의 하숙집으로 달려가서 가방을 들고 같이 등교를 하곤 했습니다. 어느 날 그 친구를 우리 집으로 초대하기로 했습니다. 어렵게 차에 태워서 집으로 데려와 대문을 들어서는 순간, 그 친구의 탄성을 저는 잊을 수가 없었습니다.

한순간 연민을 느끼거나 슬픔을 공유하는 일은 쉽습니다.

그러나 남에 대한 연민이나 슬픔을 지속한다는 것은 어려운 일입니다.

자신의 위로가 큰 도움이 안 될 때에는 더욱 그러하지요.

"야! 이게 개미구나, 이건 송충이고……."

평생을 집 안에서만 지내던 그 친구는 우리 집 뜰에 돌아다니던 곤충을 보고 탄성을 질러댔습니다. 책에서만 보던 곤충을 처음 보는 그 친구의 감격은 저를 또한 놀라게 했습니다. 우리에게는 당연한 일들이 어떤 사람들에게는 신기한 일이고, 우리에게는 당연한 일들이 어떤 사람들에게는 매우 중요한 일이 될 수 있다는 사실을 깨닫는 순간이었습니다. 그 친구와 나누었던 수많은 대화나 일은 대부분 기억이 나질 않습니다. 그러나 그 친구의 탄성은 오랜 기간 동안 제 마음속에 자리잡고 있습니다.

우리 병원에 경추 골절과 많은 부위의 골절이 복합되어 중환자실로 입원했던 환자가 하나 있었습니다. 그 환자는 다른 과에서 치료를 받다가 우리 과의 문제로 인해 전과되어 한동안 우리의 보살핌을 받았습니다. 서두에 TV에서 보았다고 했던 환자와 같은 모양을 하고 있었습니다. 그러나 더 마음아픈 것은 정상인의 삶을 영위하다가 갑자기 장애가 생긴 경우이기 때문에 더욱 견디기 힘들어했다는 것입니다. 처음 다친 시기에 보지 못했기 때문에, 당시의 좌절과 고통을 알지는 못합니다. 그러나 우리 과로 전과되었을 당시에도 환자의 상황은 전혀 나아진 것이 없었습니다.

환자는 기관 절개술을 해놓은 상태이고, 양측 폐는 농흉이 되어 흉관을 삽입해 놓았고, 목 아래 부분으로는 움직일 수가 없어서 뼈만 남은 몰골이었습니다. 정말 의사로서도 염증 조절 이외에는 손을 대기 어려운 상황이었습니다. 그 상태에서도 웃을 수 있는 환자에게 저는 경이로움을 느꼈습니다. 부인은 도망을 가고 남아 있는 보호자는 어머니 혼자였습니다. 회진 시간이면 그래도 미소를 머금고 인사를 하는 환자에게 오히려 우리는 위안을 받았지요. 시간이 경과되면서 우리는 그 환자의 변화 없음에 둔감해지기 시작했고, 아무것도 해줄 일이 없는 환자가 되어 버렸습니다.

한순간 연민을 느끼거나 슬픔을 공유하는 일은 쉽습니다. 그러나 남에 대한 연민이나 슬픔을 지속한다는 것은 어려운 일입니다. 자신의 위로가 큰 도움이 안 될 때에는 더욱 그러하지요. 저는 그 환자에게 책과 테이프를 가끔 사다 주고 위안이 되길 원했습니다. 세월이 가면서 그의 아픔에 오랜 동안 동참하기가 어려움을 알았고, 그렇게 환자는 치료를 중단하고 퇴원을 했습니다. 그리고는 한참 후에 다시금 입원을 했습니다. 그때에도 병의 정도는 전혀 차도가 없었습니다.

이렇게 어려운 난치병이나 만성병으로 고통을 당하는 환자들이 많이 있습니다. 선천적이건 후천적이건 주변의 가족은 환자와 더불어 고통을 나누고 있습니다. 우리 의료진의 도움은 일시적이지만 그들의 아픔은 오랜 동안 지속됩니다. 그들의 헌신과 노고에 깊은 찬사를 보냅니다. 간병을 해보지 않은 사람들은 잘 모르는 고통을 그들은 감내하고 있기 때문입니다.

마음의 함정

마음의 편견은 참으로 무섭습니다. 자신의 눈을 가려 자칫 커다란 실수를 하게 합니다. 우리도 환자에 대해서 선입견을 가지고 보기 시작하면 다른 질병을 놓치는 경우도 생깁니다. 사람들은 종종 여러 가지 질병을 복합적으로 갖고 있을 수 있는데, 그 중 대표적인 병에만 치중하다 보면 다른 병을 놓치는 수가 있지요.

미국의 어느 유명한 목사님 이야기입니다. 그분이 하도 유명해서 많은 성도들이 그분의 설교를 듣기 위해 각지에서 몰려왔답니다. 그래서 성회는 연일 만원이었습니다. 어느 날 목사님이 예배 시간에 좌석의 맨 앞줄에 앉아 있는 노부부를 보았습니다. 그런데 그 중 할아버지 한 분이 설교 도중 내내 조는 것이었습니다. 그래서 이 목사님은 마음이 언짢았습니다. 자신의 설교 시간에 졸고 있다는 것이 불쾌해서 설교 도중 자꾸 그쪽이 신경쓰였습니다.

예배를 마친 후 그 노부부가 목사님을 찾아갔을 때에도 목사님은 따뜻한 마음으로 그들을 맞이하지 못했습니다. 그런데 할머니가 목사님에게 다가와서 하는 말이, "목사님! 오늘 설교 말씀이 너무 좋았습니다" 하는 것이었습니다. 그러나 목사님은 할아버지의 졸음을 보았던 터라 흔쾌히 그들의 감사에 반응을 하지 못했습니다. 할머니의 말이 이어졌습니다.

"우리 영감은 암으로 이제 생이 얼마 남지 않았습니다. 그래서 오늘은 마지막으로 목사님의 말씀을 듣기 위해서 먼 거리를 차를 타고 왔습니다. 예배 시간 내내 통증이 심해 마약을 맞은 터라 약 기운을 이기지 못하고 눈을 감고 있었습니다. 그러나 우리 영감님은 목사님의 말씀으로 마음의 평안을 찾고 이제 죽음을 맞이할 수 있다고 했습니다. 감사합니다."

목사님은 노부부를 붙잡고 마음속으로 깊이 회개를 했답니다. 자신의 편견으로 그 노부부를 보았을 때와 사정을 알고 난 뒤의 노부부의 모습은 천지 차이로 보였던 것입니다. 노부부가 달라진 것은 아무것도 없습니다. 달라진 쪽은 목사님의 마음이었던 것입니다.

어느 날 제가 고속도로 휴게소에 들러 화장실에 들어갔을 때의 일입니다. 어떤 남자가 화장실의 한 구석에서 변기 위에 한쪽 다리를 올려놓고 삐딱하게 서서 일을 보는 것이었습니다. 저는 순간 그의 태도가 못마땅해 욕을 했습니다. 물론 마음속이었지만 그의 행동을 미워한 것이 사실입니다. '짜식! 폼 잴 데가 없어서 화장실에서 일을 보면서 폼을 재?' 하고는 그를 나무랐지요. 그런데 일을 다 본 그 남자가 돌아서 나가는데 보니까 한쪽 다리가 짧은 소아마비였습니다. 저는 순간 얼굴이 화끈해 눈을 둘 데가 없었습니다. 화장실을 나오면서 그의 뒤를 물끄러미 바라보며 위의 목사님 이야기를 떠올렸던 것입니다. 익히 알고 있는 이야기지만 자기에게 그런 일이 닥치니 역시 같은 실수를 저지르고 말았습니다. 우리에게 보이는 피상적인 일로 남을 평가한다는 것이 얼마나 위험한 일인지 모릅니다. 면식도 없는 그 남자를 마음속으로 욕한 사실이 부끄러워 저는 한동안 이 일을 마음의 교훈으로 담아 두었습니다.

남을 바라보는 눈은 얼마나 간교한지 모릅니다. 자신에게 도움이 되는 자와 그렇지 않은 자를 정확하게 구분해 자신에게 이득이 되는 자는 곱게 보고, 그렇지 않은 자는 밉게 보는 것이 습관이 되어 버린 우리의 생활 모습을 뒤돌아봅니다. 환자를 바라볼 때에도 아랫사람의 보고 한마디로 이유 없이 선입견을 갖게 되는 경우를 많이 경험합니다. 자신과 상관없는 사람도 소문만으로 쉽게 판단하게 됩니다. 우리의 눈을, 우리의 귀를 믿지 맙시다. 그들과 마음으로 부딪쳐 알기 이전의 섣부른 판단은 자신과 남을 망치는 지름길입니다.

비뚤어진 신앙

비교적 젊은 나이에 그 남자는 병원에 실려왔습니다. 그 동안 별반 치료를 받지 않아서 몸이 많이 망가진 상태였습니다. 내과에서 진단 후 수술이 필요해 우리에게 전과될 때에도 앉아서 숨을 쉬기가 힘들어 잠을 이루지 못할 정도였습니다. 그 남자의 병명은 결핵성 심낭염이었습니다. 그 병이 오래 진행되어 심낭의 유착이 매우 심해져서 심장을 밖에서 옥죄는 양상을 보이고 있었습니다. 마치 심장이 쫄바지를 껴입은 양상으로 외압에 의한 심한 운동 부조를 보이고, 이로 인해 온몸이 붓고 숨이 찬 증세를 보이고 있었습니다.

이렇게 되기까지 어떻게 치료를 받지 않았는지 궁금했습니다. 게다가 나이가 많은 환자도 아니고 자신의 병을 스스로 확인할 수 있는 젊은 청년이었습니다. 나중에야 알게 된 사실이지만 잘못된 신앙과 잘못된 의학 상식이 젊은 생명 하나를 위험한 지경으로 만들어 버렸습니다. 그 청년의 주변에는 어느 기도원의 목사님이라는 분이 있답니다. 그 목사님의 권유로 환자는 이제껏 병원 대신 기도원을 찾았고, 환자는 그 말에 순종해 견디다 견디다 힘들어진 연후에 병원을 찾았던 것입니다.

이렇게 심한 심낭 유착은 수술만이 유일한 대안입니다. 내과적 약물 치료에도 전혀 반응을 하지 않는 상태여서 복수가 심하게 차오르고, 간이 부어서 복압 상승이 심하고, 황달도 심한 상태로 병실에서 앉아 밤을 새우다시피 했습니다. 저는 환자의 보호자를 불러 상황을 설명하고 수술 시기를 앞당겨서 시행하기로 했습니다. 물론 수술의 위험성이나 사망률도 책을 펴놓고 설명하며 정확한 이해를 구해야 했습니다.

수술 당일 아침에 출근을 해보니 환자가 없어졌다는 황당한 보고가 있었습니다. 새벽에 병실에서 없어져서 간호사가 백방으로 찾아봤는데도 찾을 수가 없다는 것이었습니다. 그리고는 이어지는 말이 모 기도원의 목사가 어젯밤 찾아온 사실을 목격했다는 겁니다. 갑자기 사라진 환자로 인해 병원에서는 그간 준비했던 수술을 취소할 수밖에 없었고, 그렇게 며칠이 지나갔습니다. 며칠 후 환자의 보호자가 몇 분 찾아왔습니다. 우리는 그 동안 환자로 인해 마음을 많이 졸였던 터라 다짜고짜 나무라기 시작했습니다. 그들도 가까운 사람들이 아니라 저의 야단에 수긍을 하면서도 어쩔 도리가 없다는 것이었습니다. 그 집안의 다른 사람들은 병원과 의사의 조치에 수긍을 한다는 것입니다. 그러나 일부 가까운 보호자의 고집 때문에 그들도 어쩔 도리가 없다는 것이었습니다. 현대 의학이 모든 열쇠를 쥐고 있는 것은 아닙니다. 우리의 차원에서 고칠 수 없는 병도 많습니다. 그러나 눈에 보이는 치료법을 일부러 피해 가면서 기도에만 의지하면 병이 나을 수 있다는 생각은 잘못된 신앙입니다. 그러한 비뚤어진 신앙으로 환자를 회유해 야밤에 끌고 나간 장본인을 만나 보고 싶었습니다. 정말로 그런 극단적인 사고방식으로 몇 사람을 고쳤는지 알아보고 싶었습니다.

수술의 위험성은 있으나, 무사히 끝나기만 하면 평생을 정상으로 살 수 있는 환자를 그렇게 방치해 놓는다는 사실이 너무도 참기 힘들었습니다. 눈에 보이지 않는 환자와 저를 찾아오지 않는 친 보호자 모두 안타까웠습니다. 저를 찾아온 먼 친척들도 저의 생각과 그리 다르지 않았습니다. 가족내의 몇 사람의 외곬 신심에 모두 질린 듯한 표정으로 연신 제게 잘못을 사과했습니다. 다른 여러 병원에서도 치료를 할라치면 퇴원을 해서 기도원으로 들어간 일이 많았다는 것입니다. 그러면서 환자의 상태는 점점 악화되어 가고 있는 것입니다.

정작 인간에게 무서운 것은 행동이 아니라 그 행동을 당연하게 여기는 이념이나 신앙입니다. 그러한 마음이 잘못되었을 때, 그 사람의 행동은 그 방향으로 가게 됩니다. 어느 분야나 리더는 중요합니다. 그들의 생각이나 신념을 자신의 영향권하에 있는 많은 사람들에게 넣어 줄 수 있기 때문에, 한 사람에게 물리력을 행사하는 행동보다 더 위험합니다. 사람이 가장 약해질 때가 바로 병에 걸렸을 때입니다. 자신에게 다가오는 친절이나 치료의 확신 등을 물리치기 어렵겠지요.

많은 사람들이 수술을 두려워합니다. 물론 아프고 힘든 과정입니다. 그러나 대부분의 수술은 다른 어떤 치료보다도 성과나 예후가 좋습니다. 의사의 입에서 수술하자는 이야기가 나올 때 그것은 그래도 희망이 있다는 말입니다. 대부분의 환자들이 잘못 알고 있는 상식은 수술을 마지막 방법으로 생각한다는 점입니다. 암은 물론이려니와 다른 질병도 수술로 접근하는 경우는 완치나 근치를 목적으로 하는 경우이기 때문에 병의 초기 단계나 중기 단계에서 적용을 하는 것입니다. 정작 수술을 못 할 경우는 병의 진행 정도가 수술로써 치료가 어려운 말기 단계의 경우가 많습니다.

우리 나라와 같이 잘못된 의학 상식과 치료에 대한 방법론이 다양한 나라도 없습니다. 양의학, 한의학, 대체 의학, 민간 요법 등등 치료 방법도 다양합니다. 거기다가 비뚤어진 신앙과 비전문가인 기자의 손에 의해 씌여지는 믿기 어려운 인쇄화된 잘못된 상식도 한몫을 합니다. 어떤 말이 정말인지 구분하기 어려운 시대에서 정작 피해자는 국민들입니다. 그들은 평소에 관심을 덜 기울이다가 자신이 필요한 상황에 다다르면 이 사람 저 사람의 자문을 구한 다음에 병을 키워서 마지막에 도착하는 곳이 병원입니다. 어떤 병이든 초기와 말기는 치료 효과가 다를 수밖에 없습니다. 입으로 전해지는 상식들은 누가 어떤 병으로 어떻게 치료를 해서 좋아졌다는 간단한 이야기입니다. 그 병의 종류나 병의 심도, 어떤 단계 등등은 모두 생략된 경우가 대부분이지요.

현대 의학의 한계점이 분명 존재하듯 모든 방법에는 일부 맞는 부분이 있고 또 잘못 알려진 부분도 있을 것입니다. 그러나 정작 중요한 것은 환자들이 자신의 병을 가지고 쇼핑을 하듯 여러 곳을 전전하다가 병원을 찾아온다는 사실입니다. 많은 병이 증상을 나타내려면 최소한 중간 단계를 넘어서야 됩니다. 그러므로 증상이 있을 때 병원을 방문해도 이르지 않습니다. 그때부터 자신의 생각과 주변 사람들의 말참견으로 생명을 갉아먹는 행동은 자신의 수명을 단축하는 길입니다.

집 나간 아내는 어디 갔을까?

저와 같은 나이 또래의 환자가 한 분 있습니다. 심장 수술을 받은 지 상당한 기간이 되어 비교적 안정된 건강 상태를 유지하고 있습니다. 병원에 올 때마다 이상 유무를 물어도 늘 좋다고 하기에 아무런 이상이 없는 줄 알았습니다. 그런데 어느 날 혈액검사 수치가 나빠서 캐어물었더니 약을 잘 안 먹는다는 것입니다. 병원에 나타나면서 윗주머니에는 담배가 꽂혀 있었습니다.

무절제한 생활과 자신의 건강을 돌보지 않는 습관으로는 아무리 수술 경과가 좋다 하더라도 다시 나빠질 가능성이 있습니다. 저는 환자를 알아듣기 좋은 말로 설득을 했습니다. 그런데 그 환자의 입에서 나오는 말은 의외였습니다.

"부인도 도망갔는데요, 뭐."

대뜸 한다는 말이 그 말이었습니다. 그 남자에게 현재 가장 마음아픈 일이 바로 그 일이라는 뜻입니다. 다른 이야기 중에 환자는 바로 그 말로 자신의 심정을 대변하는 것입니다.

환자가 비교적 건장하고 젊은 나이이기에 저는 전혀 생각지 못한 일이었습니다. 물론 큰 수술을 받고 난 환자들은 당분간 부부 관계가 소원해지고, 때로는 각방을 사용한다는 환자들도 있습니다. 가슴을 열고 수술한 까닭에 아마도 가슴 부위를 누르면 안 된다고 생각을 하는지, 의외로 환자나 보호자는 부부 관계를 겁내는 것 같습니다. 그러나 상처가 아문 뒤에는 정상인과 하등 다를 이유가 없습니다. 가끔 물어 오는 환자들에게는 이야기를 해주지만 구태여 물어 오지 않는 환자들에게는 그런 부분까지 이야기하지는 못했습니다.

그 환자가 수술을 받을 당시 늘 곁에 있던 부인은 어느 날 읍내에 좋은 자리가 있다는 핑계로 작은 술집을 열었답니다. 그로부터 부인의 외유는 시작되었고, 이 환자의 좌절은 더욱 깊어져 결국 이혼을 하고 말았답니다. 아이들을 데리고 어렵게 살아갈 한 남자를 쳐다보니 아무런 위안의 말이 떠오르질 않았습니다. 지금은 주유소 배달원 노릇을 하면서 지낸다는 환자의 얼굴은 가뜩이나 검은 얼굴이 더욱 검게 보였습니다. 그렇게 가정이 파괴된 환자에게 의사들의 작은 충고나 권면이 잘 들리지 않겠지요. 술과 담배를 절제하라는 우리의 말도 다른 모든 생활이 안정된 상태에서 보탤 수 있는 부분이지, 자신의 생활이 흔들리는 환자에게 어찌어찌하면 건강에 좋지 않다는 우리의 말은 마이동풍으로 들릴 것입니다.

부부간의 일은 누구도 모릅니다. 어떤 연유로 집을 나갔는지는 모르지만, 집을 나간 부인을 포기하고 자신의 생활도 반은 포기한 상태에서 살아가는 환자에게 약은 그다지 도움이 되지 않을 것이라는 생각이 듭니다. 우리의 마음이 평안을 찾아야 육체의 건강도 유지할 수 있는 것입니다. 생의 의욕을 잃어버린 환자에게 처방해 주는 약은 그저 억지로 먹는 식어 버린 찬밥 한 덩이와 같을 것입니다. 자식이 둘 딸린 시골의 중년 홀아비. 게다가 심장 수술을 받아서 평생 약을 먹어야 하는 처지. 환자에게 좋은 사람을 다시 만나는 게 어떠냐는 충고가 혀끝에서 더 이상 나오지 않는 이유는 무엇인지요. 저도 그 남자의 매력이나 가치를 외적인 여건에서 찾고 있었던 것은 아닌지요. 생활의 안정을 찾기 위해 좋은 사람을 빨리 만났으면 하는 바람이 있지만, 선뜻 쉽지 않겠다는 생각이 동시에 드는 까닭을 내 눈의 잘못된 선입견 탓으로 돌리고 환자를 내보냈습니다. 그리고는 그의 등 뒤에다 대고 한마디를 덧붙였습니다.

"약은 꼭 드셔야 돼요."

의사로서 할 수 있는 유일한 처방인 것 같았습니다.

수술의 베테랑

십여 년 전부터 우리 병원을 다니던 환자가 한 분 있습니다. 지금 우측 다리의 고관절 골절이 되어 수술을 받기 위해 재입원을 했습니다. 그 환자를 보면서 한 인간에게 얼마만큼의 시련이 와야 끝이 보이는가를 생각했습니다. 그 환자는 처음 하지의 동맥경화증으로 보행이 어렵고 다리가 늘 차가워서 병원을 찾았습니다. 정밀 촬영 결과 양측 하지로 내려가는 동맥이 동맥경화증으로 일부 막히고 일부 좁아져 있었습니다. 그래서 양측 하지에 인조 혈관을 이용해 우회술을 시행했습니다. 수술 후 수 년이 지나 인조 혈관의 내부에도 동맥경화가 진행이 되어 다시 막히기 시작했고, 수 차례 병원을 들락거리며 인조 혈관을 보존하기 위한 조치를 받았습니다. 그러다가 결국은 몇 년 뒤에 그 중 우측 하지의 인조 혈관도 막히게 되어 하지 괴사가 일어나 우측 하지를 절단했습니다. 당뇨가 심해 절단 수술 후에도 상처 치유가 늦어져 애를 먹었습니다.

그 환자의 고난은 거기서 그치지 않았습니다. 다시금 관상동맥에도 동맥경화증이 진행되어 심장병이 겹치게 되었습니다. 이미 다리의 정맥을 다 사용한 뒤라 심장 수술도 여의치 않아 약물 치료로 버텨 나가고 있었습니다. 이런 여러 가지 질병으로 수 년간 지내다 보니 환자의 마음이 피폐해져서 정신 이상을 보이기 시작했습니다. 정신과 치료를 받으면서 환자는 증세 호전이 되었고, 먹는 약에 정신과 약이 추가되었습니다. 한쪽 다리가 절단되고 잘 걷지를 못하는 까닭에 이제는 환자의 좌측 다리에 정맥 환류 이상으로 심부정맥혈전증이 생기기 시작해 다시금 입원 치료를 받은 것이 바로 몇 달 전입니다.

외래로 다니면서 의족을 끼우고 불안하게 걷는 환자를 보면 측은한 마음이 듭니다. 얼마나 시련이 오래 가야 하나를 생각하게 됩니다. 그러다가 이번에 의족이 땅에 끌리면서 넘어져 그나마 조금 남

모든 어려움을 초극한 듯한 그 환자의 얼굴은

제게 많은 것을 가르쳐 주는 도인처럼 보였습니다.

아 있던 우측 다리마저 고관절 골절이 된 것입니다. 그 환자의 차트는 너무 두꺼워서 이제는 한 번에 볼 수도 없습니다. 입원 병력만 수십 차례가 되기 때문에 그렇습니다. 그 환자의 일생만큼이나 닳아 버린 듯한 차트의 사면 귀퉁이는 너덜너덜합니다. 환자의 육신은 그렇게 만신창이가 되었는데, 이런 사람들에게는 예외 없이 보살피는 보호자가 뚜렷하지 않습니다. 늘 병실에는 환자 혼자 앉아 있습니다.

제게는 수술을 빨리 해달라고 졸라댑니다. 이제는 수술을 두려워하지도 않는 것 같습니다. 이번 수술은 정형외과 소속이라고 설명을 해도 자신을 가장 잘 아는 제게 졸라댑니다. 그래도 정이 붙어서 제 얼굴을 보면 반가운가 봅니다. 한 가족처럼 병원을 드나들면 병원에도 정이 붙을 수 있는지 의문입니다. 대부분의 환자들에게는 병원은 아무리 오래 다녀도 정이 붙지 않는 장소인데 말입니다.

의료 대란으로 정규 수술이 중단된 지금, 환자는 병실에 앉아 수술을 기다리고 있습니다. 그래도 빨리 나아서 다시 퇴원을 해야 한다는 희망을 보이는 환자의 얼굴은 불가사의할 정도로 평안해 보였습니다. 모든 어려움을 초극한 듯한 그 환자의 얼굴은 제게 많은 것을 가르쳐 주는 도인처럼 보였습니다.

자랑스러운 직업

병원에서 밖에 나갈 일이 있어서 택시를 탔습니다. 기사분이 도중에 말을 걸기 시작했지요. 기사분의 나이는 50대 후반으로 보였습니다. 그분 말의 요점은 자기의 직업에 만족한다는 것이었습니다. 이제 그 나이가 되면 대부분의 직종에서 남자들이 정년퇴임을 준비하거나 이른 경우 퇴임을 해버린 나이에 해당이 됩니다. 주변의 친구들과 갖는 모임에서 일어나는 해프닝을 제게 일러 주는 것이 같은 남자로서 아마도 마음의 동의를 구하기 위해서일 것입니다.

과거 자기 친구들이 대기업의 간부나 공직자 생활을 했을 시절에는 모임에 나가면 자신의 직업으로 인해 공연히 심적인 열등감으로 힘들어했답니다. 그러나 이제는 많은 친구들이 퇴임을 하고 하릴없는 신세가 되어 모임에 나가면 자신을 부러워한다는 것입니다. IMF 시절을 겪으면서 많은 사람들의 정년퇴임이 앞당겨졌습니다. 그들은 이제 집에서 다른 직업을 찾지도 못하고 놀고 지내는 신세가 되었습니다. 아침에 일어나면 할 일이 없어 부인의 눈치를 보며 어디든 나가려고 친구들에게 전화를 한다는 것입니다. 그러면서 그 기사분은 자신이 지금 일을 갖고 있고, 이렇게 떳떳하게 돈을 벌고 있다는 것이 너무도 행복하다고 했습니다. 어느 날 계를 하려고 모임을 갖는데, 한 친구가 늦어서 많이 기다리고 있었답니다. 그런데 나중에 헐레벌떡 뛰어오면서 하는 말이 "마누라에게 용돈을 타서 나와야 하는데, 차마 입이 떨어지지 않아 쭈뼛거리다가 늦었다"는 것입니다. 그는 분통을 터뜨리는 친구를 달래 주어야 했습니다. 가정에서도 경제권을 잃어버리면 남자는 특히 사소한 문제에도 비굴해지는 마음이 들 수 있습니다. 같은 돈을 사용해도 누구의 손에 의해 그 돈이 집행되는가에 따라 우리의 마음은 떳떳할 수도 아닐 수도 있습니다.

환자의 경우도 자신이 경제권을 갖고 있는 환자와 그렇지 못한 환자의 상황이 너무도 다릅니다. 주변의 보호자들도 경제력이 있는 환자에게는 잘해 줍니다. 그러나 일부 경제력이 없는 노인이나 어른 환자에게 잘해 주는 데에는 한계를 노출하게 됩니다. 장기 입원의 경우에는 더더욱 그 차이가 심해집니다. 이렇게 우리 인간의 마음은 외적인 여건에 많은 영향을 받게 됩니다. 환자들이 이러한 불안에서 해방이 되려면 모든 분야의 의료보험이 실현되어야 합니다. 은행을 살리고 한 기업을 살리기 위해 공적 자금을 수조 원씩 투자하면서 의료보험 실현에는 돈을 아끼는 정책으론 진정한 의미의 복지 구현은 먼 나라 이야기일 뿐입니다.

외국의 의료보험은 진정한 의미에서 돈이 없어서 치료를 못 해 생명의 위협을 느끼는 사람이 없게 만드는 것이 목표입니다. 우리나라의 의료보험에는 정부의 투자가 전무합니다. 그저 국민들의 보험료를 받아서 충당을 하려니 이렇게 어렵고, 의사와 국민들을 괴롭히는 괴물로 성장을 하게 되었습니다. 국민들에게 복지 구현을 한다는 겉으로 보이는 실적에 급급해 과감한 투자를 생략한 채 적은 비용으로 흉내를 내려는 실정입니다. 진정한 의미의 의료 복지 실현을 위해 정말 정부의 의지를 보여주는 그런 날이 오기를 기대합니다.

잘못된 생각들

동맥관개존증으로 45년간을 살아온 환자가 있었습니다. 한 집안의 주부로, 한 남자의 아내로 살아왔습니다. 그러나 이제는 병이 심각해져서 일상 생활을 하기 어려운 상태가 되었습니다. 이 병의 자연 생존 연령이 평균 40세 정도이니 평균 여명을 이미 지나가고 있었습니다. 선천성 기형을 갖고 살아온 것이기 때문에 병을 자신의 나이만큼 갖고 살아온 셈이 됩니다. 폐동맥 고혈압이 심하게 생겨 가만히 있어도 숨이 많이 차오릅니다. 일상 생활은 할 수가 없는 상태였습니다.

수술을 하기로 결정했지만 그 방법이 문제였습니다. 일반적인 방법으로는 수술 위험이 높아서 불가능해진 상태입니다. 할 수 없이 인공 심폐기를 가동해 부분 환류를 하면서 석회화가 심하게 진행된 동맥관을 피하기로 했습니다. 그러나 수술 도중 심장 기능이 떨어지기 시작하면서 혈압이 낮아지기 시작했습니다. 급하게 수술을 서둘러도 어느 정도의 시간을 소비할 수밖에 없는 상황입니다. 입에서 침이 바짝 마르기 시작했습니다. 서둘러 수술을 마치고 혈압을 상승시켰으나 뇌에 저산소증과 신장의 허혈 기간이 길어져 소변량이 급격하게 떨어지기 시작했습니다.

환자를 중환자실로 이송해 중환자 관리에 들어갔으나, 우리의 기대처럼 쉽게 회복이 되지 않았습니다. 오랜 기간 중환자실에서 생활을 해야 했습니다. 처음에는 고분고분하게 말을 잘 듣던 환자의 남편이 어느 날부터 태도가 바뀌기 시작했습니다. 제 방을 들어오면 우선 책상을 내려치기 시작했습니다. 책을 내던집니다. 가끔은 멱살을 잡고 욕을 하기도 했습니다. 저는 모든 수모를 당하면서도 책임 의식이 있기에 아무런 말도 못 하고 있었습니다.

"나를 때려서 환자가 좋아지면 때리십시오!"

저의 항변이었습니다. 최선을 다하고 있는 의사를 매일 찾아와 이렇게 못살게 굴면 환자가 좋아지는지 묻고 싶었습니다.

수술은 누가 뭐라 해도 생명에 칼을 대는 행위입니다. 칼을 대는 이상 환자의 생명에 대해 직간접으로 책임이 생기는 것은 당연합니다. 폭탄을 만지는 사람이 뇌관을 건드리게 됩니다. 환자를 건드리는 의사가 환자에게 위해를 가할 수 있습니다. 그러나 그것이 무서워서 환자를 피하고, 수술을 기피하면 누가 환자를 치료하겠습니까? 폭탄이 터질까 무서워 곁에 가지도 못하는 사람이 폭탄 제거반의 실수로 폭탄이 터졌다고 해서 그들을 욕할 수 있습니까? 이 나라는 환자가 무서운 나라입니다. 보호자가 무서운 나라입니다. 판사가 무섭습니다. 의사의 과실이 아니라는 것을 증명하지 못하면 무조건 의사의 잘못으로 돌립니다.

어느 나라이고 환자는 있습니다. 그렇지요. 그러나 그 많은 나라에서 환자들이 죽을 때마다 이렇게 담당 의사를 못살게 굴고, 병원 앞 플래카드에 살인마라고 쓰고, 경찰은 와서 관망하고, 의사들은 살인자가 되어 도망다니고, 욕을 먹고 그러는지 모르겠습니다. 그런 일이 겁이 나서 큰 병원으로 환자를 이송하면 진료 거부가 되고, 붙들고 치료하다 환자가 잘못되면 살인자가 되는 나라. 이러지도 저러지도 못하는 그런 막다른 길로 의사들을 내모는 그런 나라의 인식과 민심의 이반이 미워집니다. 장례식장을 돌아다니면서 정보를 입수해서 병원 앞의 농성을 조장해 주고 제 몫을 챙기는 브로커가 판을 칠 수 있는 나라. 그런 사실을 아는지 모르는지 그냥 관망하는 행정. 이 모든 일들이 그냥 싫어집니다.

의과대학에서 환자 치료만 배웠지, 환자 보호자가 이렇게 나오면 이렇게 하라는 식의 대응 방법은 배우지 못했습니다. 의사들은 법에도 문외한이 많습니다. 그런 여러 가지 세상일을 배우기엔 너무도 배울 과목이 많고 그 과목에 허덕이면서 6년을 보냅니다. 그러나 막상 임상에서 부딪히는 일은 환자 치료보다 보호자 설득에 더 많은 시간이 들고, 매스컴에 길들여진 일반인을 설득하는 일이 환자를 보는 일보다 몇 배나 힘들다는 사실은 잘 모를 겁니다. 순수하게 환자만을 보고 살려는 욕심이 세월이 가면서 하나둘씩 꺾여져 나갈 때, 우리의 마음은 진정 참의료와는 거리가 멀어지는 아픔을 느낍니다. 한 개인의 마음으로는 돌이킬 수 없는 시대의 아픔을 혼자 꿋꿋이 지키다가 쓰러져 나가는 의료인들이 여기저기에서 나오고 있습니다.

어느 분야나 욕을 먹을 수밖에 없는 사람들은 꼭 존재합니다. 그러나 한 사람을 보고 그 직업 전체를 매도하는 그런 사회에서는 진정한 의미의 민주주의는 요원합니다. 일부 언론의 잘못된 아집과 편견을 보고 모든 언론을 매도하는 것이 옳지는 않겠지요?

남의 눈

멀리 외국에 학회차 나가서 돌아다닐 때, 어디선가 나의 이름이 한국말로 불려진다면 깜짝 놀랄 것입니다. 여행을 한다는 것은 낯선 풍경에 대한 감상도 있지만, 또 하나 자신을 아는 사람이 없다는 것에서 오는 해방감을 느끼기 위해서이기도 합니다. 그만큼 인간은 누구나 자신을 알아주는 사람이 없는 경우 외로움과 소외감을 느끼지만, 거꾸로 자신을 숨기고 싶은 욕망을 동시에 갖고 있습니다.

직장 때문에 지방 도시로 이사 와서 얼마 되지 않았을 때의 일입니다. 한여름에 더워서 노출이 심한 상의와 반바지 차림으로 시내에 식사를 하러 나간 적이 있었습니다. 그후로 며칠새에 그런 차림으로 활보를 하는 저의 모습을 비방하는 소문이 도는 것을 듣고는 내심 많이 놀랐습니다. 보는 눈이 많다는 것을 인식한 사건이었습니다. 그후로 물론 외식을 하러 갈 때에도 그런 차림은 자제를 할 수밖에 없었지요. 잠시 책을 사러 책방에 들러서 책을 보고 있어도 슬며시 다가오는 사람이 있습니다. 그리고는 저를 아는 척을 하는 것입니다. 물론 제게 치료를 받았던 환자이거나 그 환자의 보호자 중의 한 분입니다. 좁은 세계에 살다 보니 자주 부딪히는 사람들이 많습니다.

한번은 급한 일로 기차를 타야 하는데, 성수기라서 그런지 도저히 표를 구하지 못해 애를 먹은 적이 있었습니다. 안 되는 줄 알면서도 편법을 쓰기로 하고 공직에 있는 친구에게 전화를 했습니다. 제 사정을 들은 친구는 자기 이름으로 표를 예매해 놓고 역의 어디를 찾아가서 표를 사라고 말해 주었습니다. 저는 너무 기뻐하면서 역에 도착해 표를 구했습니다.

"아까 전화한 누구누구입니다. ○○에서 왔습니다."

저는 자신 있게 말했습니다. 그랬더니 창구 저편에서 들려 오는 소리는,

"저, 혹시 ○○병원의 이재원 선생님 아니십니까?"

순간 얼굴이 화끈거리고 창피해서 저는 말을 더듬고 쩔쩔매었지요.

이렇게 곳곳에 저를 아는 사람들이 흩어져 있습니다. 이곳은 지역의 특성상 시 경계의 유원지나 시외에 사는 환자도 많이 오십니다. 과내에서 등반대회를 하려고 전화를 해서 부탁을 하면 정말 성의껏 좋은 장소를 안내해 주는 그런 분들도 계십니다. 그들은 우리의 부탁을 오히려 고맙게 생각하고 도움을 주는 시간을 즐겁게 생각하십니다. 반면 이렇게 많은 분들을 안다는 것이 때로는 나의 행동 반경을 제약하고 창피를 당하는 경우까지 만드니 반드시 좋다고만은 못 하겠지요.

누군가 그런 이야기를 했습니다. "법이나 양심보다 더 무서운 것은 주변의 눈이다." 우리 인간은 주변 사람들의 눈을 의식하고 살아갑니다. 특히나 한국 사람은 그런 의식을 유난히 많이 하는 민족입니다. 외국에서 느끼는 개인주의, 사고의 자유로움, 또는 민주주의 이념을 깨뜨리지 않기 위해 남의 시위 행동을 참아 주는 프랑스의 '똘레랑스'—이런 개념이 많이 부족합니다. 평소에 보지 않던

사람이 입원을 해도 당연히 눈도장이라도 찍으러 병문안 가야 한다고 여기는 사람들이 많습니다. 누구나 서로 도움을 주고 살아가야 합니다. 그러나 이를 핑계로 남의 일에 일일이 간섭하거나 역으로 늘 남의 눈을 의식하고 살아야 하는 우리네 사회 풍토는 분명 고칠 점이 있습니다. 사회 곳곳에서 판치는 님비 주의, 자신은 앞장을 서지 못하다가 남이 일어서면 같이 열을 올리는 태도, 남을 단죄함으로 자신의 결백을 증명하려는 듯 다른 계층을 몰아세우는 부류들. 이 모두가 남을 자신의 기준에 맞추려는 잘못된 관행들입니다. 남의 신발을 신어 보기 이전에는 그의 행동을 완전히 이해하기 힘들지요. 자신의 짐작으로 남의 행동을 제약하려는 잘못을 너무도 쉽게 저지르지는 않는지 다시 한 번 생각해 봅니다.

무의식의 인격

중환자실이나 응급실, 또는 회복실에 가보면 시끄러운 경우가 종종 있습니다. 지방의 작은 병원일수록 응급실이 더 시끄럽지요. 동네의 불량배들이 많을 경우 이들의 사고나 싸움으로 인해 싸움판의 연장이 될 경우가 있기 때문입니다. 흔히들 의사라는 직업을 매우 고상한 직업으로 여기는 경우가 많은데 실상은 그렇지 않습니다. 인간의 가장 추한 부분을 당연히 여기며 보아야 하고, 원초적인 말들이 오갈 경우에도 참고 넘어가야 하며, 큰 수술을 할라치면 중노동에 버금 가는 힘을 쓰는 경우도 드물지 않습니다. 다만 그런 일의 결과가 인간의 생명과 직결되는 문제들이기 때문에 결정이 어렵고, 그래서 많은 지식을 요구하는 노동이라는 차이가 있겠지요.

중환자실에 건장한 중년 남자가 입원을 했습니다. 병명은 농약 중독입니다. 사고였는지 아니면 자살 목적인지는 알아보지 않았습니다. 그러나 마신 농약이 매우 치명적인 약이기 때문에 중환자 관리를 아무리 잘한다 해도 생존율이 그리 높지 않을 것입니다. 몸이 괴로우니까 그렇겠지만 자신을 처치하기 위해 침대에 고정하는 것을 참지 못하고 욕설을 퍼부어대는 거였습니다. 남자가 힘을 쓰니 간호사들이 여러 명 달려들었지만 실랑이를 오랫동안 해야 했습니다. 중환자실의 환자들은 대부분 의식이 없는 경우가 많고, 또 장기 환자는 힘이 없기 때문에 조용한 경우가 보통입니다. 이렇게 가끔 들어오는 신환(新患)이 의식이 있기 때문에 오히려 그 분위기를 견디지 못하고 화를 내거나 욕을 하는 경우가 있습니다.

회복실은 방금 수술을 마친 환자들이 병실에 올라가기 전에 마취가 깰 때까지 잠시 머무르는 곳입니다. 완전한 의식이 돌아오기 전에 무의식과 의식의 경계에서 오락가락하는 환자들은 갖가지 표정과 말들을 뱉어내지요. 그때의 모습을 보면 정말 통증을 잘 견디며 지내는 환자도 있지만, 마구 욕을 하거나 몸부림을 치는 경우도 많습니다. 전신 마취라는 것이 사람을 혼미하게 하는 것이기 때문에 저도 막상 당하면 무슨 말을 할지는 모릅니다. 그러는 과정을 거치는 환자들을 보면서 내가 무의식에서 무슨 말을 할까를 생각해 봅니다. 상대방과 말을 해보면 그 사람의 인격을 알게 됩니다. 물론 의식의 세계에서 나누는 대화이기에 거짓일 수도 있고 꾸며낸 말이 많을 수도 있겠지요. 정작 무의식 속에 숨어 있는 그 사람의 생각이나 본능은 어느 정도인지 알 수가 없습니다.

어느 목사님이 수술을 받게 되었습니다. 그래서 수술 전에 그런 기도를 했답니다. "하나님, 제가 마취가 깰 때에 나의 혀를 주장하시어 제발 목사의 신분에 맞지 않는 말이 나가지 않게 보호해 주소서!" 하고 말입니다. 매우 의미 있는 기도라고 생각합니다. 저도 많은 환자들의 회복 과정을 보면서 그런 생각을 수없이 하게 됩니다. 내가 깰 때 나의 마음속에 무엇이 있는지 알 수 있을 텐데 하는 생각을 하지요. 무의식에서라도 나의 마음이 올곧을 수 있는지를 곰곰이 생각합니다. 자신이 없습니다. 정말로 창피하지 않은 무의식을 갖고 살아가는 내가 될 수 있을지 궁금합니다.

소리치는 환자, 용트림을 하는 환자, 욕을 하는 환자—이런 사람들을 모두 당연한 것으로 받아들이면 아무런 문제가 없습니다. 그러나 그렇지 않은 환자들이 있기에 '나도 저런 사람이 돼야지' 하는 다짐을 하고 나의 무의식을 깨끗이 닦기 위해 오늘도 내 속을 들여다보는 노력을 해봅니다.

아픔 뒤의 웃음

교도소에서 교도관으로 근무하던 50대 후반의 남자 환자가 있었습니다. 신체 검사에서 이상이 발견되어 병원에 와서 정밀 검사를 받아 본 결과 폐종양으로 판명이 되어 수술을 받았습니다. 비교적 초기 질환이라서 수술 결과는 양호했습니다. 대부분의 암이 초기에만 발견된다면 이렇게 좋은 결과를 기대할 수 있습니다. 그러나 호사다마인지 아무런 문제 없이 퇴원한 환자가 몇 달 만에 호흡 곤란이 오고 누런 가래가 생겨 다시 병원을 찾았습니다.

진찰 결과 가장 난해한 합병증의 하나로 폐를 잘라내어 생긴 빈 공간에 염증이 생기는 질환이었습니다. 일반 염증과는 달리 폐가 없는 빈 공간에 염증이 생기면 치유가 매우 어렵게 됩니다. 환자에게 다시 입원을 권유하고 농흉이 된 공간에 흉관을 넣어 농을 다 빼낸 뒤에 그 부분을 매일 소독약으로 씻어내는 작업을 하게 되었습니다. 폐쇄된 공간의 염증이기에 잘 낫지도 않고 애를 먹이게 되어 환자들이 지치게 됩니다. 한쪽 폐가 없어서 호흡하기가 어려운 상황에 이런 일이 겹치게 되니 환자는 더더욱 힘들어하게 됩니다. 옆에서 보는 우리들도 안타깝지만 다른 방도가 없었습니다.

몇 주일의 세척 작업이 끝난 후에도 세균이 박멸되지 않아 그곳에 창을 내는 수술을 하기로 했습니다. 자신의 가슴에 구멍을 낸다고 생각을 해보십시오. 보기에도 흉할 뿐더러 그곳을 매일 세척하고 거즈로 막고 그런 일을 몇 개월이고 반복을 해야 합니다. 목욕도 마음대로 하지 못합니다. 불편한 일이 한두 가지가 아니겠지요. 환자의 호흡 곤란이 너무 심해서 때로는 이대로 호흡이 멈추는 것은 아닌가 걱정을 하기도 했습니다. 의사의 입장에서 보는 환자의 고통은 이 정도이지만 환자의 입장에서 고통을 묘사하라면 아마도 죽느니만 못하다는 말이 나올지도 모르겠습니다. 매일 병원을 드나들며 치료를 한 후 드디어 세균이 없어진 결과가 나와서 창을 다시 닫는 수술을 하게 되었습니다. 다행히 이번에는 수술 결과가 좋아 환자는 무사히 퇴원을 하고 자신의 직업으로 복귀하게 되었습니다.

환자는 수술 후 몸이 회복되어 체중도 불고 영양 상태도 양호해져 이제는 비교적 건강한 상태를 유지하고 있습니다. 장장 일 년 이상의 통원과 입원 치료를 거듭한 결과입니다. 우리는 너무 기뻐서 힘든 과정을 극복한 환자에게 퇴원시에 파티를 해야 한다고 바람을 넣기도 했지요. 그래도 그 어려운 과정을 극복하고 목욕할 수 있는 몸으로 퇴원하는 환자의 모습은 기쁨으로 들떠 있었습니다.

이제는 어쩌다 한 번씩 정기 검진을 위해 오시는 그 환자를 볼 때면 이런 생각이 듭니다. 아무리 어려운 과정도 시간이 지나가면 저렇게 웃을 수 있구나 하고요. 우리에게 지금 어려운 일이 있어도 이를 극복할 수 있는 것은 언젠가는 지금보다 나아지리라는 희망이 있기 때문입니다. 어떤 어려움도 죽음을 마주하는 병마에서 일어나는 환자들의 어려움보다는 못할 테니 말입니다.

당당한 노인

알프스의 고봉을 올라가는 케이블카를 탔습니다. 좋은 자연 경관과 시원한 바람, 맑은 공기. 무엇 하나 탓할 것이 없는 좋은 환경이 부러웠습니다. 올라가는 사람이 제법 많아 커다란 케이블카가 비좁을 정도였습니다. 주위를 둘러보니 제 나이가 제일 젊어 보였습니다. 대부분이 노인들로 구성된 팀이었습니다. 케이블카 안의 몇 개 안 되는 좌석에 앉아 있던 저는 슬그머니 일어났습니다. 그리고는 앞에 서 있던 노인에게 자리를 양보했습니다. 처음에는 가볍게 저의 제의를 사양하던 그 노인은 저의 거듭된 제의에 정식으로 거절의 뜻을 표하고 끝까지 서 있기를 고집했습니다. 저도 그냥 일어난 김에 서서 경치 구경을 하고 올라갔지만, 결국 그 자리는 어느 누구도 앉으려는 사람이 없이 빈 채로 남아 있었습니다. 우리 나라와 많이 다른 그들의 사고를 엿볼 수 있는 기회였습니다. 제가 동양인이기에 그런 제의를 악의로 해석하지 않았으리라 생각은 하지만 그 제의를 결코 받아들이지 않는 그들의 마음 자세는 노인의 당당함을 나타내는 자세라고 생각되었습니다.

산 정상에 올라 사방을 보니 등산객의 대부분이 노인 천국인 그곳에서, 어느 누구도 노인임을 빙자해서 힘들다는 표정을 짓는 모습을 발견하기 힘들었습니다. 다리 관절이 나빠 보이는 어느 노인은 보조 지팡이를 양팔에 끼운 채로 등에 배낭을 메고 천천히 걷는 것이었습니다. 우리 나라의 노인들이 생활하는 모습과는 좀 다른 모습을 보고 약간의 충격을 받았습니다. 가능한 한 남의 도움을 받지 않으려는 그들의 태도는 분명 노인에게 자리를 양보하는 것이 절대 미덕으로 여겨지는 우리네 관습과는 차이를 보이는 것입니다.

여기저기 하나같이 배낭을 메고 천천히 산을 오르내리는 노인들을 보고 나이를 짐작하려 했으나, 그것도 쉽지 않았습니다. 그들의 표정과 행동으로 보아 너무도 당당하고 침착한 모습이 나이 짐작을 거부하는 몸짓으로 보였기 때문입니다. 아니, 그들에게는 나이가 그들의 삶의 모습을 변화시키지 못하는 요소로 보였습니다. 평생을 꼿꼿함으로 유지할 수 있는 마음 자세와 또 그것을 당연히 받아들이는 그들의 사회 풍토가 진정한 의미의 평등이 아닐까 생각했습니다. 조금만 나이가 더 들어도 어른으로 대접받으려는 우리의 마음 자세는 조금만 자신의 기대에 어긋나는 아랫사람들의 태도에도 쉽게 격앙되고, 그로 인해 마음의 상처를 입을 수 있습니다.

윗사람을 공경하는 태도는 분명 좋은 풍속이고 아름다운 우리 사회의 근간입니다. 그러나 이런 일의 전제는 자발성입니다. 개인주의가 잘못 확장되는 요즈음의 젊은 세대에게 마음의 기대를 하고 있는 기성인들은 자칫 그들의 태도에 상처를 받기 쉽습니다. 너와 내가 동등한 인격체라는 사실에 근거해서 이유 없는 공경을 거부할 수 있는 용기가 우리에게도 보편화된다면 아마도 좀더 서로에게 비굴하지 않은 공경을 받을 수 있지 않을까 생각해 봅니다.

나를 사랑하는 방법

자신의 삶이 얼마 남지 않았다는 사실을 인지했을 때 당신은 무엇을 하겠습니까? 제가 담당하는 환자는 대개 어려운 질병을 갖고 있고, 수술의 위험성이나 사망률에서 죽음에 가까운 질환을 갖고 있습니다. 그러기에 환자들은 어느 정도는 죽음에 한 쪽 발을 내디딘 상태에서 치료를 받고 있다고 생각해야 합니다. 물론 환자들에게는 희망적인 이야기를 하고 완쾌에 대한 확신을 심어 주는 것이 의사의 사명이고 또 그렇게 해야 하지만, 수술에 따르는 위험성이나 사망률이 상존하는 것도 사실임을 주지시켜야 합니다.

환자가 다른 병원이나 다른 의사에게서 수술 의뢰를 받고 제게 보내어졌을 때, 그간의 검사 결과나 환자의 모습을 일견 보게 됩니다. 환자의 얼굴이나 엑스레이를 보았을 경우에 가슴이 철렁한 경우가 있습니다. 언제나 제 직감이 맞는 것은 아니지만, 대개는 오랜 경험으로 환자의 예후가 짐작되기 때문입니다. 언제나 좋은 결과를 예측하고 그에 따라 치료를 시작하지만, 모든 여건이 객관적인 검사 결과를 가지고 결정되는 것이기 때문에 많은 정보를 제공하는 검사 결과를 믿지 않을 수가 없습니다.

환자는 아픈 가운데에서도 우리에게 미소를 지으면서 좀더 나은 치료를 받기 원하지만, 예후가 좋지 않은 환자를 대하는 의사는 마음속으로 이 병을 어떻게 치료해야 하는가를 먼저 생각하기 때문에 무거운 마음으로 환자를 대하게 됩니다. 환자의 검사 결과를 알고

이제 중환자실에 올라가야 할 때입니다.

수술 예정으로 들어온 환자의 엑스레이에서 일말의 죽음의 그림자를 보고

환자를 집중 치료하기 위해 중환자실로 옮겨 놓았기 때문입니다.

다시금 죽음을 직시하고 정면으로 승부를 걸어야 하겠지요.

내게 지치지 않는 마음을 허락하십시오. 나의 기도 내용입니다.

환자를 대할 때에는 종종 마음에 혼동이 옵니다. 엑스레이나 정밀 검사상 아주 상황이 안 좋은 환자라고 정보를 갖고 회진을 돌았는데 환자의 낯빛이 나의 선입견과 아주 다른 경우가 있습니다. 아주 가벼운 병임에도 병에 대한 무지로 자신의 병을 확대 해석해서 절망에 빠진 환자에게는 위로의 말로 고칠 수가 있기에 기분이 좋습니다. 그러나 반대의 경우에는 환자나 보호자에게 어떻게 말을 꺼내야 좋을지 난감할 때가 있습니다.

사람에게는 누구에게나 주어진 일과 관련된 난관이 있습니다. 그 일을 하는 이상 풀어 나가야 할 숙제가 주어지게 되고, 그 일이 닥칠 때마다 자신의 능력으로 풀어 나가야 하겠지요. 제게 주어진 일은 나 자신의 능력만으로 해결할 수 없는 인간 생명에 관한 일이기에 하나님께 의지하게 됩니다. 인간의 생사를 인간이 주관할 수 없다는 믿음이 있기에 저는 늘 수술하기 이전에 기도를 합니다. 이 환자의 생명도 당신의 뜻대로 주관해 달라고 말입니다. 나의 능력만으로 모든 일을 해결하려 했던 시절은 고통의 연속이었지만, 이제는 모든 결과를 겸허히 수용할 수 있는 방법을 알게 되었습니다. 환자가 잘 치료되어도 교만하지 않고, 환자가 설령 나쁘게 되어도 주어진 일에 최선을 다한 결과라면 마음으로 승복할 수 있는 겸손을 배우게 되었습니다. 환자 하나하나에 매달려 끝없이 나 자신을 학대하던 시절에 겪어야 했던 수많은 좌절에서, 회한에서, 절망에서 나 자신을 먼저 사랑하는 법을 배웠던 것입니다. 의학 교과서에도 없고 어느 선배도 가르쳐 주지 않았던 사실, 누구도 이 아픔을 대신해 줄 수 없다는 냉정한 현실에서, 하나님과의 대면에서 깨달아 나간 소중한 마음의 자세라고 할 수 있습니다.

이제 중환자실에 올라가야 할 때입니다. 수술 예정으로 들어온 환자의 엑스레이에서 일말의 죽음의 그림자를 보고 환자를 집중 치료하기 위해 중환자실로 옮겨 놓았기 때문입니다. 다시금 죽음을 직시하고 정면으로 승부를 걸어야 하겠지요. 내게 지치지 않는 마음을 허락하십시오. 나의 기도 내용입니다.

아이를 바라보는 눈

외국인 부부의 이야기입니다. 자식이 없어서 하나님께 간절히 기도한 결과 그들에게 자식이 생겼습니다. 그러나 부인의 나이가 많아서인지 태어난 자식이 다운증후군이라는 선천성 기형아였습니다. 그 부부는 수많은 날을 하나님을 향해 울고 원망하며 기도했답니다. "왜 우리에게 이런 시련을 허락하시나요?" 하면서 말입니다. 아이가 자라면서 해맑은 모습으로 그 부부에게 기쁨을 줄 때에야 그 부부는 비로소 그들의 간절한 소망이 이루어졌다는 것을 깨달았습니다. 비록 정상아는 아니지만, 그 아이로 인해 그 집안에 주어진 행복이 무엇인지 알게 되고, 그 부부는 감사의 조건을 찾게 되었습니다. 그 아이가 자신들에게 다가온 천사였다고 고백하게 되었습니다. 짧은 세상을 살다 하나님의 부르심을 받은 그 아이로 인해 두 부부는 하나님의 사랑을 깨닫고 진정한 사랑을 알게 되었습니다.

반면 전혀 다른 경우도 있습니다. 남편은 기업의 고위직으로 생활의 어려움이 없는 집이었고 부인은 매우 야멸찬 여자였습니다. 그들에게 자식이 둘이 있었는데 그 중 아들이 문제가 있었습니다. 아이가 아프기 전까지는 도도함으로 뭉쳐져 있던 부인은 세상에 부러울 것이 없어 보였습니다. 그런데 아이가 초등학교에 들어가면서부터 머리가 아프다고 호소했습니다. 검사 결과 뇌종양으로 판명이 되었습니다. 아이의 병으로 두 부부는 거의 이성을 잃을 정도가 되었고 아이의 병을 위해서 온갖 방법을 다 동원해 치료를 했습니다. 병원에 수십 차례 들락거리며 치료를 받았습니다. 아마 『가시고기』라는 책의 아빠와 같은 심정으로 아이를 보살폈으리라 생각됩니다.

두 부부의 노력 때문인지 아이는 수술을 여러 차례 받고 항암 치료도 받아 수 년간 생존을 했습니다. 그러는 사이 비교적 유복했던 가세는 기울어 가기 시작했고, 급기야 부인도 직업 전선에 뛰어들게 되었습니다. 강남 도심의 커다란 아파트는 병원비로 처분이 되었습니다. 그렇게 좋아 보이던 두 부부의 사이가 갈라지기 시작했습니다. 결국 아이는 치료에도 아랑곳없이 세상을 떠나갔습니다. 그후 두 부부는 기다렸다는 듯이 이혼을 하게 되었습니다. 피차 마음의 아픔을 피하기 위해 이혼을 했다고 이해하고 싶습니다.

제가 그런 처지가 되어 보지 못해서 그들의 마음을 다 이해한다고 할 수 없습니다. 그러나 두 사람의 마음을 옆에서 바라보는 사람으로서 안타까움을 금할 수 없었습니다. 그들의 결혼 생활은 그 아이의 병 뒷바라지로 시작되어 그 아이의 죽음과 같이 끝을 맺게 되었습니다.

한 부부는 아이로 인해 더더욱 하나님께 감사하고 아이의 죽음을 하나님의 뜻으로 받아들였습니다. 그러나 다른 가족은 아이의 죽음으로 인해 이혼을 하게 되었습니다. 이 두 가족을 비교해 보면서 아이의 역할을 생각해 봅니다. 가족간에 아이는 부부를 이어 주는 끈도 되고 부부를 갈라 놓는 칼도 된다는 사실을 말입니다. 아이를 바라보는 우리의 시각 차이가 우리의 삶의 질을 결정할 수 있습니다.

고3 병

우리 나라에서 고등학교 3학년은 특별한 의미를 갖게 되지요. 여러분들도 모두 겪어 왔고, 현재 겪고 있는 주위의 식구들을 통해서 직간접적인 경험이 있으리라 봅니다. 아주 특수한 상황으로 모든 노력과 시간을 오로지 시험에만 경주해야 하는 우리 나라의 특별한 기간을 말입니다. 그런 순간에 만일 여러분에게 공부할 시간을 빼앗기는 사건이 발생한다면 그 느낌이 어떨까요? 아마도 많은 사람들이 좌절을 하거나 공연한 분노로 힘들어할 것입니다. 학생도 학생이지만 그 옆에서 뒷바라지를 하는 부모, 특히 어머니의 애절한 감정은 그냥 보기 안타까울 정도입니다.

우리 과에서 자주 보는 병 중에 자연기흉이라는 병이 있습니다. 말 그대로 허파에 바람이 드는 병입니다. 옛날 우리 나라에서 실없는 사람을 '허파에 바람 든다'는 말로 표현을 했었는데 실제로 그런 병이 있습니다. 이 병은 대개 체형이 마르고 키가 큰 청년들에게 많이 생기는데, 그 나이가 공교롭게도 고등학교 3학년이 가장 많습니다. 그래서 우리 과에서는 별명으로 '고3병'이라고 하기도 합니다. 시험 공부를 열심히 하는 도중 갑자기 숨이 차고, 호흡 곤란을 느끼며 가슴에 통증이 오는 경우가 이에 해당됩니다.

이 병은 환자에게 치명적인 문제를 일으키는 경우가 매우 드물기 때문에 그리 염려할 일은 아닙니다. 그러나 흔히 일어나는 병이고 재발률이 높기 때문에 한 번 병에 걸리면 흉관을 몸에 삽입해 공기를 제거하거나, 수술을 해 기포를 제거해 주어야 합니다. 그런데 문제는 환자나 보호자들이 수술을 하는 도중에 필요한 전신 마취에 거부감을 갖고 있는 것입니다. 전신 마취를 한 다음에 오는 기억력 감퇴를 걱정해 시험에 지장을 준다고 생각하기 때문에 치료 자체를 거부하는 것입니다. 치료 기간도 짧고 큰 문제도 일으키지 않는 이 병이 바로 이 점 때문에 고등학생들에게는 커다란 문제가 됩니다. 어떤 때에는 공교롭게도 시험 며칠 전에 이런 병이 생기는 경우도 있습니다. 아주 심한 경우에는 몸에 흉관을 넣어 기구를 부착한 상태로 병원에서 시험을 치게 하는 경우도 있습니다. 매년 이런 환자가 하나둘씩은 나오기 때문에 금년에는 또 어떤 환자가 올지 걱정이 됩니다.

내가 어렸을 때에는 나의 능력이 대단한 줄로 착각을 하고 살았습니다. 항상 남보다 내가 뛰어나야 하고 나는 특별하다는 착각으로 세상을 바라보고 살았습니다. 그러나 시간이 갈수록 나의 모습이 작아지고, 나의 실체를 스스로 느끼면서 인간의 평등함이나 평범함을 인정하게 되었지요. 이렇듯 커다란 일을 앞에 놓고 긴장하고, 또 그런 일로 인해 조금이라도 불리한 상황이 닥치게 되면 모든 원인을 그것으로 핑계를 대는 경우가 흔합니다. 그러기에 그런 환경을 극복하고 노력해서 특별한 위치까지 올라가는 사람들에게 찬사와 박수를 보내게 되는 것이라고 생각합니다.

그 동안 쌓아온 실력을 최대한 발휘해야 할 순간에 찾아오는 이런 복병과 같은 병은 그 당사자들에게는 많은 불리함을 안겨 주게 됩니다. 그리고 이런 병을 원망할 수도 있습니다. 옆에 있는 환자의 어머니는 늘 하는 말이 우리 아이는 특별한데 이번 병으로 제 실력을 발휘하지 못해서 안타깝다고 이야기합니다. 얼마나 안타까운 일입니까. 그러나 이런 병이나 우리의 생사는 우리의 뜻으로 바꿀 수 있는 일이 아니지요. 가장 중요한 시기에 찾아오는 이런 시련을 자신을 돌아보는 계기로 삼고 자신에게 꼭 필요한 시련으로 승화시킨다면 아마도 대학 입시보다 더 큰 무엇인가를 얻을 수 있는 좋은 계기가 되리라 생각합니다.

너는 언제 정리할래?

남자. 나이 51세. 초등학교 선생님.

제가 급히 들은 환자의 이력입니다. 어제 다른 병원에서 응급실로 실려왔습니다.

오전에 학교에서 운동회 도중 쓰러져 다른 병원에서 심근경색이라는 진단을 받고 응급 처치를 받았습니다. 풍선 확장술을 시도했으나, 시술 위치가 좋지 않아서 포기하고 수술을 위해 내게 전원(傳院)되어 왔습니다.

응급실 도착 당시에 심인성 쇼크 상태에 들어가 환자는 응급 처치에도 불구하고 혈압이 상승되지 않았습니다. 한편으로는 수술 준비를 하고 한편으로는 부인을 불러 상황을 설명했습니다. 응급 심장 수술을 해야 하는 이유를 설명하고, 급히 수술실로 들어갔습니다. 환자는 이미 수술실에 들어서면서 심장 정지가 오기 시작했고, 혈압은 좀처럼 오르지 않았습니다. 급하게 심장 마사지를 하면서 심장을 여는 준비를 했습니다. 수술실은 마치 전쟁이 터진 듯이 수많은 사람들로 들끓었습니다.

저는 마음의 평정을 잃지 않기 위해 계속 심호흡을 하면서 이것저것을 지시했습니다. 미처 드레이핑(draping)을 하기도 전에 외부에서 심장 마사지를 병행하면서 짧은 시간내에 심장을 열고 다음에는 직접 심장을 손으로 마사지하면서 혈압을 유지하려고 애를 썼습니다. 겨우 인공 심폐기를 설치하고 펌프의 도움으로 심장의 기능을 도와주기 시작했습니다. 수술은 신속하게 서두른 결과 불과 한 시간 반 만에 혈행(血行)을 완성시킬 수 있었습니다. 그러나 이미 심근경색이 와서 망가진 심장은 시간이 갈수록 단단하게 변하고 심근 수축력이 떨어지기 시작했습니다. 수술실 안에서 거의 악을 쓰다시피 사람들을 채근하며 두 시간여를 서둘러 수술을 했지만, 썩어 가는 심장을 돌이키기에는 역부족이었습니다. 할 수 없이 수술실 문을 열고 나가 환자의 부인을 불렀습니다. 제가 입을 열기도 전에 머뭇거리는 태도를 보고 상황을 짐작한 듯 부인은 저를 붙잡고 울기 시작했습니다.

이렇게 평소 아무런 문제도 없던 환자의 급작스런 죽음은 주변 사람에게 커다란 아픔을 던져 줍니다. 아무런 유언도, 아무런 정리도, 아무런 준비도 없이 길을 떠나는 자의 모습을 우리는 또 목격한 것입니다. 살릴 수만 있다면 자신의 목숨이라도 대신 바치겠다는 부인의 울음과 절규도 한낱 공허한 메아리일 뿐입니다. 그렇게 그 환자는 순직을 했습니다. 과거 흔히들 급사라고 불렀던 무서운 병입니다. 이렇게 어떤 죽음은 우리에게 준비할 시간을 주지 않고 급하게 찾아옵니다. 비교적 젊은 나이에 그렇게 떠나가는 환자의 모습을 보면서 나 자신을 돌아보았습니다. 심장의 관상동맥은 지름이 겨우 2mm가 채 안 되는 아주 가는 혈관입니다. 그 혈관이 막힐 경우 우리의 몸이 아무리 커도, 우리가 아무리 대단한 인물이라도 상관없이 쓰러지게 되고 결국 죽음을 맞게 됩니다.

눈에 현미경을 쓰고 바느질을 해야 할 정도로 가는 그 혈관에 우리의 생명이 좌우된다는 사실이 때로는 잘 믿어지지가 않습니다. 그러나 이렇게 죽어 가는 환자는 그 냉엄한 사실을 저에게 다시금 주지시켜 줍니다. 불시에 찾아오는 죽음과 암이나 만성병과 같이 천천히 생명을 갉아먹는 죽음 중에 어떤 방법이 더 위안이 되는지 잘 모르겠습니다. 자신의 뒤를 정리할 수 있는 시간을 주는 그런 죽음과 죽음에 대한 두려움을 느낄 사이도 없는 급사와의 사이에서 여러분에게 선택권이 있다면 어떤 죽음을 택하겠습니까?

주변에 게으름 때문에 잔뜩 쌓아 놓은 책들과 서류들이 나를 쳐다보고 있는 듯합니다. "너는 언제 정리할래?" 하는 커다란 질문을 하듯 말입니다.

병사용 진단서

며칠 전 한 청년이 병사용 진단서를 발급받기 위해 병원에 왔습니다. 제가 오래 전 심장 수술을 해주었던 환자였습니다. 아주 조그만 아이를 수술했다고 생각했는데 이제는 어엿한 청년이 되어 제 앞에 나타난 것입니다. 그의 어머니는 예나 지금이나 같은 모습으로 있는 것 같은데, 그 아이는 이렇게 자라서 군대에 갈 나이가 된 것입니다. 순간 세월의 무상함을 느꼈습니다.

제가 어린 시절에 집에서 조금 걸어 나가면 아스팔트 길이 있었습니다. 물론 집 앞은 흙이었고요. 그 당시에는 아스팔트 길이 드물었기 때문에 새로 만들어 놓은 좁은 2차선 길이 그렇게 신기했습니다. 그 길의 이름은 '신작로(新作路)'라고 했습니다. 그런 말뜻을 알 길이 없는 어린 마음에는 어른들이 부르는 그 이름이 고유명사인 줄 알고 그 길의 이름을 그렇게 불렀던 기억이 납니다. 그 길이 어린 마음에 얼마나 넓고 커 보였는지, 신작로라는 말을 떠올리면 그냥 크고 넓은 길이 연상되었습니다. 어른이 되어 보니 그 길은 겨우 차 두 대가 지나갈 만한 좁은 길이었는데도 말입니다. 우리가 사물을 바라보는 눈은 이렇게 매우 주관적입니다. 마음의 크기에 따라 사물의 크기가 달라 보입니다. 어린 시절에 수영을 하던 냇가는 너무도 크고 깊은 강물이었습니다. 어쩌다 먹어 보았던 맛있는 음식에 대한 향수는 지금 아무리 좋은 음식을 먹어도 찾아보기 힘듭니다. 미각이나 요리법의 변화가 아니라 맛에 대한 나만의 기억이 작용한 탓이겠지요.

내 주변의 어린아이들의 모습을 보면 볼 때마다 커 가는 것 같습니다. 나는 그대로인 것 같은데, 우리의 곁을 지나가는 세월은 너무도 빠르다는 것을 알게 됩니다. 환자의 가슴에 남아 있는 흉터는 분명한데, 그 아이의 얼굴은 아주 귀여웠던 눈매를 빼고는 모두 징그러울 정도로 영글어 버린 어른의 얼굴이 되었습니다. 제가 귀엽다고 달래고 쓰다듬어 주었던 작은 아이가 저보다도 커다란 청년이 되어 제 앞에 앉아 있는 것입니다.

어린 시절에 국군 아저씨에게 위문 편지를 쓰던 기억이 납니다. 그 당시에는 군인 하면 무척 크고 무서운 아저씨들이 연상됐는데, 이제는 군에 입대하는 청년을 보면 장하다는 생각이 들 만큼 제가 훌쩍 세월을 뛰어넘은 듯합니다. 마치 세상은 그대로인데, 나만 홀로 이 지구에서 나이를 먹어 가는 듯한 착각을 하게 됩니다.

우리 삶을 아침에 잠깐 피었다 없어지는 안개라고 표현을 합니다. 나의 성장을 그렇게 바라보았을 우리의 부모님 세대를 생각해봅니다. 그분들도 우리의 성장을 보면서 이런 생각을 하고 사셨을 것입니다. 이제는 부모님을 찾아뵐 때마다 주변의 어르신들이 한 분 두 분 돌아가셨다는 말을 듣습니다. 그분들의 얼굴을 다 기억하고 있는 저는 그런 말을 들을 때마다 내 기억의 창고에서 마치 곶감을 빼어내듯 한 사람 한 사람 지워야 한다는 사실이 슬퍼집니다. 이렇게 나는 이 시간을 곶감 창고에서 하나씩 빼어 버리는구나 하는 사실을 실감합니다.

언덕에서 바라보는 비행기는 아름답게 천천히 날아갑니다. 눈앞을 스쳐 지나가는 기차는 너무도 빠르게 느껴집니다. 이론적으로는 당연히 비행기가 빠른데도 우리의 감성은 기차의 빠르기만큼 비행기의 속도를 느끼지 못하지요. 내 곁을 스쳐 지나가는 세월의 덧없음을 느끼려면 수백 년의 역사를 들추어내는 것보다 내 옆에서 기차처럼 자라가는 아이들을 바라보는 것이 더 절실합니다. 헛된 인생을 살지 않는 한 가지 비결이겠지요.

선생님, 저여유~

"하이구, 성상님 저여유!"

"원장님, 여기 금산인디유, 저기유~."

"아시쥬~, 그 심장 수술 환자의 보호잔디유~."

자주 이런 전화가 걸려 옵니다. 제가 심장 수술을 한 환자가 많아서 이제는 제대로 이름을 외우기가 힘들게 되었습니다. 더군다나 얼굴을 보며 대화하는 경우와 전화로 걸려 오는 목소리만을 갖고 대화하는 경우는 다릅니다. 늘 대하는 환자의 목소리는 대개 알아듣지만, 수술하고 얼마 되지 않아 퇴원한 환자들의 목소리는 익숙치 않은 경우가 많습니다. 그런데 이런 사정을 모르는 환자나 보호자는 무조건 자신을 알아주기를 원하고 전화를 하게 됩니다. 그들에게는 목숨을 맡겼던 사람이니까 저를 잊을 수 없을 겁니다. 그러나 죄송하게도 저는 그들 모두를 기억하기가 어렵습니다.

그런 전화가 걸려 오면 저는 몇 가지 기분 상하지 않는 질문을 해서 누군지를 파악하게 됩니다. 상대가 누군지 알게 되면 그 다음에는 쉽게 대답을 할 수 있기 때문입니다. 그나마 환자가 직접 전화를 하는 경우는 조금 괜찮습니다. 보호자가 환자 이름도 대지 않고 '여기 어딘데요' 하고 말을 시작하면 한참이나 머리를 굴려야 합니다. 저를 부르는 호칭도 가지가지입니다. 그들에게는 제가 가장 큰 의사로 보이겠지요. 자신의 질병의 크기에 따라 그 병을 치료하는 의사의 크기도 결정되는 법이니까요. 그런 의사가 자신을 몰라준다면 이는 말도 되지 않습니다. 그 실망이 이만저만 큰 것이 아닙니다. 그러기에 저는 누구냐는 말을 전화상으로 잘 묻지를 못합니다. 말을 나누는 중에 누구인지를 파악하려 애를 쓰지요.

그들은 일생에 가장 커다란 병을 얻고 그 병만큼이나 큰 인연을 저와 맺게 되는 것입니다. 그렇기 때문에 이전에 어떤 병원을 다녔든지 상관없이 제게 수술을 받고 난 다음에는 제가 모든 병의 주치의입니다. 수술을 받은 후에 생기는 모든 병은 저와 상담을 하게 됩니다. 물론 모든 병을 조심해야 술후(術後) 관리가 되는 그런 병도 있습니다. 그러나 심장병을 앓았다고 해서 다른 병에는 걸리지 말라는 법이 없습니다. 이런 사정을 잘 모르는 환자는 심장병과 상관이 없는 다른 병에 걸려도 우선은 제게 전화를 하게 됩니다. 이러이러한 증세가 있는데 어떻게 하느냐는 질문이지요. 여기저기서 걸려 오는 이런 유의 전화로 저는 늘 긴장을 해야 합니다. 그들의 믿음을 깨뜨리지 않기 위해서 제 귀가 정확해야 합니다. 그들의 마음을 알아주기 위해서 목소리에 익숙해야 합니다. 그 환자들의 거주지도 알아 두어야 하지요. 다행히 이곳은 시골분들이 많아서 그래도 구분하기가 쉽습니다. 어느 지역을 중심으로 외워 두면 쉽기 때문입니다.

저도 때론 친구에게 제 신분을 밝히지 않고 전화를 해서 상대가 알아주기를 당연히 기대합니다. 그러나 갑작스레 전화를 해서 상대방이 "나다!" 할 때의 당혹감은 누구나 한두 번 겪어 보았으리라 봅니다. 누구나 자신을 알아주기를 바라는 마음이 있습니다. 자신을 알아주는 사람이 많을 때의 소속감이나 자신의 존재 가치를 실감하는 마음이 누구에게나 있게 마련입니다. 제게 유난히 많은 시골 노인 환자들에게 그들의 목소리를 알아주는 의사가 있다는 사실은 매우 중요합니다. 그러기에 자신을 일부러 밝히지 않고 제게 전화를 하는 경우도 있습니다. 그리고 제가 올바로 알아들으면 그들은 안심을 하고 제게 모든 것을 다 상의하게 됩니다.

의술은 이렇게 책에 나오는 의학 지식만을 가지고 치료하는 학문이 아닙니다. 인술이라는 이유가 바로 이런 데 있는 것 같습니다. 상대방의 존재 가치를 인정하고 그들을 인격으로 대할 때 비로소 자신의 몸에 칼을 대는 의사를 두려워하지 않을 것입니다. 오늘도 어떤 전화가 걸려 올지 궁금합니다.

"여보셔유~!"

제5부
환자, 그들을 위하여

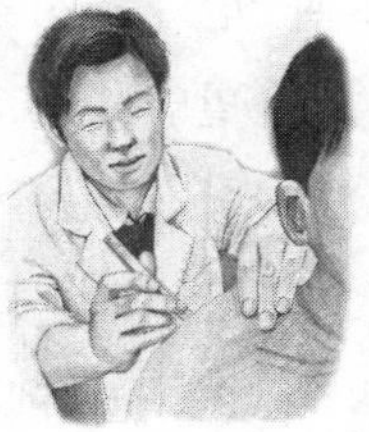

나를 필요로 하는 사람들이 있다는 사실을 확인할 때마다
마음에 감사가 느껴집니다.
그들의 그 말 한마디에 저는 너무도 큰 기쁨을 느끼게 되지요.
어쩌면 가장 듣기 좋은 말이 아닐까요.
"나는 당신이 필요합니다."

나는 당신이 필요합니다

우리에게는 현재의 상태를 그대로 유지하고 싶은 마음이 있습니다. 물론 현 상태를 타파하고 나가려는 진취적 혹은 혁명적인 마음도 상존하고 있습니다. 대부분 나이가 들어 갈수록 자신의 현재 상태에서 변화되는 모습을 두려워하게 됩니다. 변화됨에 대한 적응을 염려해서이겠지요. 사람이 한 가지에 익숙해지는 데는 많은 시간이 필요합니다. 그래서 또 다른 변화를 요구하는 환경이 닥치면 염려를 하고 약간은 흥분하게 마련입니다. 나중에 익숙해지면 너무도 쉽게 여겨지는 일들이 처음에는 그렇게 어렵게 느껴지지요.

우리의 삶에서 자신에게 익숙한 일들을 몇 가지나 만들어 놓고 떠날는지 헤아려 보신 적이 있나요? 우리의 습관, 만나는 사람들, 익숙한 장비, 기계, 익숙한 일 등등 모두 헤아려서 말입니다. 가족이 가까운 이유는 혈연 관계이기 때문이지만 늘 같이 모여 살아서 익숙한 까닭도 있습니다. 자신의 치부를 다 알고 있는 그런 사람들이 익숙하게 됩니다. 그래서 자신만의 익숙한 처소가 누구에게나 필요하게 됩니다.

환자들도 익숙한 의사가 필요합니다. 한 번 익숙해지면 좀처럼 바꾸기 어려운 경우도 있습니다. 대개 명의라고 소문나는 의사들은 정말 실력이 좋아서 그렇게 소문이 나는 경우도 있지만, 환자들과의 관계를 잘 유지하고 그들의 사소한 아픔까지도 잘 들어 주는 의사들입니다. 참으로 아이러니지만 산부인과를 들락거리는 여성들은 의사의 얼굴이나 이미지가 좋아야 잘 찾아갑니다.

저에게 수 년 전에 수술을 두 차례 받고 외래에서 관찰하던 환자가 다른 이유로 병원에 재입원을 하게 되었습니다. 그런데 그 환자가 퇴원을 하면서 저에게 선물을 들고 왔습니다. 아주 귀한 선물을 저에게 주면서 "과장님, 어디 가시면 안 됩니다" 하고 말을 하는 것입니다. 원래 저의 고향이 이곳이 아니란 것을 아는 환자들은 혹시 제가 이 병원을 떠나 다른 곳으로 옮길까 봐 걱정을 하게 됩니다. 저의 말투에서 사투리가 느껴지지 않기 때문에 금방 타지 사람인 것을 알아채는 환자들은 저의 고향을 물어 보고 그로 인해서 스스로 걱정거리를 만들게 됩니다.

벌써 이 병원에서 근무한 지도 십 년의 세월이 흘렀습니다. 그간 많은 환자들과 인연을 맺었고 앞으로도 그들에게 건강의 보호자가 되어 줄 것이지만, 환자들의 가장 큰 걱정거리는 아무래도 저의 이직 유무인 것 같습니다. 그런 이야기를 들으면 안심을 시켜 드립니다. 저에게 익숙해진 환자들은 저의 말 한마디에 안심을 하게 됩니다. 그러기에 그들에게 저의 행동거지는 관심사가 되지요. 이렇게 저에게 관심을 쏟아 주시는 환자들에게 감사드립니다.

나를 필요로 하는 사람들이 있다는 사실을 확인할 때마다 마음에 감사가 느껴집니다. 그들의 그 말 한마디에 저는 너무도 큰 기쁨을 느끼게 되지요. 어쩌면 가장 듣기 좋은 말이 아닐까요.

"나는 당신이 필요합니다."

개목걸이

각 과마다 조금씩은 다르지만 의사들에게는 활동의 제한이 많습니다. 그 중 하나가 병원에서 멀리 떠나기가 어렵다는 것입니다. 항상 응급 환자에 대비해야 하기 때문에 어디를 가도 병원에 돌아올 수 있는 시간을 재어 놓고 움직이게 됩니다. 제가 아는 선배는 차를 댈 때 항상 차의 앞부분을 나가는 방향으로 주차를 하는 버릇이 있습니다. 언제고 호출이 올 경우 빨리 출발하기 위한 배려이지요.

우리와 같이 응급 상황이 환자의 목숨과 직결되는 경우는 삐삐나 핸드폰이 필수입니다. 항상 주머니에는 그런 기계가 들어 있고, 언제나 그 기능을 확인하는 버릇이 생겼습니다. 처음 우리 나라에 삐삐라는 기계가 등장했을 때, 병원을 중심으로 아주 가까운 거리에서만 호출이 가능한 정도였습니다. 기계의 성능도 아무것도 없이 병원에서 호출시 소리가 나는 게 고작이었습니다. 진동 기능도 없고 전화번호가 찍히는 것도 아니고, 그저 소리가 나면 단 한 군데 호출을 하는 곳으로 전화를 하는 방식이었습니다. 그래도 그 기계가 신기해 우리는 매우 으스대고 그 기계를 차고 다녔고, 호출이 울리면 외부 사람들은 그 소리에 놀라 우리를 이상한 눈으로 쳐다보곤 했습니다. 일부 정보 기관에서 사용한다는 소문 때문에 더더욱 우리를 경원시하는 눈으로 쳐다보았습니다.

이제는 삐삐는 차치하고 핸드폰이 보편화되어 어디서고 연락이 가능한 시대가 되었습니다. 핸드폰이 많이 보급되지 않고 통화 불능 지역이 많을 때의 일이었습니다. 과에서 가을에 한 번 등산 계획을 세웠습니다. 그러나 예정된 주일에 수술을 한 환자 한 분이 회복하는 데 예상보다 오래 걸리게 되었습니다. 그래서 중환자실에 환자를 놔두고 가는 게 마음이 편치 않아 등산을 취소할까 말까를 고민하게 되었습니다. 많은 인원이 참석하는 큰 행사였고, 환자의 상태가 등산 전날 제법 회복되어 우리는 어렵게 등산을 하기로 결정하고, 당직 의사 한 사람을 놔두고 여럿이 산행을 했습니다. 그리고 그 의사에게 일일이 해야 할 일과 보고해야 할 일을 가르쳐 주고, 그래도 안심이 되지 않아 병원에서 가장 가까운 곳으로 장소를 변경하고, 막 산에 오르기 직전에 전화를 해서 환자 상태를 한 번 더 확인한 다음에 산에 오르기 시작했습니다. 이렇게 불편한 마음으로 등산을 하자니 자연 흥도 나지 않았습니다.

산 중턱쯤 올라갔을 때의 일이었습니다. 그렇게 걱정했던 호출기가 울리기 시작했습니다. 핸드폰도 없었고, 문자 메시지도 불가능하던 시절이라 달리 생각할 여유가 없었습니다. 다른 사람들에게 나중에 내려오라는 말을 하고 저는 정신없이 공중전화가 있는 산 아래까지 내리달리기를 시작했습니다. 올라갈 때는 여유 있게 올라갔던 그 아름다운 길이 아무것도 눈에 들어오질 않았습니다. 그저 내리달리면서 온갖 가상 시나리오를 생각해 보았습니다. 가능한 조치를 상세히 가르쳐 주고 왔던 터라 여간한 일이 아니면 호출이 오지 않을 거라고 생각했기에 마음은 더욱 불안했습니다. 공연히 산행을 시작했다고 마음속으로 후회도 해보고, 환자의 얼굴도 떠오르고 온갖 생각으로 정신없이 뛰었습니다.

두 시간 가까이 오른 길을 단 이십 분 만에 뛰어내려와 공중전화가 보이는 곳에 다다르니 숨이 턱에 다다라 말을 할 수가 없었습니다. 잠시 숨을 고른 다음에 벌게진 얼굴로 전화를 걸었습니다. 그 순간까지의 마음 졸임이란 당해 보지 않은 사람은 상상하기 어려울 겁니다.

"난데, 무슨 일이야?"

거의 신경질적인 질문에 당직 의사의 말은 너무도 태연했습니다.

"저기요, 다른 게 아니고, 아까 검사하라던 검사 수치가 나왔는데 어떻게 할까요?"

순간 하늘이 노래지는 것이었습니다. 조금이라도 의심스러운 점이 있으면 확인을 하라고 지시했기 때문에, 야단도 치지 못하고 울화가 치미는 것을 참느라 애를 먹었습니다. 산에서 쓰러질 듯 달려 내려온 짧은 순간을 생각하면서 저는 맥없이 전화기 앞에 무너졌습니다. 기어들어가는 목소리로 환자 상태가 좋으면 그냥 관찰하라고 지시하고 전화를 끊었습니다.

환자가 좋아서 마음은 놓였지만, 전신에 맥이 풀려 꼼짝도 할 수가 없었습니다. 한동안 동료들을 기다리다 그 일을 이야기하니 너무도 허탈해 하는 것입니다. 다들 등산을 포기한 채 아래에서 음식을 먹고는 병원으로 돌아왔습니다. 핸드폰 하나만 있어도 일어나지 않았을 해프닝이었지요. 이제는 너무도 잘 발달된 통신 기기 때문에 그런 일은 벌어지지 않지만, 거꾸로 어디를 가도 통화가 가능하기 때문에 변명을 할 수 없는 단점(?)이 생겼습니다. 늘 개목걸이처럼 나의 생각을 병원과 환자에 매어 놓는 그 기계를 고맙다고 해야 할지, 아니면 원망을 해야 할지 알 수가 없습니다.

평생을 심적인 자유를 느끼지 못한 채 마음의 끈처럼 병원과 연결된 기분으로 살아가는 저의 모습에 익숙해지기까지는 수많은 세월의 노력이 필요했습니다. 방랑벽이 있어서 돌아다니기를 좋아하는 저의 성격에 이런 어려움은 직업에 대한 회의감까지 줄 정도였습니다. 이제는 많이 포기하고 적응한 채로 이것이 나의 일이라고 생각하고 받아들였습니다.

가끔 신문에 나는 의료 사고에 관한 기사를 읽는 경우가 있습니다. '당직 의사가 없어서'라고 마치 공식을 쓰듯 써놓은 기사를 대할 때마다 그 의사의 마음을 떠올리게 됩니다. 물론 의무를 다하지 못한 의사는 직무 유기입니다. 그러나 평생을 그런 압력과 스트레스를 감당하고 살아야 하는 동료에 대한 연민은, 남의 잘못에 사정을 봐주지 않는 냉혹한 사회 현실에서 저만은 그의 잘못을 감히 야단치지 못할 것 같다는 생각이 들어서입니다.

나를 믿어 주는 사람들

환자 중에 가장 치료하기 어려운 환자가 누구일까요? 고위직 공무원, 또는 조직 폭력단의 두목, 사회적으로 존경을 받는 분들? 어떻게 생각하십니까?

의사들에게 가장 어려운 환자는 바로 의사가 아파서 환자가 되었을 경우입니다. 의사들의 생리와 병원에 대해서 너무도 잘 알기 때문에 모든 치료 과정에 이의를 제기할 수 있습니다. 그렇기 때문에 일일이 주치의사에게 긴장감을 줄 수도 있습니다. 전에 중병으로 병석에서 돌아가신 우리네 선배들이나 스승님의 모습에서 연민도 느꼈었지만, 그들을 치료하던 우리의 동료 의사들이 애를 먹던 것도 기억합니다.

가끔 병원 직원들이 자신의 친인척을 소개해 수술을 부탁하는 경우가 있습니다. 가벼운 병을 치료하는 다른 과의 의사들이야 그런 부탁이 그리 힘든 일이 아니지만, 제가 담당하는 환자들은 거의가 생명과 직결되는 병이기에 마음의 부담은 클 수밖에 없습니다. 수년 전 병원 직원의 형부가 급성 대동맥해리증으로 응급실로 실려왔습니다. 생명이 경각에 달린 상황이고, 컴퓨터 촬영 결과 대동맥 전체가 박리된 아주 고약한 상황이었습니다. 응급 수술을 준비하고 직원을 불러서 수술 승낙서를 받으면서 솔직하게 이야기했지요. 지금의 상황이 이렇고, 이런 수술은 사망률이 매우 높으며, 그렇다고 다른 방법은 없고 등등 설명을 어렵게 했을 때, 그 직원은 나를 믿으니까 최선을 다해 달라는 짤막한 부탁을 했습니다.

장장 7시간이 넘는 대수술을 하는 도중 대동맥의 조직 괴사가 심해 바느질이 어렵게 되었습니다. 일 미터가 넘는 부분에 인조 동맥 이식을 했지만, 심기능 저하와 심한 출혈로 결국 환자는 사망을 하고 말았습니다. 병원 직원은 저를 찾아와 고맙다고 말을 하고 갔지만, 저는 한동안 그 직원의 얼굴을 보기가 어려웠습니다. 마음에 정말 최선을 다했냐는 질문을 수없이 하면서 그 직원을 똑바로 쳐다

보기로 마음을 먹었지만, 막상 복도에서 얼굴을 마주치면 슬그머니 고개가 숙여짐은 어쩔 수가 없었습니다.

며칠을 고민하다가 저녁 식사에 그 직원을 초대했습니다. 그리고 제 마음의 어려움을 그대로 호소했습니다. 식사 도중 직원의 마음 속에 남아 있었던 앙금도 없어지고, 저의 마음도 한결 가벼워졌습니다. 이제는 그 직원도 병원을 사직해서 지난 이야기가 되었습니다만, 그 일로 인해 직원의 가족이 수술을 의뢰할 때 미리 그런 이야기를 하게 됩니다. 저를 믿고 찾아 주는 직원들이 고맙기 그지없고, 그들이 저를 믿기 때문에 환자를 의뢰한다고 생각하니 자랑스럽기까지 합니다. 그러나 환자가 잘못되었을 경우 그들의 얼굴을 계속 보아야 하는 저는 무조건 마음이 편할 수가 없습니다.

가장 가까운 사람들이 가장 어려운 법입니다. 저의 경우뿐만 아니라 다른 직종도 아마 비슷한 경우가 많으리라고 봅니다. 가족간의 관계가 가장 편안하지만, 때로는 가족이 가장 어려운 사람일 수도 있는 것처럼 말입니다. 주변 사람들에게 존경받기가 참으로 어렵다는 생각이 듭니다. 나의 모습을 잘 알고 있는 사람들에게 마음에서 우러나오는 존경을 받기 위해서는 가장 가까운 사람들에게 보여주는 나의 모습이 참모습이 되어야 하겠지요.

머리 깎기

20대의 젊고 아리따운 아가씨가 응급실로 실려 왔습니다. 교통사고로 전신이 만신창이가 되어 여러 과의 의사들이 동시에 검진과 치료를 해야 할 정도였습니다. 다행히 생명은 건졌지만, 환자 상태가 너무 나빠 중환자실로 옮겨 기관 절개술을 한 후 인공 호흡기를 달고 온몸의 부러진 뼈마디마다 처치를 했습니다. 갈비뼈도 형편없이 망가져 양측에 흉관을 삽입했습니다. 그후 환자는 장기 치료에 들어가 수 개월을 중환자실에서 지내야 했고, 병실에 올라가서도 상당 기간을 침대에 누워 지내야 했습니다. 다른 과에서 치료해야 할 문제가 남아 있어서 전과를 시킨 후에 저는 한동안 그 환자를 잊었습니다.

몇 개월 후 환자가 외래로 찾아왔습니다. 과거의 모습을 연상했던 저는 처음에 환자를 알아보지 못했습니다.

"너는 다시 일어설 수 있어."

중환자실에서 인공 호흡기에 의지해 숨도 제대로 쉬지 못하고 남들과 말도 하지 못하던 환자에게 저는 꾸준히 격려해 주었습니다. 당시에는 아무런 반응을 보이지 않아 제 말이 전달되는지 의문을 가졌습니다. 그런 저의 말 한마디에 좌절하지 않고 다시 일어설 수 있게 되었다면서 환자는 저를 보고 깊이 감사를 했습니다. 자유롭게 걸을 수 있을 정도까지 회복된 환자는 신경외과와 우리 과를 다니면서 약으로 치료를 할 수 있는 단계까지 회복이 된 것입니다. 저는 그 환자의 재기가 너무도 반가웠습니다. 젊은 생명이기에 더욱 기뻤습니다.

환자는 그간 다니던 학교를 중단하고 이제는 쉬고 있다고 말했습니다. 한순간의 사고가 한 사람의 운명을 바꾸어 놓은 것입니다. 그러나 그런 과거에 사로잡히지 않고 새로운 삶의 의지를 다짐하는 그 환자의 마음가짐을 보자 기뻤습니다. 한동안 외래로 다니던 환자는 이제 저와 많이 친해졌는지, 자신의 앞날에 대한 이야기도 조금씩 하고 처음의 쑥스러워했던 태도와 많은 차이를 보여주었습니다. 사고 이후로 마음까지 닫혀서 거의 말을 하지 않던 과거와는 전혀 다른 모습으로 변화하고 있었습니다. 저는 이런저런 이야기로 환자를 위로해 주고, 반드시 보통 사람들이 살아가는 과정대로만 살아야 할 이유는 없다고 마음을 다독거려 주었습니다. 환자는 그런 저의 권유가 고마웠는지 외래에 올 때마다 작은 선물을 손에 들고 왔습니다. 선물이래야 자기가 좋아하는 가요를 녹음한 테이프이거나 작은 물건들이기에 그리 부담을 느끼지 않을 정도였습니다.

오히려 그런 그의 태도 변화가 환자 재활의 징조로 여겨져 고맙게 생각되었습니다. 원래 가요를 전혀 모르던 저는 환자의 성의를 생각해서 테이프에 수록된 가요를 공부하듯 들어 보곤 했지요. 어느 정도 사회 활동이 가능해진 환자는 무슨 기술을 배우겠다고 저와 상의했습니다. 그리고 약 일 년 정도 외래 관찰이 끝나고 더 이상의 투약이 필요 없을 것 같아 약을 끊게 되었습니다. 그리고 한참 동안 소식을 알 수 없었습니다.

수 년이 지난 후 환자는 다시금 병원에 더 원숙한 모습으로 나타났습니다. 이제는 미용 기술을 배워 어느 미용실에서 일을 한다면서 저의 머리를 꼭 한번 깎아 주겠다며 전화번호를 남기고 갔습니다. 몇 달 후 머리를 다듬을 시간이 되어서 일부러 전화를 하고 찾아갔습니다. 정성스레 시간을 들여 손질을 해주는 그녀의 손길은 아마 그녀가 중환자실에 누워 있을 때 느꼈을 제 손길과 같은 느낌이라고 생각되었습니다. 병원에서 제법 먼 거리에 있는 그곳을 찾아가서 머리를 깎고 잠시 이야기를 나눈 후 돌아왔습니다. 제가 차를 타는 곳까지 배웅을 나온 그녀의 얼굴은 어느 누구보다도 건강한 아가씨의 얼굴이었습니다. 돌아서 나가는 저를 급히 좇아온 그곳 미용실 원장이 제게 낮은 목소리로 속삭였습니다.

"선생님이 오시기를 저 아이가 얼마나 기다렸는지 몰라요. 와주셔서 정말 감사해요."

멀리 저를 배웅하기 위해 따라 나오는 그녀의 얼굴에 웃음인지 안타까움인지 모를 미소가 번져 나갔습니다.

잠시 퇴원합니다

지금 병실에 환자 한 분이 침대에 누워 있습니다. 내일이면 퇴원을 하기로 결정을 했지만, 환자도 보호자도 우리 의료진도 이번 퇴원을 퇴원으로 생각하는 사람은 아무도 없습니다.

그 환자는 오래 전 심장 수술을 두 번이나 받았고, 이제는 더 이상 수술을 할 수 없는 정도까지 심장 기능이 망가져 그저 보존적인 치료로만 생을 연장하고 있는 상태입니다. 그 환자의 옆에는 겉장이 환자만큼이나 낡은 성경책이 한 권 놓여 있습니다. 환자는 입원 기간 내내 성경책을 들여다보고 있었습니다.

자신의 생의 끝자락에서 그 환자는 무슨 생각을 하고 있을까요. 퇴원을 해 집에서 잠시 활동을 하다가 전신 상태가 조금이라도 나빠지면 다시금 입원을 해 강심제의 도움을 받고 또 조금 좋아지면 다시 퇴원하는 생활을 반복해 왔던 것입니다. 이제는 가족들도 심적으로 포기했는지 입퇴원에 그리 커다란 의미를 두지 않습니다. 그 환자의 최대 관심사는 자신의 몸무게입니다. 조금이라도 소변량이 줄어들면 곧바로 체중이 늘어나고 이는 곧 심장에 부담을 주게 되어 힘들어지기 때문입니다. 매일 자신의 몸무게를 알고 있어야 하는 환자의 마음은 그만큼 부담스러울 것입니다.

회진을 하다 보면 늘 침대에 누워 잠을 자는 것을 목격합니다. 좀 돌아다니면서 운동을 하라고 해도 전신의 통증을 호소하고 하지가 쇠약해져서 쉽게 운동을 하지 못합니다. 우리가 살아 있다는 정의를 심혈관계의 운동이 살아 있고, 뇌의 기능이 살아 있을 경우를 일컫는다면 그 환자는 분명 살아 있습니다. 그러나 환자를 옆에서 지켜 보면 위의 정의가 아무런 도움이 되지 않는다는 점을 생각하게 됩니다.

한때 집안 어른 중에 풍으로 전신 마비가 되어 뇌의 기능만 남게 된 분의 간병을 한 적이 있습니다. 그때 주변의 가족들은 휠체어에 앉을 수만 있어도 소원이 없겠다고 생각을 했습니다. 그에 비하면

이 환자는 분명 천천히라도 걸을 수 있고, 생각할 수 있고, 말할 수 있고, 일반 사람들의 모든 기능을 다 할 수 있습니다. 글로만 쓴다면 아무런 문제를 발견할 수 없을 정도입니다. 그 환자의 하루 일과는 식사하고 침대에 누워 있는 것입니다. 무기력한 상태에서 다른 아무런 일도 하기 어렵습니다. 이런 환자에게 도움이 될 만한 일이 아무것도 없다는 사실이 한스럽습니다. 물론 천문학적인 돈을 들이면 심장 이식 등의 최후의 방법을 생각해 볼 수도 있습니다. 그러나 어떤 방법도 현실과 맞지 않으면 선택하기 어렵습니다.

오늘도 회진을 돌면서 뼈만 남아서 앙상한 엉덩이를 다독여 주며 용기를 불어넣어 주었습니다. 내일이면 집에 갈 수 있을 거라면서 말이지요. 비록 환자는 퇴원을 해도 매일 한 번씩 병원으로 전화를 걸어서 이런저런 말로 우리에게 문의를 하겠지만 그래도 집에 갈 수 있는 상황이 좋은가 봅니다. 오랜 투병 생활로 바짝 마른 엉덩이가 손에 닿으면 마음에 비수를 들이댄 듯 섬뜩할 경우가 있습니다. 행동까지도 아이처럼 변한 환자의 얼굴에 힘겹게 짓는 미소가 떠오릅니다.

쉬는 시간에 생긴 일

외래 환자가 없을 때에는 주로 책을 읽거나 음악을 듣습니다. 몇 년 전 책을 두 권 선물로 받았습니다. 그 중 한 권이 바로 『메디슨 카운티의 다리』였습니다. 그 당시에 막 나온 책이라 저는 내용을 모르는 상태에서 읽기 시작했습니다. 한참 책에 빠져 있었고, 저는 책의 내용에 동화되어 눈물을 글썽거리며 울고 있었습니다. 그 순간 노크 소리가 나고 제약회사 직원이 머리를 꾸벅거리며 들어왔습니다. 그 사람은 저의 눈을 보고 갑자기 당황해서 죄송하다는 말을 남기고 다시 문을 닫고 나가 버렸습니다.

저는 얼른 세수를 하고 거울을 바라보았습니다. 눈은 충혈이 되어 있었고, 아무래도 몰골이 정상은 아니었습니다. 그래도 대강 얼굴을 추스르고 얼른 손님을 들어오라고 했습니다. 그 직원은 아직도 믿겨지지 않는다는 표정으로 저의 얼굴을 보며 근심스레 물었습니다. 무슨 좋지 않은 일이라도 있느냐는 질문이지요. 평소 그들을 잘 만나 주지 않기 때문에 그들은 나를 어렵게 대합니다. 그런 사람이 책상에 앉아 울고 있는 모습을 본다는 것은 분명 충격이었을 것입니다. 저는 얼른 책을 들고 변명을 했지요. 저도 울고 있던 것이 창피했나 봅니다.

사람이 책을 읽으면서 감정이 동화되어 슬퍼하고 기뻐하는 것은 어찌 보면 당연한 일입니다. 그러나 이 일을 오랫동안 제가 기억하고 있는 이유는 그 우는 장면을 다른 사람에게 들키고 변명을 하는

데 쩔쩔맸던 일이었기에 그럴 것입니다. 그래서 그 책은 제게 아주 강렬한 인상을 주었고, 오랜 시간이 지난 다음에도 이렇게 선명하게 기억에 남아 있습니다. 그후 영화로 만들어져 방영이 되었을 때에도 책보다는 감홍이 덜했습니다. 그래도 그 영화를 보거나 책을 읽어서 내용을 알고 있는 사람들과 감정을 공유할 수 있게 되었지요. 한참 사람들의 입에 『메디슨 카운티의 다리』가 회자되는 동안 저는 그때의 사건을 떠올리며 혼자 슬며시 웃을 수 있는 또 다른 비밀(?)을 갖게 되었습니다. 그후에도 많은 책을 읽었고 그보다 더 큰 감홍을 줄 만한 귀한 책들이 많았음에도 그런 사건이 없었다는 이유만으로 그리 큰 기억을 못 하는 것을 보면 우리의 기억이 얼마나 주관적인가를 알 수 있습니다.

사람은 누구나 자기 주변의 일들을 다른 어떤 큰일보다도 중요하게 여기고 챙기게 됩니다. 제가 이 사소한 일을 다른 큰 사건보다 오래 기억하는 이유도 거기에 있습니다. 제가 수술을 할 때 가끔은 손을 다치는 경우가 있습니다. 환자의 흉골(胸骨)이 단단해 철사가 잘 들어가지 않을 경우 힘을 쓰다가 그 철사에 달린 바늘이 의사의 손까지 뚫고 지나가는 경우입니다. 그 순간 찔린 손가락은 너무도 아픕니다. 심한 경우에는 더 이상 수술을 못 하고 나머지 마무리를 다른 의사에게 맡기고 나오게 됩니다. 그러면서 생각을 하게 되지요. 환자는 그렇게 크게 열고 수술을 하면서 나는 손가락 하나 찔린 것으로 이렇게 아파하는가를 비교해 보고 실소를 머금게 됩니다. 물론 환자는 마취가 되어 있어서 그 순간에는 아무것도 모르지만 말입니다.

어떤 일이나 생각도 자신의 주관을 배제하고 객관적으로 생각하기는 어려운 일입니다. 그런 일이 조금씩 가능하게 될 때 우리는 좀 더 성숙한 인간의 길에 들어갑니다. 자기애와 아집을 조금은 덜어 나가는 과정 말입니다.

할머니의 수줍음

칠십이 넘으신 할머니가 한 분 있습니다. 그분은 몇 년 전 서울의 큰 병원에서 심장병을 진단받고 수술을 하려 했으나 환자 상태가 좋지 않아 수술을 포기한 채 집에서 지내고 있었습니다. 그러던 중 증세가 악화되어 다급해지자 우리 병원 중환자실로 들어왔습니다. 그 당시 모든 활력 증후가 사망 직전이라서 응급 수술을 하게 되었습니다. 다행히 환자는 고령의 나이에도 불구하고 회복이 잘되어 저는 갑자기 명의 소리를 듣게 되었습니다. 그 집안 사람들은 저의 말을 신용하게 되었고, 모든 대소사를 저와 상의하는 집안의 주치의 역할을 하게 되었습니다.

수술 후 몇 년간을 잘 지내다가 이번에는 폐에 이상이 발견되었습니다. 통상 나이가 들어서 생기는 병은 폐암으로 변할 확률이 높기 때문에 수술을 결정했습니다. 평생에 한 번 받기도 어려운 큰 수술을 또다시 받아야 하는 환자의 마음은 매우 심란했습니다. 폐 수술을 하는 의사가 따로 우리 과에 있지만, 환자의 요청으로 인해 그 수술도 역시 제가 하게 되었습니다. 수술 결과는 양성 종물로 나와서 환자는 또다시 한 고비를 넘기게 되었습니다. 체력이 약해 회복하는 데 애를 먹었지만, 그래도 잘 참아 주었습니다.

그후 환자는 주기적으로 병원을 다니면서 제게 약을 타 가게 되었습니다. 젊었을 시절에는 매우 미인이셨을 할머니는 병원에 오는 날이 나들이하는 날입니다. 얼굴에는 곱게 화장을 하고 드레시한 옷을 차려입고 오십니다. 그리고는 핸드백 속에 꼭 조그만 초콜릿이나 과자 등을 넣어 가지고 오십니다. 그 선물을 조심스레 제게 내밀면서 "드시면서 일하세요!" 하며 얼른 나가십니다. 나중에 저와 같이 일본어를 공부하면서 우리는 더 친근해졌고, 그래서 저의 어머니를 보는 듯한 기분으로 그분을 대하게 되었습니다.

그 나이에도 수줍음을 보이는 환자, 대부분의 노인들이 보여주는 편안한(?) 모습을 보기 어려운 할머니, 그 추스름이 고와 보입니다. 평생을 소녀와 같은 마음으로 세상을 살아 나갔을 그분의 일생을 생각해 봅니다. 제게 초콜릿을 전해 주는 모습에서도 부모가 자식에게 주는 편안함보다는 사랑하는 여인이 남자에게 선물을 전하는 수줍음이 느껴집니다. 나이를 상관하지 않는 여성스러움이 느껴지는 보기 드문 환자입니다. 한 달에 한 번 저를 찾아오는 얼굴에는 웃음이 가득합니다. 저도 그 환자를 보는 날은 기분이 좋아지게 되지요. 달력에 병원 오는 날을 적어 놓고 계신다는 할머니의 마음이 저에게 그대로 전달됩니다. 서로에게 기쁨이 되는 사이, 그런 사람들이 가득한 사회가 되었으면 좋겠습니다.

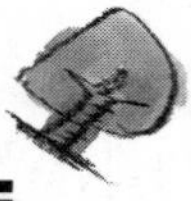

갈등과 분쟁의 이유

대학 병원 외래는 늘 환자가 붐비는 곳입니다. 저 역시도 그렇게 사람 많은 곳을 좋아하지 않기 때문에, 그 자리에서 앉아 기다리는 환자들을 보면 안쓰럽습니다. 그러나 여러 가지 여건상 우리 나라는 대학 병원이 가장 붐비고 개인 의원이 한산한 그런 기형으로 의료 체계가 뒤바뀌었습니다. 의료 선진국들처럼 개인 의원이 가장 환자를 많이 보고 대학 병원은 개업의가 치료하기 어려운 중한 병만 치료하고 연구하는 기관으로 바뀌어야 제대로 된 의료 체계라고 할 수 있습니다. 그러려면 대부분의 대형 병원이 지역이나 공공 기관에서 비영리로 운영되는 공용의 성격을 갖추어야 하겠지요. 우리 나라처럼 사립 병원이 많은 곳은 경영을 우선적으로 생각해야 하기 때문에 그것이 불가능합니다.

자기만을 아는 이기심은 환자가 되어도 그리 변하지 않습니다. 자신이 아프면 남도 아프다는 사실을 알아야 하는데, 항상 입에 붙는 말이 "나만……"이라는 말입니다. 외래에서 기다리기 싫은 것은 인지상정인데, 자신만이 기다리기 어렵고 자신만이 아프고 자신만이 힘들다고 생각합니다. 그래서 조금이라도 늦어지면 화를 내는 환자들을 자주 보게 됩니다.

요즘 특히 정부의 의료 정책이 혼선을 빚으면서 여기저기에서 많은 갈등이 표출되고 있습니다. 무조건 병원에 오면 화부터 내는 환자들도 있습니다. 그것도 우리에게는 화를 잘 못 내니까, 문 밖에서 외래를 담당하는 간호사나 조무사에게 화를 내는 것입니다. 화를 내는 내용은 대부분 자신이 잘 모르는 의료 정책 부분을 설명받거나, 예약 시간이 조금 지체되었을 때입니다. 조변석개하는 의료 정책의 혼선과 갈팡질팡하는 행정의 일관성 부족 때문에 변화되는 정책을 설명하는 의료진만 애를 먹게 됩니다.

최근 갑자기 의료보호 대상자에게 약을 보름치 이상 주지 말라는 지시가 있었습니다. 제 환자는 대부분이 장기적으로 약을 복용하기에 매달 병원을 방문해야 합니다. 그러니 매달 병원을 와야 하는 것이 더 힘들겠지요. 보호 대상 환자들에게 약을 한 달에서 보름으로 줄여서 줄 때의 혼선을 한 번도 생각하지 않은 일이지요. 환자들에게 일일이 "이번부터 보름치만 드려요." "환자분 혹시 의료보호세요?" 이렇게 확인을 해야 합니다. 우리 나라 사람들 대부분이 '보호'라는 말에 거부감을 갖고 있는 듯합니다. 이런 질문에 많은 노인들이 반발을 하면서 "나를 어떻게 보는 거야?" 하는 화를 내십니다.

급기야는 이런 사소한 일로 화를 내고 언성을 높이고 욕을 하면서 돌아가게 됩니다. 하루에도 여러 번씩 이런 욕을 들어도 화를 내지 못하고 웃어야 하는 간호사나 조무사가 때로는 불쌍해 보입니다. 그들은 아무런 죄가 없습니다. 변화되는 정책을 열심히 설명하는 죄밖에는 말입니다. 하루 종일 수많은 환자들에게 미소를 띠고 웃으면서 일을 하는 그들을 보면, 가끔 마음이 불편합니다. 영어의 서비스는 여러 가지 의미를 내포하고 있는 말입니다. 의료 서비스라고 왜곡 번역해 많은 환자들이 마치 다른 서비스 업종처럼 대접을 받기 위해 병원을 오는 것처럼 잘못된 생각을 하고 있기 때문입니다. 미소는 서로가 서로에게 신뢰를 보이고 상대를 존중해 주는 과정에서 생기는 사회적인 윤활유입니다. 어느 한쪽이 일방적으로 고압적인 자세를 취하면서 자신만을 내세우는 입장이라면 그런 관계는 그리 오래 가지 못할 것입니다.

제가 의사 생활을 처음 시작할 때는 거꾸로 의료진이 환자들에게 고압적인 자세를 많이 취해서 불만의 소리가 높았습니다. 물론 그것도 잘못된 일입니다. 그러나 짧은 세월을 보내면서 우리를 대하는 환자들의 태도가 많이 변한다는 사실을 몸으로 느끼고 있습니다. 이제는 병원에서 의료진을 상대로 욕설을 퍼붓는 환자들을 심심치 않게 봅니다. 자신보다 조금이라도 약하게 보이는 사람들을 가볍게 여기는 행위의 발로라고 봅니다. 서로가 평등하다는 인식이 사회 전반에 뿌리를 내리지 않으면, 어느 시대를 살아도 어느 환경에 처해져도 갈등과 분쟁은 끊이지 않을 것입니다.

약한 자여, 그대의 이름은 환자입니다

가끔씩 사람들은 자신의 생각의 한계를 넘어서는 일에 대해서는 상상을 하거나, 터무니없는 속설 등에 쉽게 넘어가게 됩니다. 의학에 대해서 알지 못하는 많은 사람들은 자신이나 주변 사람들이 경험한 단편적인 사건이나 질병을 가지고, 모든 질병에 대해 확대 해석하거나 적용을 하는 무리수를 띄웁니다. 반면 의학을 과학적으로 배운 의사들은 그런 상상의 범위가 좁아지게 되고 모든 것을 분석하려는 또 다른 맹점을 갖게 되지요. 어느 것도 옳은 방법이라고 할 수 없습니다.

어제 다른 일로 의사가 아닌 사람들과 회의를 하다가 병에 대한 이야기가 화제가 되었습니다. 의사인 관계로 자연 그 답은 제가 하게 되고 모든 사람들은 저의 입만 쳐다보게 되었습니다. 솔직히 시중에서 떠도는 소위 대체 의학이나 한의학, 민간 요법 등에 대한 지식은 그들이나 저나 큰 차이가 없습니다. 자신이 모르는 분야를 솔직하게 시인하는 게 과학도의 도리인지라 솔직하게 모른다고 말을 했습니다. 그들의 입에서 나오는 온갖 이야기들은 그야말로 그대로 하면 우리 나라에서는 의사가 할 일이 아무것도 없을 지경입니다. 한 병에 대해서 그렇게 많은 입소문과 치료법이 있는지 놀랄 지경입니다. 그런 방법들이 만약 그들 말대로 효험이 대단하다면 왜 이렇게 정보가 발달한 사회에서 전해지지 않는지 의심해 보아야 합니다. 이미 국경의 한계가 모호해진 정보화 사회에서 우리가 좋다고 생각하는 방법들이 옳다면 외국에서도 그 효능을 알아야 하고 인정을 받아야 할 것입니다. 만일 그렇지 못하다면 그 효과에 대해 의문을 가져야 한다고 봅니다.

사람에게 가장 중요한 것이 바로 건강이라는 사실에 많은 사람들은 공감을 합니다. 그래서 모든 사람들이 관심을 갖고 있고, 그래서 필요 이상의 헛소문이 많이 돌게 됩니다. 가족 중에 환자가 있으면, 그 병은 어느 한 개인의 병이 아니라 모든 가족의 관심사가 됩니다. 병으로 인해 자신의 종교관이 바뀌게 되고, 인생이 바뀌는 경우도 많습니다. 삶이 방향을 바꾸게 되는 중요한 전기가 병으로 기인하는 경우도 흔히 있습니다.

의학의 발달은 필연적으로 수많은 환자들의 희생을 바탕으로 진행됩니다. 어떤 방법이 인정을 받으려면 일정 수준의 치료 효과를 볼 때까지는 수많은 환자를 대상으로 하는 시행착오를 겪어야 됩니다. 이렇게 검증되지 않은 방법들에 맹목적으로 매달리는 사람들은 대부분 주변 사람들의 권유나 경험에 매달리는 무모함을 보입니다. 그 치료를 행하는 자신의 생명은 하나인데 말입니다. 한 개인의 치료 경험도 소중합니다. 기적적으로 나을 수 있는 병도 있습니다. 병에 조금이라도 도움이 된다면 어떤 방법도 동원해야 합니다. 그러나 현대 의학은 어떤 약이나 치료법도 좋은 면과 해악을 동시에 지니고 있다고 경고합니다. 바로 그 나쁜 면에 해당되는 부분이 자신에게 해당이 되는 경우는 그런 치료로 스스로를 해치는 결과를 초래할 수도 있습니다.

검증되지 않은 치료 요법이 환자의 아픈 마음과 약해진 집안 사람들의 의지를 볼모로 환자를 울리는 일들이 비일비재합니다. 의사들 사이에서는 한 가지 치료법을 가지고도 평생을 논박하는 일이 많습니다. 그게 바로 과학입니다. 누구도 논박하기 어려운 모호한 방법에 자신의 몸을 실험 대상으로 던지는 무모함이 우리 주변에 산재해 있습니다. 연약한 환자들을 울리는 일이 없었으면 하는 바람입니다.

소변을 기다리며

심장 수술을 해놓으면, 일반 수술 환자들과 달리 중환자실로 일단 옮기게 됩니다. 워낙 커다란 수술을 한 상태이고 심장 기능의 회복에 상당한 시간이 필요하기 때문입니다. 수술실에서 중환자실로 옮기는 시간도 최소한으로 줄여야 하기 때문에 많은 보조 장비들을 환자 침대 옆에 부착을 시키고 동시에 옮기게 됩니다. 보통 침대만 덜렁 나가는 일반 환자들과 규모의 차이가 크기 때문에 보호자들이 만일 보게 된다면 많이 놀라게 됩니다.

중환자실로 옮기면, 환자를 기다리고 있던 많은 손길들이 익숙하게 달라붙어 각종 기계 장비들과 환자를 연결시키고, 혈압이나 기본 활력 증후를 조사하고 환자를 인계받게 됩니다. 마치 보초들의 임무 교대와 같이 일사불란하게 움직입니다. 그리고는 환자의 상태가 안정될 때까지 주변에 의료진이 계속 상주하게 됩니다. 그때부터 중환자 관리가 시작되는 것입니다. 환자의 상태가 조금이라도 불안정할 경우에는 그 곁에서 꼬박 밤을 새우는 것도 통상 있는 일입니다. 제가 훈련을 받을 당시에는 중환자실에서 의사가 한 발자국도 벗어나지 못하게 윗사람들이 감시를 했습니다. 문제가 생길 경우 가장 빠른 처치만이 환자를 살리는 길이기 때문입니다. 그래서 우리 과의 가장 어려운 부분이 바로 중환자 관리로 알려져 있고, 이런 이유로 많은 수의 의사들이 수련 과정에서 고개를 절레절레 저으면서 우리 과를 기피하기도 합니다.

말이 그렇지, 좁은 방 안에서 환자의 얼굴과 모니터와 각종 검사 수치에 둘러싸여서 24시간 지켜 본다는 것은 해본 사람이 아니면 그 고통을 알지 못합니다. 때론 창 밖을 내다보며 하늘을 하염없이 바라보기도 하고, 중환자 관리에 관한 책을 읽기도 하고, 계속 환자의 곁에서 출혈량과 소변량을 쳐다보고, 청진하고, 몸을 만져 보기도 하고, 그렇게 다람쥐 쳇바퀴 돌듯 그 좁은 공간에서 왔다 갔다하면서 하룻밤을 지새우게 됩니다. 정작 의사 자신은 화장실을 가고 싶어도 마음을 졸이면서 갔다오게 됩니다. 다음날 아침이면 세수도 잘 하지 못해서 꺼칠한 얼굴과 구겨진 옷으로 동료들을 맞게 되지요. 환자가 무사히 하루 이틀을 경과하면 대부분은 커다란 문제 없이 넘어가게 되지만, 환자의 상태가 나쁘거나 애초에 불가능에 가까운 환자들을 수술한 경우에는 상황이 더 좋지 않습니다. 이런 줄다리기를 일 주일에서 보름 이상 지속하는 경우도 종종 있습니다.

대부분의 환자 관리에서 궁극적으로 문제시되는 부분은 신장 기능입니다. 심장 수술을 하고 나서 심장 기능을 간접적으로 알 수 있는 지표가 바로 신장 기능, 즉 소변량이기 때문에 우리 과의 의사들은 어느 과보다 소변량에 대해 매우 민감합니다. 소변량이 적어지는 기미가 보일 경우 빠른 조치만이 상황을 되돌릴 수 있고, 만일 수 시간 이상 소변량이 적어질 경우에는 합병증이 생기고, 그로 인해 환자의 생명까지도 위협하는 일이 생길 수 있기 때문에 환자의 얼굴을 쳐다보면서 동시에 소변 백을 같이 보게 됩니다. 소변의 색깔, 소변의 양, 소변에 섞이는 불순물 등을 예리하게 분석하지요. 그래서 상태가 좋지 않은 환자의 곁에서는 소변 백에 아예 눈을 고정하고 소변 방울이 떨어지길 학수고대하고 있습니다. 그리고 소변이 한 방울씩 떨어질 때마다 의사의 마음이 좋아지기도 하고 나빠지기도 합니다.

소변이 나오지 않을 때는 그 곁에서 소변 줄을 털어 보기도 하고, 배를 눌러 보기도 하면서 안타까움을 표시합니다. 실제 신장이 중요한 것이 아니라 심장 기능이 떨어져 저심박출증이 될까 봐 문제이지만, 그런 이론이 중요한 것이 아니라 그저 환자의 곁에서 소변량이 많아지길 간절하게 원하는 마음 때문입니다. 때로는 심장병 환자가 아닌 다른 과 환자들의 소변을 바라보면서 한없이 부러워하기도 합니다. 그 소변을 훔쳐 와서 이쪽에 보태 주고 싶은 그런 어이없는 상상을 하기도 합니다.

소변이 한 방울 한 방울씩 떨어질 때마다 그것을 쳐다보며 기뻐하는 의사들의 얼굴을 상상해 보십시오. 그것이 바로 환자를 사랑하는 의사들의 진정한 모습이라고 생각합니다. 이제 또 수술을 하러 수술실로 가렵니다. 오늘 환자는 소변이 잘 나올지…….

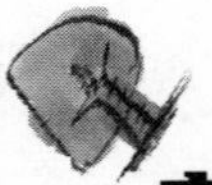

촌부들의 애환

어제도 농부 한 사람이 응급실을 경유해 입원했습니다. 교통사고입니다. 우리 나라와 같이 교통사고가 많은 나라에서 그게 무슨 대수냐고 물으면 할 말이 없습니다만, 농부들이 겪는 애환은 비단 농사일에만 국한되는 것은 아닌 듯합니다. 이맘때쯤이면 가을걷이를 끝낸 농부들의 굳어진 주름도 약간씩 펴지는 기분 좋은 계절이 됩니다. 일 년간의 작황을 바라보면서 마음이 느긋해지고, 더불어 막걸리 한잔을 걸치고 집으로 향하는 아저씨들이 많을 겁니다. 더구나 경운기는 음주 단속도 안 하니 그들은 마음 놓고 막걸리에 취한 채 경운기를 몰게 됩니다.

늘 자동차를 이용하는 도시인들은 그런 어려움을 잘 모르겠지만, 사실 경운기만큼 위험한 운송 수단도 없습니다. 시골길의 비포장에는 매우 유용한 도구입니다만, 경운기가 어디 시골길만 달립니까? 대부분이 도로 포장이 되어 있는 이 나라에서 많은 수의 경운기가 시골의 국도변을 달립니다. 그런데 이 경운기에 자동차로 식별될 수 있는 아무런 장치도 없고, 만일 교통사고가 나면 운전자를 보호할 아무런 장치도 없다는 데 문제가 있습니다. 오토바이가 위험하다고 하지만, 오토바이는 대부분 운전자 자신의 과실로 다치는 경우가 많습니다. 반면 경운기는 속도가 느리고 밤에는 식별이 안 되는 까닭에 뒤에서 달려오는 차에 추돌을 당하는 경우가 많습니다. 그야말로 기분 좋게 귀가하다가 날벼락을 맞는 꼴입니다.

응급실에 실려오는 경운기 사고 환자들의 공통점이 있습니다. 대부분이 50대 후반에서 60대 초로의 남자들입니다. 그리고 그들의 체구는 요즘 젊은 사람들보다 왜소해 보입니다. 그것도 보는 사람에게 연민을 일으키는 요소입니다. 까만 피부에 통증으로 일그러진 얼굴들, 때로는 피로 범벅된 몸, 찢겨진 옷들, 그리고 거의 예외 없이 입에서 풍겨 나오는 술 냄새와 토사물이 범벅되어 질식을 유발

어찌 보면 이 세상은

가장 힘들게 사는 사람들이 가장 좋은 대우를 받지 못하는 것 같습니다.

최선을 다해 살아가는 우리네 농촌의 아저씨 아주머니들, 힘내세요.

하는 입 속 등등……. 이런 모습을 늘 대하는 병원 응급실 의료진은 너무도 익숙한 모습에 쉽게 사고를 이해합니다.

때로는 혼자 경운기를 몰고 가다가 어두운 데서 취중 운전을 하다가 전복이 되어 좁은 다리에서 떨어지거나 굴러서 늦게 발견되는 경우도 있습니다. 전복된 운전자는 술김에, 또 뇌진탕으로 의식을 잃어 빠른 조치를 받지 못하게 됩니다. 이렇게 많은 인명들이 어이없이 방치되게 됩니다. 가장 어려운 일을 하고 사시는 우리 나라 촌부들은 이렇게 위험한 교통 수단에 의지하고 살고 있습니다.

완연한 가을입니다. 시골길을 드라이브하는 기분은 너무도 상쾌하지요. 조금이라도 시간이 나면 마음이 들뜨고 어디론가 차를 몰고 나가고 싶어집니다. 차를 몰고 나가다 앞에서 천천히 그러나 열심히 소리내며 달리는 경운기와 그 경운기에 불쌍할 정도로 많은 짐을 싣고 가는 모습을 보면 마음 한 구석이 철렁하는 기분이 듭니다. 지나가는 차들은 공연히 경음기를 울리면서 가뜩이나 느린 경운기를 위협하며 지나갑니다. 경운기가 따로 다닐 수 있는 길이 없는 상황에서 이런 위험은 그들을 평생 따라다니는 노출된 위험일 것입니다.

어찌 보면 이 세상은 가장 힘들게 사는 사람들이 가장 좋은 대우를 받지 못하는 것 같습니다. 최선을 다해 살아가는 우리네 농촌의 아저씨 아주머니들, 힘내세요.

가을에 떠오르는 얼굴

과거 저에게 수술을 받았던 할머니가 한 분 있었습니다. 주변 사람들이 모두 수술에 대해서 회의적일 때, 할머니는 저에 대한 믿음으로 수술을 받기로 결정했노라고 늘 저에게 자랑을 했던 분입니다. 심장 수술은 성공했고, 그후 환자는 약을 타러 다니면서 저와 많이 가까워졌습니다. 환자의 아들 중 맏이가 옆에서 보기에도 아주 효성이 지극해 보기에 참 좋다는 느낌을 받았습니다. 병에 대해서 매우 민감하고, 모든 문제를 저에게 상의하면서 가까워지고 급기야는 자신의 개인적인 문제까지도 상의하는 관계가 되었습니다. 저를 형처럼 생각하고 따르게 되니 자연 저는 그 집안의 주치의가 되어 버린 것입니다.

수술 후 몇 년이 지나서 그 환자가 뇌출혈이 일어나 병원 중환자실로 옮겨져 수술을 받았습니다. 그 집안은 발칵 뒤집혔습니다. 효성이 지극한 아들은 다시금 병원에서 살다시피 하면서 어머니의 병수발을 했습니다. 심장병을 고친 후 환자가 잘 걷게 되어 같이 여행을 다니면서 살자고 약속을 해놓고 이렇게 되었다면서 그 남편의 실망도 여간 큰 것이 아니었습니다. 환자는 정성스런 간병에 의식은 어느 정도 돌아왔으나 사지의 마비가 와서 휠체어 신세를 지게 되었습니다. 집안 식구들은 그것만으로도 좋아서 환자를 쓸고 닦고 하면서 정성을 보여주었지요.

집에다 환자용 침대까지 사 놓고 환자의 수발을 들던 어느 날, 이

차로 뇌출혈이 다시 오고 환자는 영영 돌아오지 못할 길로 떠나갔습니다. 저는 그 집안의 장례식까지 찾아가 아픔을 같이했습니다. 아들은 그 이후 저를 찾아와 어머니가 안 계셔도 나를 형님으로 모실 테니 종종 시간을 내어 달라고 했습니다. 그래서 가끔 만나서 같이 시간을 보내면서 우의를 돈독히 하고 있습니다. 그 맏이는 농사일을 맡고 있는 우직한 성격으로 이맘때쯤 되면 자신이 경작한 쌀 중에서 가장 맛있는 부분을 골라 저에게 가져오는 것입니다. 첫수확을 받는 그 기쁨은 이루 말할 수 없습니다. 아들의 정성스런 쌀을 받을 때마다 돌아가신 환자가 생각나고 남아 계신 남편의 얼굴을 떠올리게 됩니다.

환자의 살아 생전, 제가 혹시나 지방 방송에 나오게 되면 동네 사람들에게 자랑을 하면서 저를 칭찬하셨다던 그 환자는 제게 늘 잔잔한 기쁨을 선사하던 분이었습니다. 꾸부정한 모습으로 그래도 씩씩하게 방문을 밀고 들어와 제 손을 꼭 잡고 반가워하던 그 모습이 아직도 눈에 선합니다. 가을걷이가 시작되어 추수하는 모습을 보기만 해도 해마다 저에게 쌀을 보내 주는 그 아들과 환자분이 떠오르게 됩니다. 아마도 가을이 되면 평생 저의 머릿속에서 떠오르는 귀한 얼굴들이 될 것입니다. 그리고 아는 사람으로 인해 혹시나 태풍 소식이 있으면 농작물 피해를 걱정하게 되는 건 그만큼 인연이 소중한 까닭이겠지요.

스킨십

얼마 전 젊은 아가씨가 심장병으로 수술을 받았습니다. 선천성 기형으로 비교적 쉬운 병이어서 수술은 그리 힘들지 않았습니다. 심장병 이외에도 두뇌 발달이 덜 되고 다른 질환도 겹친 복합 기형이 있는 환자입니다. 환자의 부모는 모두 돌아가시고 오빠 혼자서 환자를 부양하는 딱한 사정이었습니다. 이제는 환자의 상처가 많이 회복되어 퇴원을 권유했습니다. 개인 사정을 감안해 의사와 간호사들이 감해 줄 수 있는 모든 금액을 감해서 최소한의 금액이 나오게 했습니다.

회진을 돌면서 퇴원을 권유했을 때, 왠지 환자의 얼굴에 기쁨이 떠오르질 않았습니다. 저는 의아해 하면서 이유를 물었습니다. 그러나 말도 어눌하고 감정 표현을 잘 하지 않는 환자에게서 아무런 이유를 찾지 못했습니다. 계속 요양원에서 생활을 하는 환자에게는 병원이나 요양원이나 큰 차이가 없어서 기쁨이 없을까 하고 생각해 보았습니다. 그런데 간호사들의 입에서 의외의 말이 나왔습니다. 제 부하 직원이 환자의 상처를 치료해 주러 가면 환자가 말을 못 하고 수줍어한다는 것입니다. 총각을 바라보는 처녀의 마음이 남달랐던 모양입니다.

흔히들 가까워지려면 목욕을 같이 가라는 말을 합니다. 우리 인간들은 소위 스킨십을 나누는 사람들끼리는 쉽게 친해진다는 말입니다. 자신의 치부를 보여주게 되면 그 상대에게는 감출 일이 없어

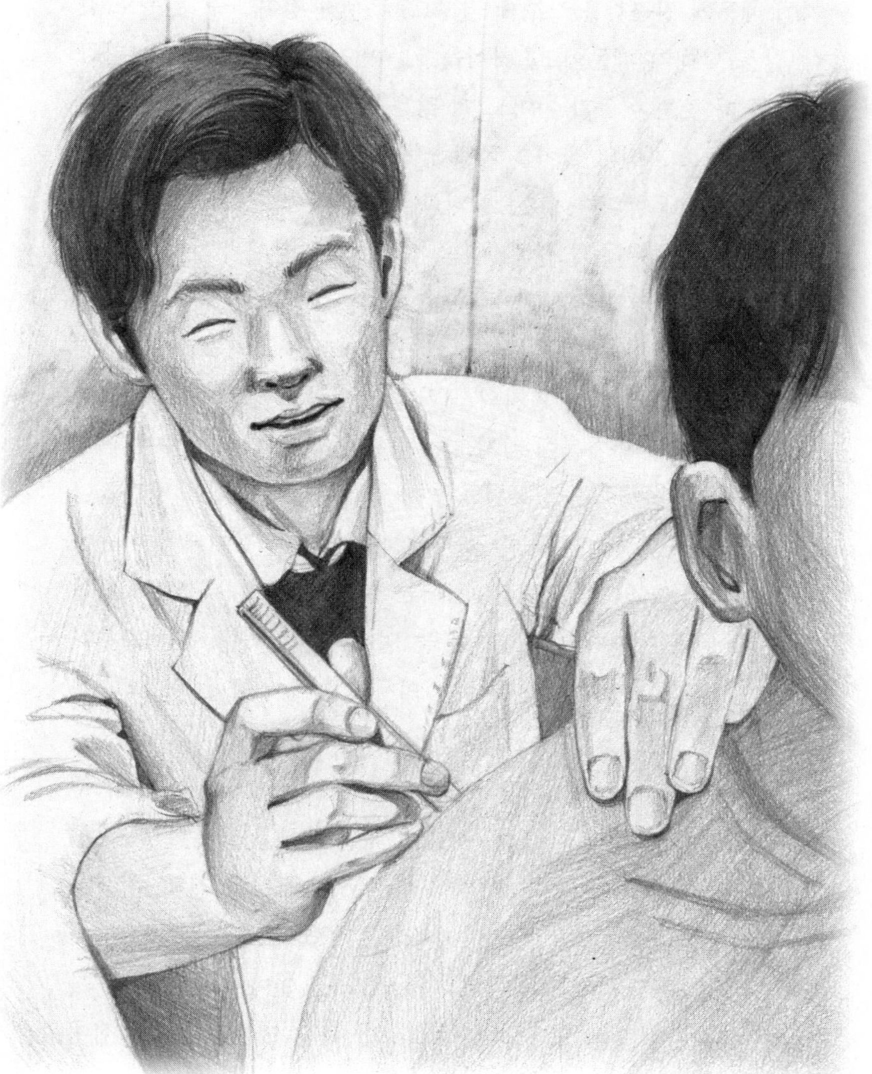

저는 환자의 발을 잘 만져 줍니다.

물론 그 까닭은 심장의 기능을 간접적으로 체크하는 의미가 숨어 있습니다.

그러나 다른 한편으로는 환자들이 저의 체온을 느끼는

그 순간 의사에 대한 신뢰가 깊어진다는 사실을 경험으로 알았기 때문입니다.

지기 때문에 친근감을 느끼게 되지요. 부부가 정이 드는 이유도 같이 살을 맞대기 때문이고, 자식을 키우면서 아이들이 아빠보다는 엄마를 더 찾는 이유가 아마도 더 많은 접촉을 하기 때문일 것입니다. 환자들도 자신의 상처를 치료해 주는 의사에게는 늘 자신의 몸을 보여주어야 합니다. 설사 창피함을 느낀다 하더라도 치부를 가릴 재간이 없습니다. 그렇게 계속되면 마음에 상대에 대한 믿음과 신뢰가 생기는 것입니다.

이제는 자잘한 일을 제가 하지 않기에 그런 경우가 드물지만, 저도 전공의 시절에는 늘 환자의 상처를 소독하고 만져 주고 했습니다. 그러면 많은 환자들이 실제 자신을 수술해 준 담당 교수보다 오히려 늘 소독을 해주는 전공의들을 더 좋아한다는 사실을 발견합니다. 수술이야 전신 마취를 한 상태에서 시행되는 것이기에 나중에 추측을 할 수는 있어도 그리 실감나는 일이 아닙니다. 그러나 자신의 상처 소독은 환자의 눈앞에서 늘 일어나는 살가운 행동입니다. 자신의 상처를 정성껏 소독해 주는 의사의 손길이 고맙게 느껴지겠지요.

주변 사람들과 친해지기를 원하십니까? 그러면 상대를 만져 주세요. 스킨십을 꺼려하지 않는 사람이 대인 관계를 잘 유지할 수 있습니다. 남자라면 악수도 형식적이 아닌 정말 체온을 전해 주는 따뜻한 악수를 교환하고, 괜찮은 사이라면 가볍게 포옹해 주는 것이 얼마나 정겨운 일인지 모릅니다. 자식들도 늘 안아 주는 부모가 자식의 올바른 성장을 도와줍니다. 말로만 하는 인사보다 스킨십이 들어가는 인사가 중요하다고 생각합니다.

저는 환자의 발을 잘 만져 줍니다. 물론 그 까닭은 심장의 기능을 간접적으로 체크하는 의미가 숨어 있습니다. 그러나 다른 한편으로는 환자들이 저의 체온을 느끼는 그 순간 의사에 대한 신뢰가 깊어진다는 사실을 경험으로 알았기 때문입니다.

금장 시계

제 손목에 차고 있는 시계는 제 의사의 연륜만큼 오래된 시계입니다. 왜냐하면 제가 인턴 때 환자로부터 선물을 받았기 때문이지요. 그 시계를 제게 준 환자는 아직도 가끔 전화 연락이 오곤 합니다. 예쁜 금장 시계로 여러 가지 기능이 있었지만, 지금은 다 고장이 나고 오직 시침과 분침만이 작동을 하고 있습니다. 그 동안 다른 여러 가지 시계를 사용했지만 이 시계가 착용이 편안하고 비교적 정확하기 때문에 애용을 하고 있습니다. 혹자는 제 시계를 보고 예물 시계냐고 질문을 합니다. 수많은 생채기가 멀리서는 보이지 않고 금장 도금이 아직도 번쩍이기 때문일 것입니다.

이 시계를 선물한 주인공은 제가 인턴 때 정신과를 돌고 있을 당시 입원을 했습니다. 당시에 고등학생이던 환자는 퇴원을 한 후에도 저에게 계속 연락을 했고, 그 집의 부모도 저에게 어찌할 수 없는 딸아이를 부탁했습니다. 저는 정신과 의사가 아니어서 한사코 청을 거절했지만, 워낙 환자의 의존도가 심해 결국 청을 들어 주기로 하고 상담을 했습니다. 그 인연으로 그 환자가 결혼을 하고 아이를 낳고 살 때까지 크고 작은 일을 상담해 주었습니다. 일반 환자들과 다르다는 점 때문에 늘 마음의 경계를 풀지 못했고 때로는 매정하게, 때로는 친절하게 그 아이의 성장 과정을 의논하며 지켜 보았습니다.

평생을 이어지는 한 삶을 추적해 보면서 느낀 점은 세월이 지나가도 사람의 삶의 모습이나 가치관은 쉽게 바뀌지 않는다는 점입니다. 어린 시절에 보아 왔던 환자의 모습과 그에 대한 저의 선입견은 평생을 그 모습으로 상대방을 대하게 만들었고, 그래서 그 환자는 언제나 환자로 제 앞에 서게 되었습니다. 어떤 옷을 입어도, 어떤 장소에서 만나도, 설사 아이를 안고 있어도 제게는 처음 보았던 소녀의 모습에서 변화된 것이 없어 보였습니다. 제 손목에 있는 이 시계가 조금 낡았을 뿐, 여전히 시계인 것처럼 그 환자도 좀 나이가 들어 이제는 아이 엄마가 되었지만 여전히 제게는 어린아이처럼 보였습니다. 우리네 부모님들이 우리를 보면 늘 아이처럼 보일 것입니다. 평생 자신의 슬하에서 어리광을 피우면서 자란 아이들이 아무리 성인이 되어도 그 기억을 도말해 버리기 어려워서일 것입니다.

저도 수많은 환자들을 보게 됩니다. 병이 완치되어서 병원을 떠나도, 사회에서 만나도 제 마음속에서 그들은 언제나 환자 같습니다. 마치 부모님들의 마음과 같이 그들의 안위를 먼저 떠올리고 궁금해 합니다. 그래서 다른 관계를 맺는 데 오히려 방해가 될 수도 있습니다. 병이 완치되면 정상인인데도 그를 바라보는 의사의 눈은 언제나 환자를 보듯 대하기 때문이지요. 평생을 환자의 건강 상태나 질병을 찾는 눈길로 바라보는 우리에게는 모든 사람들이 환자나 준환자입니다. 그래서 자신이 어떤 일을 하는가가 그 사람의 인생관까지 바꾸는 게 아닐까요. 남을 바라보는 시선에서 편견을 배제하고 보는 것은 너무도 힘들다는 생각을 해봅니다.

생사의 갈림길, 10센티미터

피곤한 몸을 이끌고 오늘만은 잠을 자야겠다고 다짐하며 집에 일찍 들어갔습니다. 오랜만에 집에서 저녁 식사를 하고 잠시 책을 읽은 뒤에 잠자리에 들었습니다. 잠자리에 든 지 채 10분도 안 되어 전화가 왔습니다. 교회 대학부 자매 한 명이 교통사고가 나서 응급실에 누워 있다고 제게 도움을 요청하는 전화였습니다. 부랴부랴 옷을 갈아입고 차를 몰고 나갔습니다.

자가 운전을 하는 자매가 그날따라 안전띠를 매지 않았고, 피곤했던지 깜빡 졸음 운전을 하다가 앞차를 들이받아서 복부를 운전대에 부딪는 사고를 냈습니다. 다른 데는 모두 타박상으로 끝이 났지만, 복부에 통증이 심하고 계속 구토를 해서 얼굴이 창백했습니다. 컴퓨터 단층 촬영을 해보니 췌장 부위의 파열이 의심되고 증상도 맞았지만 확진을 하지 못하는 애매한 상황이었습니다. 주변의 가족들과 대학부 학생들은 저만 쳐다보고 바른 판단을 내려 주길 기다리고 있었습니다. 마침 그 병원에서는 응급 수술이 어렵다고 통보를 해와 환자를 싣고 우리 병원으로 이송했습니다. 일반외과 의사를 불러 의견을 물으니, 보는 각도에 따라 췌장 파열 여부를 의심할 수 있다는 애매한 답변이었습니다. 췌장은 파열이 되면 주변 장기를 녹이는 고약한 합병증을 유발하고, 심하면 그로 인해 사망까지 이를 수 있는 장기이기 때문에 판단에 더욱 어려움이 있었습니다.

저는 주치의와 가족들 사이에서 고민했습니다. 저를 믿고 이 병원으로 환자를 이송한 보호자들에게 저는 모든 책임을 떠맡은 꼴이 된 것입니다. 다른 검사 수치를 종합해 결국은 시험적 개복술을 하자고 결정했습니다. 환자를 수술실로 집어넣고 마음을 가다듬었습니다. 결정하기 이전의 갈등을 접어 두고 이제는 수술이 잘 되기만 기도했습니다. 어떤 일이든 결정하는 과정이 힘들지, 막상 결정을 하고 나면 그대로 실천하기만 하면 되는 것이지요. 수술 결과는 불행 중 다행으로 췌장 파열 부위가 잘라낼 수 있는 곳이었고, 간의 일부가 손상되어 바느질을 하고 나왔습니다.

집도의의 말은 10센티미터만 옆으로 다쳤을 경우 혈관 파열이 심해 목숨까지 위험할 수 있었다는 말이었습니다. 바로 10센티미터의 차이로 목숨을 건진 그 학생은 멀쩡하게 병실에 누워 있습니다. 자신의 운명이 바로 그 짧은 차이로 바뀔 수 있었다는 것을 아는지 모르는지 그저 배가 아프다는 표정을 짓고 있는 것입니다. 우리 삶이 얼마나 유약한가를 생각해 봤습니다. 비행기 여행을 자주 하는 저는 제가 타는 비행기의 사고를 의심하지 않고 탑니다. 세계에서 제일 교통사고가 많은 나라에서 운전을 하고, 복잡한 길을 걱정 없이 걸어다닙니다. 제가 이용하는 모든 교통 수단을 운전하는 조종

사나 운전자가 심장마비에 걸릴 확률은 얼마든지 있지만, 그것을 생각하면 아무런 일도 할 수 없을 것입니다.

자신의 의지로 조정할 수 없는 우리의 삶, 우리 몸에서 심장만큼은 뇌의 지배를 받지 않습니다. 자동능(自動能)으로 스스로 뛸 수 있도록 만들어진 것입니다. 우리의 목숨도 의지의 지배를 받지 않습니다. 이 지구의 심장처럼 스스로 움직이다가 어느 날 갑자기 제 할 일이 끝나면 멈추는 게 우리의 숙명이 아닐까 생각해 봅니다.

분업

수 년 전 제게 심장 수술을 받은 할머니가 한 분 계십니다. 이제는 건강이 많이 좋아져서 병원에 정기 검진을 받으러 오실 때에도 혼자 다니시며 걸음걸이도 매우 힘차 보입니다. 그러나 수술 당시에는 체력이 매우 약해서 회복 단계에서 애를 먹이던 환자였습니다. 흔히들 환자들은 외래에 다니면서 자신들이 중환자실이나 병실에서 겪었던 일들을 망각하는 것 같습니다.

대부분 중환자실에서 매우 애를 먹이던 환자들은 자신들이 한 일을 잘 기억하지 못합니다. 심장 수술은 다른 수술과 달리 수술 과정도 힘들지만, 수술 후에 중환자실에서 집중 관리를 받게 됩니다. 그 기간 동안에 환자들은 마취가 덜 깬 상태이거나 의식이 온전치가 않아서 혼미한 상태로 보내게 됩니다. 그리고 환자의 상태가 안정이 되어서 병실로 이송이 되어서야 제정신을 찾고 본래의 모습을 회복하게 됩니다. 그리고는 깜찍하게(?) 언제 그랬냐는 듯이 시침을 떼게 됩니다. 어느 여자 환자는 중환자실에서 저를 노려보면서 얼굴을 할퀴려고 대들었는데, 나중에 왜 그랬냐고 물었더니 저를 물끄러미 바라보면서 그럴 리가 없다고 시침을 떼는 것이었습니다.

그 할머니 환자는 이제는 건강한 상태로 정상적인 삶을 영위하지만, 수술 당시 우리를 힘들게 했던 환자 중 한 분이었습니다. 그런 과거를 기억하지 못하는 환자는 외래에 와서 하소연을 하고 있습니다. 집안에 며느리가 있는데, 얼마 전 갑자기 쓰러지는 바람에 병원에 실려와서 뇌 수술을 받았다는 것입니다. 비교적 젊은 나이인 며느리가 쓰러져서 그 집안은 다시 한 번 힘든 일을 겪어야 하겠지요. 지금도 회복 단계이지만 아직은 온전치 못해 주위에서 간호를 해주어야 하는 단계라고 합니다. 간호하는 일이 너무 힘들다고 제게 하소연을 하기에 제가 물었습니다. 할머니가 수술을 받았을 때, 주위의 가족들이 이렇게 힘들었는데 혹시 기억을 하느냐고 질문을 했지요. 그랬더니 그 할머니는 매우 놀라는 표정으로 정말 그랬겠구나 하는 반응을 보이는 거였습니다. 그때까지는 전혀 그런 사실을 몰랐다는 듯한 반응이었습니다. 이렇게 사람들은 자신이 남에게 진 신세는 쉽게 잊는 것 같습니다. 물론 의식이 명료하지 못한 상태로 며칠을 지낸 환자로서 모든 것을 다 기억하기는 힘들 겁니다. 그러나 어떤 병이든 중환자 관리를 받았다는 것은 그만큼 가족들이 힘들었다는 것을 의미합니다.

때때로 환자들은 자신이 사경을 헤매거나, 힘든 고비를 넘어야 할 경우 고독감을 느끼게 됩니다. 혼자서 아픔을 감당해야 하고 죽음 앞에서의 무력감을 느끼기도 합니다. 그런 환자들 뒤에는 그 아픔과는 다른 색깔이지만 분명 그 아픔과 고통을 같이 나누며 애를 쓰는 가족이나 지인들이 있습니다. 그런 사실을 잊게 되면 나중에 회복이 되어서도 혼자서 큰 시련을 극복한 것으로 생각할 수 있습니다. 의료진, 환자, 보호자 이렇게 셋이서 분담하는 분업과 같은 것입니다.

실제 병의 아픔보다 더 큰 문제는 그 병으로 인해 자신이 철저하게 혼자라고 생각하는 마음입니다. 내가 어려움을 겪을 때, 내 뒤에 나를 기다리고 내가 기댈 수 있는 존재가 있다고 생각하는 한 그 환자는 좌절하지 않습니다. 그래서 가족 관계가 소원하거나 혼자인 사람들의 회복이 지연되게 됩니다. 우리네 마음속에 존재하는 사랑의 대상과 사랑을 받는다는 믿음이 병의 회복에 가장 큰 역할을 하게 됩니다.

우리의 몫

성분이 불명확한 농약을 먹고 지금은 중환자실 신세를 지고 있는 여자 환자가 있습니다. 시골에서 흔히 구할 수 있는 각종 농약들은 대부분 인체에도 치명적인 독약들입니다. 한때의 잘못된 생각으로 농약을 마시거나, 술이 잔뜩 취한 상태에서 페트병에 들어 있는 농약을 음료수나 물로 착각하고 마신 사람들이 대부분이지만 모두 결과가 좋지 않습니다. 마시는 것은 순간이지만, 농약 중독에서 벗어나려면 너무도 힘든 치료 과정을 거쳐야 합니다. 그런 치료를 받고도 온전해질 수 있는 환자는 극소수에 불과합니다. 많은 사람들이 다시는 돌아올 수 없는 길로 들어서게 됩니다.

이 환자는 조울증으로 치료받은 경력이 있는 것으로 미루어 자살미수라고 생각합니다. 환자는 이혼을 하고 친정으로 와 있는 상황인데 친정 식구들도 이 환자의 친부모가 아니라고 합니다. 그런 복잡한 가정 환경에서 성장한 환자이기 때문에 아마도 정신적인 질환에 시달렸을 가능성이 있습니다. 현재 인공 호흡기에 의지해 숨을 쉬고 있는 상태라 환자에게 직접 질문은 불가능하고, 보호자들은 환자에 대해서 그리 애정을 갖고 있는 사람이 없는 것 같습니다.

환자는 기관지가 좁아져 있고, 폐도 일부 타격을 받아 수술 시기를 결정하기 어렵습니다. 특히나 기관지 수술은 현대 의학으로 해결하는 질환 중 가장 예후가 좋지 않은 질환입니다. 수술도 까다롭고 수술 후에도 많은 합병증을 유발하기 때문에 의사들의 마음이 편치 않은 질환입니다. 더구나 보호자들의 적극적인 지지를 받아도 어려운 형편에 환자에 대한 애착을 보이지 않으니 더더욱 우리의 마음이 무겁습니다. 생명은 고귀하다고 저는 늘 생각하고 이런 신념은 의사로서 절대 변할 수 없는 대명제입니다만, 소위 가족들이 방치하는 환자들의 얼굴을 쳐다보면 이런 믿음이 흔들립니다.

누구나 아름다운 심성과 고운 얼굴을 갖고 태어나지만 살아가는 동안에 이런저런 이유로 병에 걸리고, 불의의 사고를 당하고, 또 스스로 목숨을 끊으려는 모진 생각을 갖게 되기도 합니다. 그러면서 이런 모든 사람들의 생명이 똑같은 가치를 갖고 있다고 생각하는 저의 신념에 많은 상처를 줍니다. 나이 든 부모의 병을 처리(?)해야 한다고 생각하는 자식들, 배우자의 질병에 담담해 하는 가족들, 만성병으로 가족들을 괴롭히는 환자의 자조적인 태도들, 이런 마음들을 대할 때마다 환자를 불쌍하게 여기고, 또 그런 마음을 가져야 하는 가족들의 괴로움을 이해해 보려고 노력을 합니다. 누구도 남의 아픔을 대신할 수는 없겠지요. 다만 비슷한 자신의 경험에 비추어 보고 미루어 짐작하게 됩니다. 만성병의 환자를 수발해 보지 못한 사람들은 그런 집안의 어려움을 알 수 없습니다. 그리고는 남을 쉽게 판단하게 됩니다.

그러나 모든 경우를 가정한다고 해도 멀쩡히 살아 있는 환자를 중환자실에 뉘어 놓고 그 사람의 목숨을 흥정하듯 의사에게 떠맡기는 보호자들을 보면 생의 비애를 느낍니다. 물론 치료 후의 결과에 대해서는 우리도 알 수 없습니다. 합병증이나 후유증으로 어려운 가계 살림에 주름이 질 수도 있습니다. 그런 결과가 나올 경우 목숨을 이어 준 의료진에게 원망을 할 수도 있습니다. 그래도 우리는 이런 결정을 내릴 수밖에 없습니다. 그것이 우리에게 주어진 몫이고, 또 살아난 환자를 수발하는 것이 나머지 보호자의 몫이라고 생각합니다.

뷰박스(view box)에 걸린 인격

의사들의 아침은 생각보다 일찍 시작됩니다. 아침 8시 이전에 이미 그날의 회의가 끝나고 수술 준비를 하거나 회진 준비를 하게 되지요. 그 전날의 입원 환자들을 보고받고 엑스레이를 걸어 놓고 치료 방침을 결정하는 과정에서 여러 의사들에게 자기 담당 환자들을 놓고 의견 취합을 하는 의미가 있습니다. 환자에 대해서 여러 의사들의 의견을 물음으로 해서 혹시나 있을지 모르는 부족한 부분의 보완을 한다는 의미 말입니다. 저는 주로 심장 질환에 대해서 보지만 다른 의사들은 폐 질환을 많이 다루기 때문에 여러 환자들의 엑스레이를 다같이 보게 됩니다.

환자에 대해서 프레젠테이션을 할 때, 성별과 나이를 먼저 이야기하게 되는데 그 순간 깜짝 놀라는 경우가 있습니다. 언제부터인가 환자의 나이와 나를 비교하면서 마음속으로 뜨끔하는 경우가 있습니다. 어느 병이든 호발 연령이 있게 마련인데 소위 폐암으로 진단을 받고 수술을 받으러 전과 내지는 전원된 환자들의 나이가 제 나이와 별로 차이가 나지 않는다는 사실을 발견할 때입니다. 전에는 한참 먼 이야기로, 나와는 상관이 없는 객관적인 이야기로 들리던 환자의 이야기가, 이제는 실감이 나고 '어쩌면 나도……' 하는 생각이 불현듯 스치기 시작하는 것입니다.

마음속으로 환자와 저의 나이 차이를 꼽아 보면서 열 손가락이

생명이 없는 까만 엑스레이를 바라보면서

그 사람의 인격을 떠올리는 훈련은 환자의 입장에 서 보려는 의사의 의지입니다.

남을 경우에는 마음 한 구석이 철렁하는 것입니다. 병의 호발 연령을 이론적으로 외우고 다니면서 환자에게 적용하던 것을 막상 나 자신에게 대입해 보려니 마음 한 구석이 서늘한 느낌이 듭니다. 이만큼 우리는 자신에게 닥치는 일이 아니면 피상적으로 보게 됩니다. 지금 한창 중동에서 전쟁의 기운이 감돌고 있는데도, 매스컴을 통해 뉴스를 들으면서 그들의 아픔이나 어려움보다는 석유값이 오르는 것을 더 걱정하는 것이 우리네 마음입니다.

팔순이 넘은 노인 한 분이 계십니다. 주변의 많은 친구나 친지분들이 돌아가셔서 죽음에 대해서는 이미 익숙한 나이이지요. 그런데도 주변의 누가 돌아가셨다는 말을 들으면 꼭 나이를 묻습니다. 그리고 "그분의 나이가 칠순이었습니다" 하고 사람들이 이야기해 주면 "많이 살았네" 하면서 대꾸를 하십니다. 자신의 나이보다 어린 사람들이 죽는 것은 객관적으로 평가를 하면서 막상 자신의 나이는 잊고 계십니다.

남을 대할 때 자신이 상대방의 입장에 서서 생각을 해보면 아무런 문제가 일어나지 않을 것입니다. 그런데 우리들은 이런 남의 입장이 되기가 쉽지 않다는 것을 깨닫습니다. 매일매일 우리의 뷰박스(엑스레이 사진을 걸어 놓는 상자)에 걸리는 환자들의 엑스레이는 한 사람의 생을 담고 있다고 생각합니다. 그들이 평생에 어떤 삶을 살아왔는지, 어떤 일을 하며 지내 왔는지, 그런 모든 것을 배제한 단순한 질환만을 나타내는 엑스레이지만 그 필름으로 결정되는 그들의 건강 문제는 이 세상의 어느 것보다도 귀한 한 사람의 인생이 결정될 수도 있는 중요한 일입니다. 그래서 더욱 신중을 기해야 한다고 다짐합니다. 이렇게 엑스레이를 매일 들여다보는 훈련을 하다

보니 때로는 환자의 이름보다 환자의 엑스레이를 봐야 그 환자의 신상이 떠올려지는 경우도 있습니다. 생명이 없는 까만 엑스레이를 바라보면서 그 사람의 인격을 떠올리는 훈련은 환자의 입장에 서 보려는 의사의 의지입니다.

환자의 울음

교통사고로 만신창이가 되어 응급실로 실려온 육순의 여자 환자분이 있었습니다. 초기에 환자의 상태가 너무 나빠서 응급으로 여러 과에서 동시에 수술을 해서 어렵게 생명을 건졌습니다. 그리고 중환자실에서 오랜 동안 신세를 지다가 병실로 옮겨져 그곳에서도 또 오랜 동안 재활 치료를 한 후에 다른 병원으로 이송되었습니다. 종잇장도 한 번 구겨지면 깨끗하게 될 수 없는데, 우리네 몸은 더더욱 원상 복구되기가 쉽지 않습니다. 비록 생명을 건지고 어느 정도 걷는 수준까지 되었지만 환자 자신은 현재의 상태에 만족할 수 없을 것입니다.

그 환자가 다른 병원에서 이제껏 재활 치료를 받다가 장애 진단을 위해 저를 찾아왔습니다. 거의 일 년이 지난 다음에 보는 얼굴이지만, 사고 당시 박박 깎았던 머리가 어느 정도 자란 것 외에는 그리 변한 것이 없었습니다. 다른 병원의 환자복을 입고 절뚝거리면서 방으로 들어선 환자를 보고 저는 반가워서 손을 잡아 주었습니다. 그런데, 그 순간 환자는 저의 손을 잡고 울음을 터뜨렸습니다. 처음에는 생명을 건지게 해준 제가 고마워서 그런 줄 알고 토닥여 주었지만, 차츰 울음이 그치지 않는 그 환자의 눈에 어리는 감정을 읽을 수 있었습니다. 그 눈물은 감사의 눈물이 아니라 서러움의 눈물이었습니다.

사고로 동시에 여러 군데가 망가지면 아무리 세월이 흘러도 몸이 불편한 것이 사실입니다. 뼈가 많이 부러진 경우에는 그 뼈가 온전히 붙었다 하더라도 욱신거리면서 쑤시는 증상은 몇 년이 지나도 깨끗하게 치유되지 않습니다. 날씨가 조금이라도 흐리면 다친 곳에 동통을 호소하는 환자가 많습니다. 사고 이전에 정상적인 활동을 하던 환자들은 자신의 처지를 사고 이전과 비교해 보고 좌절감에 빠지기도 합니다. 많은 환자들이 그런 여러 가지 불편함을 의료진이 고쳐 주기를 바라고 있지만, 실은 의학에도 그리 뚜렷한 치료 방법이 있을 수 없습니다. 가장 좋은 방법이라 해도 기능이 떨어진 곳에 재활 치료를 하면서 동통 완화제를 주고 세월이 지나 익숙해지게 만들어 주는 것이 고작입니다.

환자의 입장에서는 답답하지만, 뼈의 통증은 몇 년씩 환자의 활동을 제한하는 요인이 됩니다. 그러니 의료진의 입에서는 늘 기다리라는 말뿐 시원한 답변을 들을 수 없게 됩니다. 그래서 환자의 입장에서는 그런 말이 야속하고 자신의 아픔을 알아주지 않는 행위로 보이게 됩니다. 교통사고 환자들의 특징은 보험에서 치료비를 보상하게 되므로 치료비에 대한 걱정이 없다는 것입니다. 그러니까 시간이 지나면, 의료진은 집에서 요양을 하면서 회복하기를 권유하고 환자들은 퇴원을 가능한 미루려는 묘한 신경전이 벌어지게 됩니다.

모든 주사제의 투약이 필요 없어지고 먹는 약으로도 충분한 시기가 오게 되면 우리는 통원 치료를 권하게 됩니다. 그러나 환자 입장에서는 자신을 간병할 사람을 구하기 힘든 가정으로의 복귀를 거부하게 되지요. 환자는 자신이 정상일 때를 기준으로 생각을 하기 때문에 늘 치료가 미진하다고 생각을 하고 있고, 그런 가운데 의료진에서 더 이상 해줄 것이 없으니 퇴원을 하라고 권유하면 대부분이 거부를 하게 됩니다.

이 환자의 경우도 다른 병원에서 그런 종류의 설움을 받다가 저를 보고는 울음을 터뜨리게 된 것입니다. 그런 사정을 잘 알고 있는 저는 그저 위로의 말로 달래었지요. 그런 환자에게 필요한 것은 약이 아니라 억울함을 이해해 주는 의사였던 것입니다. 우리 나라에는 교통사고가 유난히 많이 발생합니다. 한순간의 사고로 일생을 망치는 경우가 다반사입니다. 활동적으로 일하던 한 사람의 일생이 남의 신세를 져야 하는 천덕꾸러기로 전락하는 경우도 많습니다. 우리 나라의 경우 후천적 장애인이 전체 장애인의 90%를 상회할 정도로 사고나 재해로 인해 망가지는 경우가 많습니다. 마음속으로 건강을 자부하던 환자들은 더더욱 사고 후의 재활 과정에서 강한 거부감을 보이게 됩니다.

원치 않는 사고나 질병으로 삶의 방향을 바꾸어야 할 때 누구도 그런 환경을 잘 이겨낸다는 보장은 없습니다. 남의 경우를 보아도 학습이 되지 않는, 그래서 누구도 그런 환경에 처하면 역시 똑같은 아픔과 좌절을 겪어낸 후에 자신의 위치를 찾아가는 것을 보면서 인간의 나약함을 느낍니다. 그래서 우리는 남의 도움이 필요한 존재이겠지요. 그 환자가 방을 나가면서 한 마지막 말이 귀에 남아 있습니다.

"선생님도 이만큼 다쳐 보세요. 그렇지 않으면 우리의 아픔을 알 수 없어요."

권 선생님께

일요일 저녁 당직을 하기 위해 병원 현관을 들어설 때의 일이었습니다. 수위 아저씨가 저를 보면서 택배가 와 있다고 하는 것입니다. 바로 선생님이 보내 주신 선물이더군요. 황간에서 나는 호두라면서 커다란 자루에 꽁꽁 담아서 보내 주신 그 선물을 받고 저는 무척 기뻐했답니다. 솔직히 이런 선물은 처음 받아 보는 것이기에 더 기뻤습니다. 자루 입구를 예쁜 머리핀으로 칭칭 동여맨 모습이 마치 선생님의 마음같이 아름다워 자꾸 그 모양을 쳐다보았어요.

시어머님이 응급실을 통해 들어와서 저와 인연을 맺은 지 벌써 일 년의 세월이 지나갔습니다. 그 당시 상황은 솔직히 말씀드려서, 어머님의 다친 정도가 거의 가망이 없을 정도였습니다. 혈압이 떨어지고 호흡 정지가 오는 상황에서 서둘러 수술에 들어갔지만, 마음속에 우리들은 환자의 사망까지도 각오를 한 상황이었지요. 겨우 생명을 건진 후에 환자는 오랜 동안 중환자실 신세를 져야 했고, 병실에서도 침대에 누워 있는 생활을 오랜 기간 견뎌내야 했습니다.

그 기간 동안 환자의 괴로움은 말할 것도 없지만, 옆에서 간병을 해주는 보호자들의 노고도 역시 보통은 아니었을 것입니다. 평소에 건강하시던 환자들의 재활은 사실 더 견디기 어렵습니다. 활달하게 움직이시던 분이 졸지에 사고로 일어나기도 어려운 상황에 처하면 마음의 병이 생겨 더 견디기 힘들어지는 법입니다. 시어머니께서는 늘 이것 저것이 마음에 걸려 주변 사람들에게 불평을 하시지만, 속 시원한 방법이 없다는 사실을 본인도 알고 계십니다. 그러니 더욱 속이 상하고 불편할 수밖에 없지요.

그래도 세월이 가장 좋은 치료제라고 이제는 걸을 수 있고, 그나마 견딜 수 있는 정도의 고통을 겪고 있기에 얼마나 다행인지 모릅니다. 저를 보는 순간 울음을 터뜨리던 환자의 얼굴에서 그 마음의 상심을 읽을 수 있었습니다. 저는 보호자분이 학교 선생님인 것을 이번 선물에 쓰여 있는 주소를 보고 알았답니다. 황간이라는 좋은 지역에서 아이들을 가르치고 계시더군요. 지난번 제게 선물을 가져오셨을 때에도 무작정 돌아가시는 바람에 변변히 감사의 인사도 올리지 못했습니다. 이번 기회를 통해 다시금 감사드립니다.

그 지역에 가보지 못해서 잘은 모르겠지만, 아마도 작은 마을이겠지요. 그런 곳에 있는 학교는 그림 속의 학교와 같이 푸른 나무와 산으로 둘러싸인 곳이라고 생각합니다. 그런 곳에서 사는 사람들도 모두 자연을 닮은 선한 모습일 것이라고 상상을 합니다. 제가 환자에게 해주는 치료는 당연한 일일진대, 그 일로 인해 이리 오랫동안 제게 감사를 하는 선생님의 마음이 더욱 아름답고 고맙게 여겨집니다. 보내 주신 호두를 집에 가져가서 이웃들에게 나누어 주고 우리들도 즐거움을 나누고 있습니다. 저는 몇 개씩 들고 다니면서 까먹는 재미를 느끼고 있습니다.

주변 사람들에게 조금씩 퍼주면서 그것을 받아든 사람들의 기뻐하는 모습을 보는 것이 여간 재미있지 않답니다. 커다란 자루 하나에 수많은 기쁨을 조각조각 나누어 담아 놓은 듯이 굴러다니는 호두를 보면서 선생님의 고마움을 새기고 있답니다. 이번 일을 계기로 시어머니의 마음이 변하고 그로 인해 더욱 선생님과의 관계가 좋아졌다는 이야기도 고맙게 들립니다. 어머님은 생명을 건지기는 했지만, 이미 과거의 정상인이 아니기 때문에 그분의 투정을 그대로 받아 주세요. 몸과 마음이 괴로운 사람은 자신의 아픔을 나누는 사람이 있다는 사실만으로도 그 괴로움이 반감되는 법입니다. 제게 언제고 오시면 저는 그분의 투정을 다 들어 드릴 준비가 되어있으니 걱정하지 마세요.

다시금 선물에 감사드립니다. 이 가을에 생각할 수 있는 좋은 추억거리를 또 하나 만들어 주셔서 더욱 기쁩니다. 이제는 청설모를 볼 때마다 이 호두 선물이 떠오를 것 같군요. 내내 건강하시고 다시금 뵈올 날이 있기를 바랍니다.

이재원 올림